Aquí y ahora

David Nicholls

Aquí y ahora

Traducción de Daniel Casado

Q Plata

Argentina – Chile – Colombia – España
Estados Unidos – México – Perú – Uruguay

Título original: *You Are Here*
Editor original: Sceptre, un sello de Hodder & Stoughton
Traducción: Daniel Casado

1.ª edición: febrero 2025

© 2024 Maxromy Productions Ltd
All rights reserved
Mapa © Barking Dog Art
© de la traducción, 2025 *by* Daniel Casado
© 2025 *by* Urano World Spain, S.A.U.
Plaza de los Reyes Magos, 8, piso 1.º C y D – 28007 Madrid
www.letrasdeplata.com

ISBN: 978-84-92919-81-9
E-ISBN: 978-84-10495-08-1
Depósito legal: M-26.348-2024

Fotocomposición: Urano World Spain, S.A.U.
Impreso por: Rodesa, S.A. – Polígono Industrial San Miguel
Parcelas E7-E8 – 31132 Villatuerta (Navarra)

Impreso en España – *Printed in Spain*

Para Hannah, Max y Romy,
por todos los paseos.

En un momento dado estuvo segura de haberle oído preguntar a su compañera si la señorita Elliot no bailaba nunca. Y la respuesta fue: «Nunca, no. Ha abandonado por completo el baile, prefiere tocar el piano».

JANE AUSTEN, *Persuasión.*

LA RUTA DE COSTA A COSTA

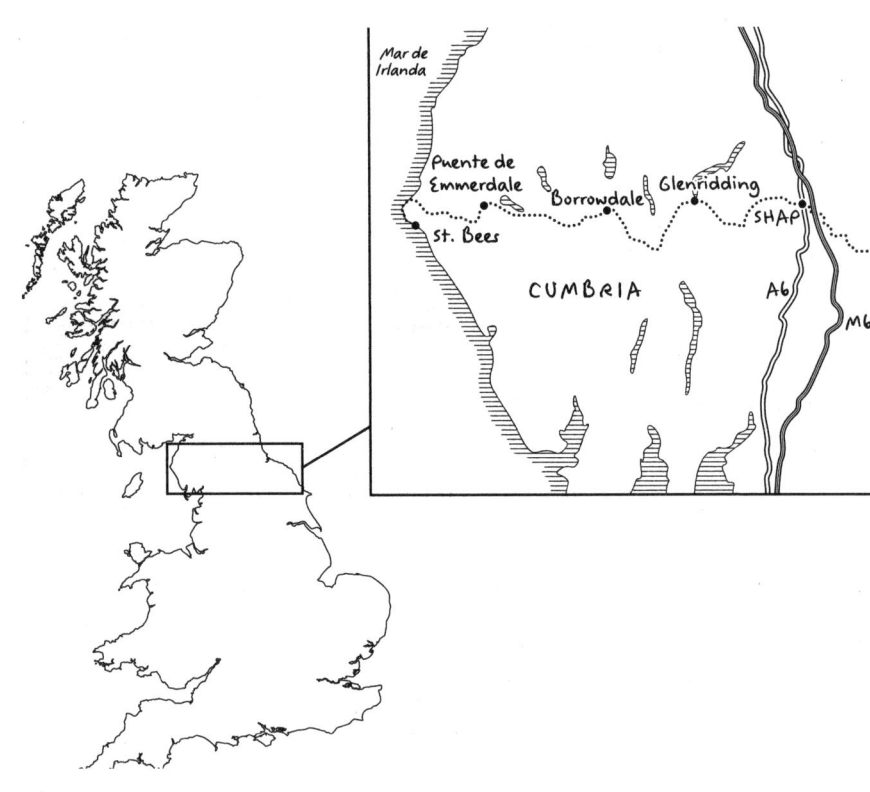

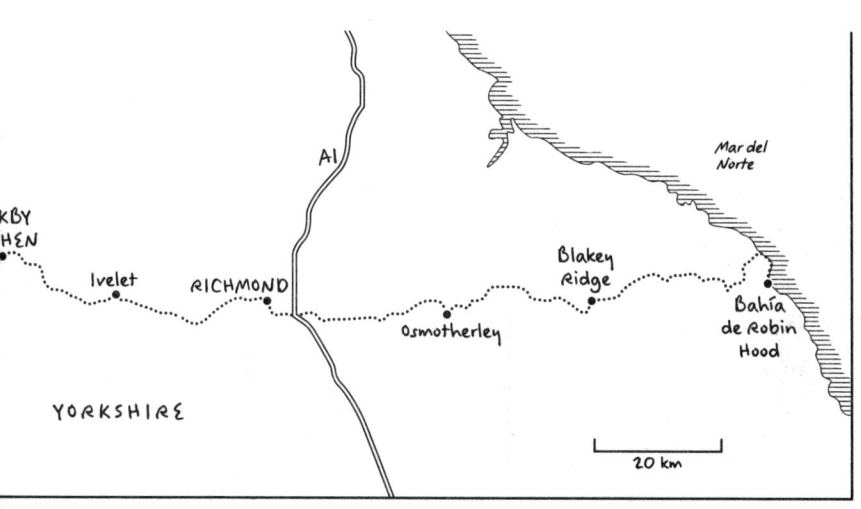

KBY
HEN

Ivelet

RICHMOND

A1

Osmotherley

Blakey
Ridge

Mar del
Norte

Bahía
de Robin
Hood

YORKSHIRE

20 km

PARTE UNO

MI HOGAR

¿Con qué propósito, abril, vuelves por aquí?
La belleza no basta.
Ya no puedes tranquilizarme con el color rojizo
de las hojas que brotan.
Sé lo que sé...

EDNA ST. VINCENT MILLAY, *Spring.*

FOTOGRAFÍAS IMAGINARIAS

En todas sus visiones juveniles del futuro, del trabajo que podría llegar a tener, de la ciudad y el hogar en el que podría vivir, de los amigos y familiares que la acompañarían, Marnie nunca se había imaginado que fuera a sentirse sola.

De adolescente, el futuro era para ella una serie de fotografías imaginarias llenas de gente, abrazándose con sus amigos, con los ojos rojos por el flash de la cámara en la taberna o iluminados por las llamas de una hoguera de leña que habían encontrado en la orilla de una playa, y allí, justo en el centro, estaba ella, sonriente. Las fotos de más adelante no las veía con tanta claridad, los rostros estaban menos nítidos, pero era posible que su pareja o incluso sus hijos aparecieran entre los amigos que sabía que iban a acompañarla toda la vida.

Sin embargo, llevaba seis años sin hacerle una foto a otra persona. La última vez que alguien le había hecho una a ella misma había sido para el pasaporte y le habían pedido que no sonriera. ¿Dónde se había metido todo el mundo? Ya tenía treinta y ocho años y se había criado en la edad dorada de la amistad, cuando contar con una comunidad que la apoyaba y la quería era una prioridad mucho más importante que las complicadas movidas de la familia, la teatralidad forzada del romance y las obligaciones mustias del trabajo. Las llamadas hasta las tantas de la noche, los mensajes, las escapadas y los juegos de mesa... Todo aquello había sido muchísimo más emocionante y gratificante que su errática vida amorosa y ¿acaso no se le había dado muy bien en algún momento? Era un buen complemento para el grupo, si bien no el núcleo, y caía bien aunque no la adorasen ni la idolatrasen. No era una de aquellas chicas capaz de alquilar una discoteca entera para celebrar su cumpleaños, pero sí que había podido llenar una sala en la planta de arriba de un bar para festejar los veintiuno y una mesa larga en un restaurante italiano para los treinta. Para los cuarenta, tenía pensado ir a dar un paseo por el parque con una amiga o dos, como un grupo de música popular tiempo ha que se ve obligado a tocar en conciertos cada vez más reducidos.

Año tras año, perdía amigos ante el matrimonio o la paternidad con parejas que no le caían bien y a las que ella tampoco, que se retiraban a una vida nueva, espaciosa y ordenada en Hastings, Stevenage, Cardiff o York mientras ella seguía al pie del cañón en Londres. A otros los perdió ante la apatía o el descuido y con ellos la amistad pasó a ser una postal de agradecimiento que siempre pensaba escribir hasta que pasaba demasiado tiempo y le daba vergüenza enviarla tan tarde. Aunque tal vez era algo natural, eso de irse distanciando. La vida real muy pocas veces consistía en hogueras en la playa o partidas de Twister facilitadas por el alcohol, sino que una parte de madurar era dejar de lado aquellas fantasías de meterse en el mar en pelotas y mantener charlas profundas.

Sin embargo, nadie había ocupado el hueco que habían dejado sus amigos y en aquel momento se veía obligada a corregir su visión del futuro a una formada por la soledad y la independencia, por beber té de una taza de las buenas, hacer crucigramas en el teléfono, tener el control del mando de la tele y contar con sus propios libros, su propia cama. Comer, beber, leer y pasar por alto el reloj, vivir sin la intrusión ni la mirada juiciosa de otra persona, la fantasía de ser la última mujer sobre la faz de la Tierra. No sabría decir si un árbol que cae en un bosque hace ruido, pero sí que sabía que ninguna de las vibraciones que emitía ella llegaban al tímpano de otro ser vivo, de modo que había adoptado la costumbre de hablar con los objetos. «¿Otra vez por aquí?», saludaba en broma a la mancha de humedad del baño. «Qué bonitos y frescos», elogiaba a los huevos. «¡Por fin te encuentro!», le decía al sacacorchos mientras lo hacía agitar los brazos en el aire. En una película de la tele, Marnie vio que una chica solitaria se daba un largo discurso motivacional a sí misma en el espejo. «¿Quién hace esas cosas? Qué absurdo», le dijo a la tele.

Solo que una conversación en solitario es como jugar contigo misma al Scrabble: es complicado que te sorprendas o te pongas a prueba. A veces ni siquiera se molestaba en soltar palabras, sino que adquirió un vocabulario de soniditos, como *fua*, *petá*, *flu-ah* y *cha-ja*, cuyo significado cambiaba en todo momento. La radio le era de ayuda, porque así cada día estaba marcado por un horario, por mucho que, cada hora, las noticias fueran un subidón de ansiedad o furia cada vez mayor que la hacían querer salir corriendo a apagarla. Se ponía música y escuchaba listas de reproducción con nombres tipo «Música de fondo para cafeterías» o «Piano para días de lluvia»; el problema era que nadie se había sentado a recopilar una lista para aquellas tardes mustias de domingo en su piso de una habitación, presente pero anónima, como alguien dando palmadas en el público de un estadio. El tiempo es una sensación que se altera según dónde esté cada uno y las horas malditas entre las tres y las cinco de una tarde de febrero se hacían eternas, al igual que las mismas horas por la mañana, cuando lo único que podía hacer era contemplar los mismos problemas y remordimientos en bucle. Era en esos momentos cuando se veía obligada a reconocer la verdad.

Yo, Marnie Walsh, de treinta y ocho años, oriunda de Herne Hill, Londres, me siento sola.

No era la soledad del aislamiento, del encierro ni la incomunicación, sino la soledad con todas las de la ley, y darse cuenta de ello la llenaba de vergüenza. Porque, si la popularidad era la recompensa de ser lista, guay, atractiva y exitosa, ¿qué implicaba la soledad? Nunca había sido guay, pero tampoco es que no se enterara de nada. Unas cuantas personas le habían dicho que era graciosa y, si bien reconocía que podía tratarse de una trampa, nunca se ponía sarcástica ni rencorosa adrede y era mucho más probable que se riera de sí misma que de los demás. Tal vez aquel fuera el problema (desde luego, su exmarido lo había puesto en lo más alto de la lista), solo que también era amable, generosa y altruista dentro de lo que podía. Tampoco era tímida. De hecho, tal vez se esforzaba demasiado en complacer a los demás, aunque nadie parecía demasiado complacido.

Según lo veía ella, existe la persona que queremos ser y la que somos en realidad. Conforme maduramos, la primera le cede terreno a la segunda, y tal vez eso era lo que había pasado a ser ella: una persona que estaba mejor sola. No más feliz, pero sí mejor. No una mujer introvertida, solo una extrovertida que había perdido el truquillo.

Aun así, tampoco era una soledad romántica, o bien solo lo era a veces. Se había casado hasta divorciarse a los veintimuchos, algo que la convertía de por sí en un prodigio, y aquella gran calamidad central de su vida había logrado cauterizar esas emociones, incluso si la cicatriz todavía le picaba de vez en cuando. No había estado con nadie desde el divorcio, no de verdad, aunque a veces pensaba en ello, en que estaría bien notar la calidez de otro cuerpo en la cama o que le llegara un mensaje que no fuera un código de confirmación o un intento de estafa. Y estaría bien sentirse deseada, pero bueno, tenía que andar con pies de plomo. Los riesgos que involucraba el amor romántico, el potencial de sufrir por el dolor, la traición y la falta de dignidad, podían más que los beneficios. Más que nada echaba de menos estar con otras personas, tanto de forma específica como general, y, si la idea de socializar a veces le parecía aterradora, agotadora e intimidante, seguía siendo mejor que aquella vida cada vez más reducida en el interior de los cincuenta y cuatro metros cuadrados de la planta de arriba del edificio en el que vivía.

A veces es más fácil seguir sintiéndote sola que mostrarle al mundo la persona solitaria que eres, pensaba. Sin embargo, sabía que esa idea también era una trampa y que, a menos que hiciera algo, esa soledad bien podía pasar a ser permanente, como una mancha que se cuela en la madera.

Qué remedio. Iba a tener que salir de casa.

LAS PODEROSAS FUERZAS
DEL INTERIOR DE LA TIERRA

El truco está en cambiar cómo concebís el paso del tiempo. De nada sirve pensar en términos de minutos, horas y días, ni siquiera en generaciones. Tenéis que ajustar la escala y pensar en milenios. Y entonces todo lo que veis se transforma en algo temporal; los lagos, ríos y montañas están siempre en movimiento y los cambios se producen a lo largo de millones de años. Este valle no siempre ha estado aquí: se creó, tallado por un gran glaciar, porque el hielo es algo que se mueve, menos de un metro al día, pero arranca y mastica con esos dientes de piedra que tiene, tira rocas y las roe en un proceso que se denomina... ¿Cómo se denomina el proceso?

»¿Nadie? Exacto, se llama «erosión glaciar» y consiste en... A ver si espabiláis, chicos, que esta os la sabéis. Exacto, en la abrasión y la formación de derrubios. ¿Qué te hace tanta gracia, Noah? ¿Es que la palabra «derrubio» te da la risa? Cuéntaselo al resto de la clase, venga. No, ya imaginaba que no.

»De modo que el hielo contiene una violencia inimaginable, mucho más que el fuego. Tiene la capacidad de destruir, pero también la de crear, como esas cuencas que se llaman... Exacto, «glaciares de circo», o *cwms*, como diríamos aquí en Gales, esos lagos de montaña a los que las personas como la señora Fraser y yo vamos a nadar, no como vosotros, cobardicas. Guardad los móviles, por favor, a menos que estéis haciendo fotos para vuestro proyecto. Nada de selfis. Chrissy, ¿a ti te ha erosionado un glaciar? Pues nada de selfis.

»Si retrocedemos un poco más, unos 480 millones de años, esta montaña, la más alta de todo Gales, no existía. Se formó durante un periodo llamado Ordovícico. No, no saldrá en el examen, aunque eso no quiere decir que no os vaya bien saberlo. O-r-d-o-v-í-c-i-c-o. Mucho antes de los dinosaurios... No, mucho antes. Pero sí, en algún momento existieron los dinosaurios por aquí... No, ya no, no me seáis cazurros. Sí, los dinosaurios molan, Ryan, pero esto mola más, porque estas fuerzas, estas fuerzas inmensas...

»Atended, por favor, si queréis que volvamos. Cuando los continentes chocan, las placas tectónicas se hunden y se alzan por encima del agua, y de ahí salen los volcanes. Volcanes aquí, ¿os lo podéis creer? Cerrad los ojos y mirad. Ay, ya me entendéis. Cerrad los ojos y poneos a imaginar... Sí, imagínatelo con dinosaurios también si te apetece; no estaban, pero tú a lo tuyo. Lo importante es que recordéis que este proceso no se detiene solo porque los humanos estemos aquí. Sigue ocurriendo y seguirá mucho después de que el último ser humano haya desaparecido de la faz de la Tierra. Son las poderosas fuerzas del interior de la tierra. Nada es permanente, todo cambia. Sarah Sanders, haz el favor de no bostezarme en la cara, si eres tan amable. Sigamos caminando. Sí, abrid los ojos primero, no os vayáis a matar.

Comenzaron su descenso. Como ocurría con los ríos, todos los chistes tenían su origen, y a veces se preguntaba quién había propuesto por primera vez la idea de que los profesores de Geografía eran un muermo. ¿Había sido un libro, un alumno frustrado, un profesor de Física con sed de venganza? A él no se le ocurriría jamás de los jamases criticar la disciplina de uno de sus compañeros, pero ¿tan interesantes eran los de Historia, siempre saltando entre los Tudor y la República de Weimar? Ningún profe de Lengua se ponía a saltar en los pupitres y los matemáticos podían pasarse el día hablando de la belleza de los números si querían, que al final todo acababa siendo un sudoku. Y aun así, por alguna razón y sin un origen determinado, el chiste de los profesores de Geografía se había materializado en el mundo y era el señor Bradshaw, Michael, quien tenía que encargarse de desafiar las expectativas e inspirar a sus alumnos. Encabezaba la comitiva, con la señora Fraser, Cleo, por detrás con los rezagados, y, cuando llegaron al valle, se puso a hablar de abanicos aluviales.

—Hace tan solo dieciocho mil años, que es una cosita de nada, anteayer en términos geológicos, los glaciares retrocedieron y nos dejaron este regalito. —Pisoteó el suelo y sus alumnos, muy diligentes ellos, bajaron la mirada y vieron el regalito. Barro—. Esta tierra, esta tierra oscura y preciosa, salió de debajo del glaciar, como los granos molidos hasta hacer harina, y cubrió la superficie del valle con un manto fértil y lleno de minerales que se volvió un... Abanico. Aluvial. «Abanico aluvial», qué término más maravilloso. Y esos minerales se propagaron y acabaron llegando a los árboles, plantas y cultivos, a las manzanas que os habéis traído para comer, o que tendríais que haber traído, vaya. ¿A que es asombroso? Los restos de un glaciar antiquísimo os recorren el cuerpo, son el calcio de los huesos, el hierro de la sangre...

Llegado a ese punto, Michael hizo una pausa y se preguntó si debería ir más allá, si debería enlazar el tema con el origen de esos elementos, del universo en sí, y contarles que todos estaban hechos de estrellas. La mente adolescente era muy impresionable, pero esos temas ya pertenecían a la química y a la física y, además, las manzanas eran de Sudáfrica.

—Bueno... ¿Alguna pregunta? —inquirió, mirando hacia treinta rostros grasientos e inacabados, algunos muy serios dentro de sus capuchas, otros susurrando o soltando risitas ante bromas privadas. Era un profesor apasionado y comprometido con la enseñanza que hacía todo lo que estaba en sus manos por atravesar la indiferencia típica de los adolescentes, solo que las preguntas que preocupaban a aquellos chicos no eran unas que él pudiera responder. ¿Quién puede ponerse a identificar estratocúmulos cuando está pensando en la petaca, en vapear y en si le gusta a aquella chica? ¿Cómo puede competir una montaña contra un grano de acné en la barbilla? Aquella noche, en el albergue juvenil, iba a producirse otro juego del gato y el ratón, con rondas a las tres de la madrugada, ayudados por las linternas («Voy a hacer como que no he visto nada. Guárdate eso. Vuelve a tu habitación, os espera un gran día mañana»), y, después de la colonia, iba a volver a casa, encorvado y pálido por el agotamiento. Aun así, preferiría no tener que volver.

Era profesor, pero no padre. Lo habían intentado, pero se habían tenido que enfrentar a complicaciones y obstáculos, y en aquellos momentos le costaba imaginarse las circunstancias. Los dos cargos no se podían comparar y solo se solapaban de una forma superficial: aunque un padre puede enseñarle algo a un niño, es un error que un profesor trate de hacer de padre de un alumno. Aun así, en ocasiones le parecía que todas las zozobras y la ansiedad propias de la adolescencia se apretujaban en los cinco días de excursión, y no solo las travesuras y la miseria, sino los problemas sentimentales también. A los niños populares y confiados se les podía dejar a su aire, con sus planes, de modo que el señor Bradshaw prefería centrarse en los más asustadizos y con menos confianza, en los que pendían de una cuerda para hacer rápel. Mirándolos a la cara asustada y ansiosa que tenían, le parecía poco probable que estuvieran hechos de estrellas; aun así, le despertaban cierta ternura profesional.

—Los paisajes son vida —les explicó—. Y, cuando admiráis unas vistas así en lugar de tener los ojos pegados al móvil, Sarah Sanders, que ya te he dicho que lo voy a acabar lanzando al próximo lago cintiforme que nos encontremos, podréis ver su belleza y leerla también. ¿Por qué hay granjas por aquí? ¿Por qué la tierra es de este color? ¿Por qué hay nubes sobre la montaña y no sobre el valle? ¿Por qué la roca reluce bajo el sol así? ¡Mirad lo magnífico que es! ¡Mirad!

Vio que a los chicos de más atrás, con la capucha muy cerrada, les temblaban los hombros al contener unas carcajadas. Era un profesor que caía bien, más de lo que él creía, solo que ya no conseguía conjurar la irreverencia jocosa que necesitaba para que lo adoraran. Aunque su pasión por el tema que enseñaba era sincera, la sinceridad invitaba a que lo ridiculizaran y, cuanto más apasionado se ponía sobre lo que explicaba, más se reían ellos, igual que se habían reído cuando la señora Bradshaw se había ido de casa y algunos alumnos lo habían visto llorar en el coche. De verdad, los críos se podían reír de cualquier cosa. Vaya que sí.

ACEPTAR TODOS LOS CAMBIOS

El trabajo no era la respuesta. Marnie era editora y correctora autónoma y trabajaba en solitario desde casa, donde el único dispensador de agua era la nevera. Cobraba poco, la idea de tomarse vacaciones era un sueño de opio y el miedo a tener que pedirse la baja era una pesadilla en la vida real, pero disfrutaba del trabajo, se le daba bien, era rápida y precisa y había mucha demanda. Las editoriales eran fieles y los autores pedían sus servicios del mismo modo que recurrirían a un peluquero o a un cirujano de confianza. A cambio, era consciente de las manías y fetiches de sus clientes habituales: el autor que lo describía todo como «nebuloso», el que era adicto a usar las palabras «universitario» y «epónimo», a poner los adjetivos de tres en tres, a la construcción «o bien... o bien...» y a poner tres «pero» por frase. ¿Eran errores o el estilo personal de cada uno? Marnie sabía distinguirlo y, si bien su potestad no era transformar un libro infumable en uno bueno, sí que podía alisar un poco los baches que podrían hacer tropezar a los lectores durante el trayecto. La mayoría de los autores se mostraban agradecidos con su trabajo y muchos se limitaban a darle a «aceptar todos los cambios» sin mirárselo mucho. Se sentía halagada por la confianza, al hacer de consejera sabia, sin ponerse de por medio pero esencial para el trabajo, al ser la persona que le llamaba la atención al autor discretamente para decirle que se le había quedado un trozo de espinaca pegado a los dientes.

Había que ser un poco pedante en su oficio (de hecho, en cierto sentido su oficio era ser pedante), aunque intentaba ser lo más abierta de mente y colaboradora cada vez que podía. Según había comprobado, los jóvenes habían empezado a omitir las comillas y ya había visto que las minúsculas se ponían de moda y se perdían y volvían a estarlo y todo eso estaba bien, aunque sí que le parecía que había demasiados puntos y comas en los textos del momento, de modo que leer era como una carrera de obstáculos, y era muy pero que muy consciente de las diferencias entre el inglés británico y el estadounidense. Una vez había tenido un intercambio de correos muy acalorado con un autor de derechas beligerante que había escrito un thriller de espionaje y estaba decidido a usar la palabra «empero»: el protagonista las pasaba canutas, empero prevalecía. Nadie usaría esa palabra, y mucho menos el líder del MI5, «empero» él se empeñaba en incluirla. Así como una dentista no puede pasarse la noche en vela preguntándose si su paciente se estará lavando bien los dientes, ella tampoco solía comprobar si habían hecho caso de sus consejos. Sin embargo, unos meses después había visto la novela publicada en una librería y allí estaban los benditos «empero». *Ah, qué se le va a hacer*, pensó. *El que tiene espinaca en los dientes es él.* Estaba a punto de marcharse, «empero» escondió el libro debajo de otro antes de seguir adelante con su vida.

Aun así, le sentaba como una puñalada en el corazón que un «a ver» se quedara como «haber». La respetaban, los autores se la rifaban y siempre quedaba muy agradecida cuando los editores acudían a ella suplicantes, como una asesina a sueldo a la que convencían de aceptar un último encargo. Y así era que llevaba tres años sin irse de vacaciones. En su último viaje sola a Grecia, se había quedado a trabajar en la habitación del hotel y había vuelto menos morena de lo que se había ido.

Como muchos autónomos, le costaba dejar de pensar en el trabajo cuando no estaba en ello. Una vez, en un bar, su marido había pedido un «muay thai».

—Mai Tai —lo había corregido ella antes de poder contenerse.

Su marido había cerrado los ojos y soltado un largo suspiro.

—Marnie —le había dicho—, ni se te ocurra ponerte a revisarme.

Se alegraba de que hubiera salido por la puerta.

EL TRATO

—Creo —dijo la señora Fraser, Cleo, su vieja amiga—, que pasas demasiado tiempo solo.

Estaban hablando durante el largo viaje en bus para volver a York. El privilegio de ser profesores les había conseguido los asientos de delante y los niños estaban en modo hiperactivo por los snacks de gasolinera o dormían tras haber pasado toda la noche jugando a las cartas, metidos en un ambiente estancado apenas respirable por culpa de la peste a deportivas mojadas y desodorantes poco adecuados.

—Ya me gustaría a mí estar solo —respondió Michael por encima del alboroto enlatado de treinta móviles—. ¿No te mueres de ganas de estar sola?

—No es lo mismo. Ven con nosotros a comer el domingo.

—Lo siento, no estaré en casa.

—¿En todo el fin de semana?

—Saldré a caminar.

—¿… acompañado? —preguntó ella con una mirada recelosa.

Michael se encogió de hombros.

—Me gusta estar solo.

Fuera del trabajo, siempre lo estaba. Hacía nueve meses, Natasha había vuelto a casa de sus padres, cerca de Durham, pues había aprovechado la oportunidad entre un confinamiento y otro, como si hubiera pasado con una voltereta por debajo de una persiana metálica que se cerraba. Y, con su ausencia, le costaba estar en casa durante bastante tiempo.

Se trataba de una casa con terraza y dos habitaciones ordenada y agradable, con un rellano nuevo, y ella había dejado suficientes de sus posesiones como para que siguiera siendo un hogar cómodo, aunque él no lograba escapar de la sensación de que faltaba algo, como si hubiera sufrido el robo de unos ladrones ordenados y amables.

Claro que faltaba algo, y, si bien vivía solo, siempre lo hacía ante su presencia. Como los fines de semana y las vacaciones se hacían más cuesta arriba aún, había adquirido la costumbre de salir al amanecer y dirigirse a lugares remotos, donde caminaba hasta caer rendido. Para Cleo y sus demás compañeros, aquellas excursiones tenían su toque masoquista, casi medieval, el caminar con la cabeza gacha a través del viento y la lluvia y la niebla.

—Pues yo creo que es raro —dijo ella—. ¿A dónde vas con tanta excursión?

—Suelo ir en círculo. Aparco el coche, me alejo y, cuando ya he caminado lo suficiente, vuelvo. —Cleo se puso a cantar *Good Times* de Chic para dejarle claro lo aburrido que le parecía y Michael se echó a reír—. A mí me gusta. Despeja la mente.

—Una mente despejada, eso sí que quiero yo —repuso Cleo—. Debería ir contigo.

—Bueno —dijo él, sin muchas ganas.

—Podría llevarme a Sam y a Anthony. —Anthony era su hijo y ya tenía trece años. Michael lo había visto crecer—. ¡Podríamos pasarnos el día de excursión!

—Puede ser —respondió, con la esperanza de que con eso le bastara, porque la cosa no iba a ir bien si tenía a otras personas allí.

Lo que buscaba era la soledad y ningún lugar de los que había recorrido le había parecido lo bastante despoblado. A lo mejor a Cleo se le olvidaba. De hecho, ya se había dado la vuelta para ponerse a gritar hacia el otro extremo del bus.

—No os pongáis de pie en los asientos de atrás, por favor. ¡Dejad tranquilos a los camioneros!

Michael esperó que allí quedara la cosa. Se las había arreglado para sobrevivir a unas vacaciones de Navidad brutales en las que había vuelto a casa de sus padres después de que le insistieran mucho, para que lo animaran con una recreación exacta de la Navidad de 1997, con la misma comida seca en salas sobrecalentadas, las mismas decoraciones y películas en la tele y hasta una botella de advocaat que de verdad era la mismita de la otra vez. La norma implícita sobre la ausencia de su mujer era no hablar del tema, de modo que aquella Navidad tuvo lugar en un universo paralelo en el que nunca había estado casado. No había enemistad por ninguna parte: sus padres querían mucho a Natasha y habían visto que revivía a su hijo, pero no tenían las palabras apropiadas para hablar de ello. *Quizá sea mejor así*, había pensado Michael, tumbado en la misma cama en la que dormía de adolescente. De verdad había sido una fiesta de la melancolía y también se había sentido como un adolescente, porque había huido a la primera de cambio para ir a caminar bajo la lluvia.

—¿Quieres que te acompañe? —le había preguntado su padre—. Tengo las botas por aquí. —Sin embargo, Michael prefería ir solo.

El primer día del nuevo trimestre, Cleo lo llamó a su despacho. A pesar de que se había incorporado al centro después que él, siempre había sido más ambiciosa y en aquellos momentos se dirigía a él desde el otro lado de la mesa de vicedirectora.

—¿Qué tal la Navidad? ¿Te has soltado la melena?

—Misa a medianoche, jerez, el discurso de la reina...

—Tú siempre bebiendo, no me extraña que tengas esas pintas.

—Gracias, lo mismo digo.

—Por desgracia, no me puedes hablar así —dijo ella, dándole un golpecito al escritorio—. Es cosa del cargo. Teníamos ganas de verte en Nochevieja.

—Sí, iba a ir, pero lo que ponen por la tele siempre está tan bien…

—Michael…

—Lo siento, es que la fecha no me emociona mucho que digamos.

—¿Y cuáles sí te emocionan?

Se lo había preguntado con un tono que conocía de sobra, la voz que sacaba a relucir cuando hablaba con un alumno prometedor que no alcanzaba el listón de su potencial. Solo que él tenía cuarenta y dos años. Cleo era su amiga y habían ido de vacaciones juntos, primero los cuatro y luego los cinco después de que naciera Anthony, y, si bien le conmovía que se preocupara por él, también era un poco humillante. Dejó que la mirada se le perdiera por la ventana, bajo la cual llegaban grititos y gritotes desde el patio.

—Estoy bien. He tenido unas buenas vacaciones, muy tranquilas, muy pacíficas.

Le había dado un ataque de ansiedad el día 26 y había tenido que esconderse en la cabaña de su padre hasta que pudo respirar con normalidad.

—¿Hablaste con Natasha?

—Sí, un poco, el día de Navidad. Tuvimos una buena charla.

—A mí me dijo que fue como hablar con alguien en la cárcel, a través de los cristales esos.

—Es que así son mis conversaciones.

—Vale. Solo quería saber si estabas bien.

Pues no, pero tampoco era plan de preocupar a nadie.

—Estoy perfectamente, solo que no estoy preparado para volver a tener compañía. Se me permite, ¿no?

Cleo soltó un suspiro.

—Vente a cenar el sábado.

—No puedo, es que…

—Pues el viernes.

—El viernes tampoco puedo, saldré temprano.

—¿Otra caminata solitaria?

—Me iré unos días, sí.

—Vale, ¡te acompañamos!

—No —dijo con una carcajada.

—Me pondré otros zapatos. Y no nos comeremos tus bocadillos de bazofia…

—Me gusta ir solo.

—Vale, te seguiremos desde lejos. Te gritaremos para incluirte en la conversación. ¡Invitaremos a más personas!

—No estoy preparado.

—Yo creo que sí.

—No puedes… desautorizar los sentimientos de alguien así porque sí.

—Es que estoy haciendo de guía espiritual.

Michael volvió a quedarse mirando por la ventana.

—Te lo agradezco, pero esta vez no.

Cleo se echó adelante al haber visto un punto débil en la fachada.

—Ah, pero otra vez sí.

—A lo mejor.

—Después de Semana Santa, la segunda semana de vacaciones, una buena caminata.

—Puede ser.

—Vale. Trato hecho.

—¿Es un trato si no me apetece?

—Sí. Saldremos todos en un grupo grande y divertido.

—Solo eres vicedirectora.

—Es solo cuestión de tiempo que me asciendan. Genial, ya está decidido.

Ese era el quid de la cuestión. Para Cleo, la solución al problema se hallaba en la presencia de más personas, mientras que Michael dependía de su ausencia. Y, si bien la amabilidad de una amiga era algo conmovedor y valioso, también podía parecer una obligación.

—Bueno —suspiró—. Cuando los días sean más largos.

La inclinación del planeta y la órbita que trazaba alrededor del Sol hacían que aquello fuera inevitable, pero al menos iba a tener tiempo para pensarse una buena excusa.

LAS DIAPOSITIVAS

Se había vuelto adicta a la emoción de un plan cancelado. Era un subidón pequeño y breve y nadie se ponía a rememorar con cariño las veces que habían podido escaquearse de algo, pero, por el momento, para Marnie no existían unas palabras más bonitas que «Lo siento, al final no voy a poder». Era como que la librasen de un examen que sabía que iba a suspender.

Si bien lo ideal era que la otra persona cancelara antes, estaba más que preparada para dar el primer paso. Al igual que hacían los actores durante alguna escena lacrimógena, ayudaba si podía basarse en una verdad personal, de modo que, cuando se despertó la mañana de Nochevieja (día atroz si los hay) y notó que le picaba la garganta, lo primero que pensó fue: *Qué bien me viene esto*. Su amiga Cleo, vicedirectora de un instituto de York, la había invitado a una fiesta, pero sería muy irresponsable de su parte viajar, porque no iba a estar para muchos trotes y estaba lejos, por lo que iba a tener que quedarse en casa y superar la vil enfermedad. Se tumbó en el sofá para que la voz le sonara como si estuviera en la cama, con el tono ronco y pegajoso de un niño poseído por un demonio, y la llamó.

—*Sabía que me ibas a decir eso* —dijo Cleo—. *Es que lo sabía.*

—¿Sabías que me iba a poner mala?

—*Todo el mundo sabe poner esa voz, Marnie.*

—¡Tengo unas décimas!

—*Unas décimas de mentirosa es lo que tienes.*

—Estoy tiritando. Estoy… ¿Por qué quieres que vaya si no voy a ser nada divertida?

—*No te invitamos porque seas divertida.*

—Ah.

—*Te invitamos porque te queremos y es importante que te relaciones con otras personas, que pasas mucho tiempo sola.*

—No es culpa mía que…

—*Ahí sentada como… Eleanor Rigby o yo qué sé.*

—¡Cleo!

—*Perdona, pero es que tengo ganas de verte, y Anthony también.* —Anthony era el ahijado de Marnie, otra persona más a la que había dejado olvidada.

—Yo también tengo ganas de verlo, y a ti. Solo quiero ir cuando esté bien del todo.

—*No tienes que estar bien del todo, a nadie le importa que no lo estés. Te queremos tal como eres.*

—Qué bonito.

—*¿A que sí? Casi me dan arcadas.*

—A mí también —dijo Marnie—. Y es por eso que no puedo ir.

—*Bueno, vale. Feliz año nuevo, supongo.*

Colgó y la estancia pareció mucho más vacía. Quería mucho a Cleo, era una buena amiga, constante y muy fiel, pero también feroz. Y, si bien era humillante que la regañara, sabía que aquella sensación era pasajera y que lo que iba a experimentar era un alivio inconmensurable. Llenó la bañera y abrió una botella de vino. Redactó varias publicaciones jocosas sobre su velada casera salvaje para sus redes sociales, aunque ya había descubierto por otras ocasiones que las bromas que publicaba en internet provocaban que le enviaran mensajes para comprobar si estaba bien. En su lugar, se puso a leer lo que le iba saliendo por la app, con la sensación de estar viendo una fiesta desde debajo de una farola de la calle.

Tan comprometida estaba con la enfermedad falsa que esta se volvió verdadera, con una sensación en la garganta como si le faltara un trozo, un sabor metálico dulzón y dolor en todo el cuerpo. El placer de cancelar los planes dependía de creer que se lo estaba pasando mejor que los insensatos que se habían esforzado por salir, y ya no era así. Brindó consigo misma con un vaso de agua, se dio un festín con dos Paracetamol y una pastilla para dormir y, a las diez y cuarto de la noche, se metió bajo la manta con peso que transformaba su cama en una prensa de flores.

A medianoche, los fuegos artificiales de Londres fueron a despertarla y las primeras horas del año nuevo las pasó perdida en una niebla febril, imaginándose dónde podría estar si se hubiera decantado por un «sí» en lugar de por otro «no». En un universo alternativo, se imaginaba en el rincón de la cocina de Cleo, animada y graciosa con un hombre apuesto cuyos ojos brillaban y cuya dentadura no era perfecta, por lo que era mejor aún.

—¿Quieres salir un rato? —le diría él—. Que aquí hay demasiada luz.

Y tal vez gorronearan un cigarro para compartirlo de alguna manera ñoña.

—¿A qué hora tomas el tren mañana? —le preguntaría entonces él.

—Ah, no tengo prisa —contestaría ella (aunque era un billete comprado con antelación, no uno con horario flexible, e incluso teniendo en cuenta que era una fantasía le preocupaba el coste extra)—. Y bueno, ¿cómo es que te hiciste arbolista? —Y era ese momento el que él escogía para inclinarse y besarla.

El problema de los universos alternativos es que estaban llenos de las tonterías más vergonzosas de la historia. En el universo en el que sí vivía, su reloj con alarma indicaba que eran las dos y cuarto de la madrugada, y extrajo su cuerpo febril hacia el lado frío de la cama. En un documental sobre emergencias, había oído la historia de que un anciano había muerto con la manta eléctrica puesta, después de cocerse poco a poco durante el transcurso de varios días. ¿Qué le haría la manta de peso con el tiempo? ¿La aplastaría con las extremidades abiertas como si fuera un *Archaeopteryx*? ¿Un bombero tendría que enrollarla como si fuera una esterilla de yoga para llevársela bajo un brazo?

En Año Nuevo, tiritando en el sofá, encendió la tele y descubrió que su dispositivo de *streaming* había recopilado una presentación de diapositivas sarcástica con sus fotografías, titulada *¡Menudo año!*: la bombilla de su horno, una receta para preparar sopa de lentejas, una foto ampliada de un vello encarnado, su número de la seguridad social, la suela medio salida de un zapato defectuoso, la peca que le había aparecido en un hombro, la lectura del contador de gas, un tique de la tintorería, el fragmento de cristal verde que se había encontrado en una ensalada, y luego de vuelta a la bombilla, todo ello acompañado de *You've Got a Friend*, de Carole King.

Un propósito de año nuevo: las fotografías del nuevo año iban a ser distintas. No iba a haber más enfermedades a las que despertara por sus propias ganas, nada de comodidad, ninguna vela que le arrebatara el oxígeno a la sala y ni hablar del autocuidado incansable. En su lugar, pensaba dedicarse a los demás, a revivir sus amistades y forjar unas nuevas, a involucrarse en el asunto confuso y alborotado que eran las otras personas.

Si bien los propósitos siempre acababan desapareciendo con el paso del tiempo, aquel se le quedó y, cuando Cleo la volvió a llamar con otra invitación, Marnie dudó, flotando entre el deseo de cambiar y las ansias de que todo siguiera igual. Tres días caminando con desconocidos. Era justo el tipo de experiencia potencialmente desastrosa que necesitaba y, para sus adentros, decidió meditarlo bien. Para sus afueras, se le escapó un «sí».

NAPOLEÓN

Algo horrible ocurría con Michael cuando le daban un mapa. Cleo le había encargado que trazara la ruta, que fuera complicada pero no imposible, pintoresca pero no demasiado turística. A cambio, ella se encargaba de buscar alojamiento (viajaba con una política estricta que prohibía las tiendas de campaña) y de organizar a un buen grupo de personas, ninguna que diera demasiado miedo. Unos días largos y esplendorosos en la montaña y luego un bar por la noche. En resumen: un respiro breve y agradable.

Pues se iba a enterar. El mapa lo transformaba en el general de un ejército, apoyado con los puños en la mesa, mirando con desdén a aquellos principiantes que todavía tenían la etiqueta del precio en las botas. Con su mentalidad de conquistador, examinó el terreno y la elevación, pero todo le pareció demasiado insignificante, fácil y breve; los pantanos y las marismas eran unas pocas rayas, los kilómetros, unos pocos centímetros.

Tres días no iban a bastar, por lo que se preguntó qué pasaría si dejaba atrás al grupo y seguía andando. ¿Cuánto podría caminar hasta que se viera obligado a volver a casa? Si comenzaba en la costa oeste, creía ser capaz de llegar a la costa este, a lo largo de un cinturón alto que le ceñía el brazo a Escocia, para cruzar los Lagos, recorrer los Peninos, luego los Yorkshire Dales y los Páramos hasta descender por la costa de Yorkshire y mojar los pies en el mar del Norte. Se trataba de la famosa ruta trazada por Alfred

Wainwright, 305 kilómetros que se solían recorrer en doce o trece días, aunque estaba seguro de que podría conseguirlo en diez si no se paraba a descansar.

Una vez que se le formó la idea, no pudo desprenderse de ella y se convirtió en el típico proyecto obsesivo que asedia a los hombres de mediana edad, como entrenar para una maratón o la carpintería. Reconocer que así era no hizo que la idea le pareciera menos atractiva y estaba seguro de que, si completaba la ruta, iba a sentirse... ¿Cómo iba a sentirse? Para ser un peregrinaje le faltaba un cometido espiritual, pero esperaba que al menos le concediera la sensación de un logro cumplido, de bienestar, de haber pasado página. Una inmersión profunda en el mundo natural... seguro que le iba a proporcionar tranquilidad, tal vez no felicidad, pero sí calma. Disfrutaría de muchísima belleza por el camino, así como de cierta incomodidad y de la compañía de otras personas, claro, aunque solo durante unos días, antes de que se marcharan y él pudiera sumirse en el silencio y pensar sobre los años que habían pasado. Como mínimo podría dormir bien, porque las montañas y los páramos eran una especie de sedante natural, e incluso si no dejaba de llover iba a ser mejor que pasar diez días en aquella casa encantada en la que vivía. En su casa se sentía solo, pero salir hacía que pasara de sentirse solo a estar solo a secas, lo cual era un estado mucho más digno porque era por decisión propia. Se imaginó llegando a la grada de la Bahía de Robin Hood, más delgado y desaliñado por el mal tiempo, sucio por fuera y limpio por dentro, purgado y transformado en modos que no podía definir del todo.

Al echarle un vistazo al mapa, se percató de que la ruta lo iba a acercar al nuevo hogar de Natasha, aunque esa escena le costó más imaginársela.

IMPERMEABLE

Fue a comprar lo que le pareció que era «equipamiento de senderismo». Su fondo de armario de Londres (las prendas que se ponía cuando tenía compañía, las mallas opacas, el abrigo largo y negro, los vestidos por debajo de la rodilla, las prendas de punto de colores grises, negros y azul oscuro) formaba una especie de uniforme de escuela para adultos y no era nada apropiado para una excursión por la montaña. En su lugar, iba a necesitar nailon y lana y «prendas técnicas», lo que fuera necesario para que se sintiera cómoda, cálida y seca. En resumen: lo que hacía falta para que se sintiera como si no hubiera salido de casa.

En la tienda, los expositores relucían con tonos rojos y amarillos, morados y naranjas. Marnie prefería el color camuflaje, por lo que se compró un chubasquero verde hecho tan solo de bolsillos y cremalleras y un par de pantalones impermeables que se podían enrollar en una bolita del tamaño de una manzana. Compró también unos calcetines de complejidad inimaginable, basados en un diseño de la NASA, y un gorro de lana rojo porque ¿acaso el noventa y cinco por ciento del calor corporal no se perdía a través de la cabeza? Compró ropa térmica por si nevaba y protector solar por si hacía bueno, mapas y un neceser transparente e impermeable para guardarlo y una mochila con un compartimento para el neceser de los mapas, además de capacidad para cargar con cuarenta litros de ropa, por mucho que le costara imaginarse qué eran cuarenta litros de ropa. La hidratación era de suma importancia, por lo que compró una cantimplora de goma con tubo incorporado, macabro y siniestro, como algo que debería estar junto a la cama de un hospital.

También iba a necesitar una brújula, porque ¿y si se perdía en la niebla o los demás la dejaban tirada? De pequeña, siempre se había imaginado que una brújula se las ingeniaba para señalar hacia dónde tenías que ir, solo que la vida era un poco más complicada. Era un cachito de plástico de tecnología punta, marcado con unas escalas e indicaciones inescrutables, y parecía inconcebible que pudiera ayudarla a encontrar el camino correcto, pero imagínate qué bochorno si tenían que ir a rescatarla y la pescaban sin brújula. Llevar una brújula cuando se iba de excursión era una forma de decir «Mira, lo estoy intentando, ¿vale? Lo hago lo mejor que puedo».

Se compró unas botas nuevas. Aunque lo ideal sería que una tienda como aquella estuviera regentada por excursionistas robustos y fuertes como osos con camisa a cuadros, el chico de la sección de botas era un vendedor tan paliducho como intenso que insistía en que lo más importante eran las botas: las incorrectas podían dejarla para el arrastre, no podía escatimar con las botas, de modo que seleccionar las más apropiadas parecía algo tan importante como comprarse un caballo. Unas demasiado pequeñas iban a provocarle ampollas, pero unas demasiado grandes también, además de daño en las uñas, callos y queloides. Y, con eso en mente, el vendedor la llevó a un pequeño puente de mentira hecho de adoquines barnizados para simular la experiencia de caminar por el campo. Aquel puente falso era lo más ridículo que había visto en la vida.

—¿De verdad quieres que me ponga a caminar por ahí?

—Sí, por favor.

—¿Hay un trol de tienda viviendo debajo? ¿Vas a sacar un laúd?

El vendedor se la quedó mirando con semejante ferocidad que no tuvo otra opción que ponerse a trotar de un lado a otro, a galopar por aquel puente en miniatura con distintas botas, frunciendo el ceño por la concentración y con la cabeza ladeada como si estuviera hablando con los pies telepáticamente, hasta que le entraron ganas de tirarse del puente. Se conformó con un par carísimo de cuero marrón brillante y compró un desodorante en espray y cera para pulirlas.

—Tiene que ponérselas ahora mismo —le ordenó el vendedor—, para ir acostumbrándose.

De modo que guardó los zapatos que llevaba en la mochila y recorrió la calle Charing Cross con sus botas. El dineral que se había gastado le había provocado náuseas y le estaba costando justificar el gasto ante unos críticos que solo existían en su imaginación.

Cuando volvió a casa, se puso el atuendo entero y se miró en el espejo, con las etiquetas colgando como si de abalorios se tratase, y la estancia pareció encogerse debido a su tamaño extra. El chubasquero verde y el gorro rojo la hacían parecer una aceituna rellena de pimiento y el ruido que hacía al andar la iba a volver loca, con el rugido del nailon contra el Gore-Tex. ¿Eran imaginaciones suyas o las botas le apretaban? De perfil, si llevaba las manos a las tiras de la mochila, aquella corpulencia baja la hacía parecer un tiranosaurio. Por delante, le daba corte que las tiras le enmarcaran los pechos y los empujaran hacia delante en una sola unidad sólida, como el morro de un submarino. ¿Debería llevarse algo más elegante para las noches y dedicar uno o dos de sus cuarenta litros a un buen vestido? ¿Iban a ir a alguna fiesta? ¿Debería depilarse las piernas? Notó una gota de sudor que le recorría la espalda.

Cuatro solteros, una pareja casada y un adolescente. Era como una novela de misterio con asesinatos de por medio, aunque de verdad esperaba que no llegaran a eso.

PARTE DOS

LOS LAGOS

Ascenderé por las nubes y existiré. Acumularé semejante colección de recuerdos estupendos que, aunque camine por las afueras de Londres, no veré las calles.

JOHN KEATS, en una carta para Robert Haydon, abril de 1818.

DESDE ST. BEES HASTA EL LAGO ENNERDALE

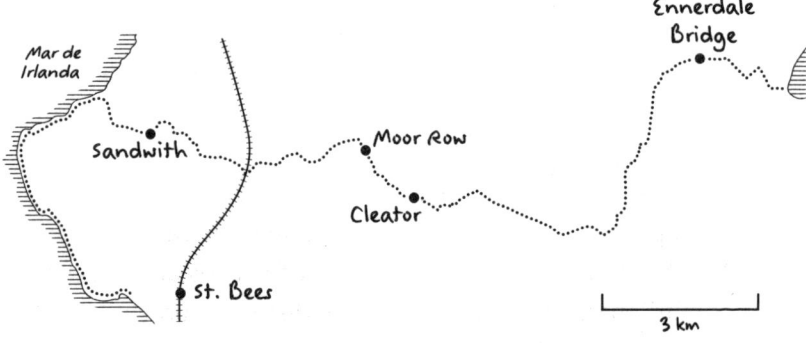

LA ORGÍA EN WIGAN

Era una lástima no empezar el trayecto en una estación más romántica, como la curva grácil de Waterloo, las grandes cámaras de cristal de King's Cross y Paddington o la matiné en blanco y negro de Marylebone. Sin embargo, viajar al noroeste implicaba ir a la caja negra y lúgubre que era Euston, un edificio cuya fachada estaba camuflada por alguna razón (ningún londinense de toda la vida era capaz de dibujarla) y lo mismo ocurría con su función, porque los trenes partían de forma furtiva desde una sala trasera. Incluso durante una mañana soleada y fresca de abril, parecía un lugar lúgubre y distópico, por lo que su disfraz caro resultaba absurdo, el sujetador deportivo era un torniquete, la camiseta térmica la había sacado demasiado pronto y los cuarenta litros de ropa le tiraban de la espalda, por lo que creía que iba a desmayarse mientras hacía cola para un café, que iba a caerse de espaldas sobre la mochila, agitando los brazos y las piernas en vano, como un escarabajo en una caja de zapatos.

Se sintió mejor en el tren, el primero del día, donde ocupó su asiento que miraba hacia delante, junto a la ventana y con mesa: un sueño hecho realidad. Se había convertido en una ejecutiva con su portátil, su bolígrafo y su bloc de notas y cargaba sus dispositivos aunque no hiciera falta, porque esa era la clave de sobrevivir en la intemperie: cargar los dispositivos y aprovechar cualquier baño que se presentara para ir. Sacó su ejemplar antiquísimo de *Cumbres borrascosas* que había llevado para ponerse de buen humor y el tren empezó a salir hacia la luz por detrás de las terrazas de la estación Mornington Crescent, una dirección que todavía conservaba el ambiente de las películas retrato de clase obrera, de las historias de amor tristes y gastadas, de las que aspiraba tener cuando se había mudado a la ciudad. Vio persianas bajadas y cortinas mugrosas y se imaginó a nuevas parejas durmiendo en habitaciones alquiladas. Y entonces, por encima de las terrazas, atisbó un color azul brillante y le dieron lástima todos los que seguían en la cama.

La ciudad dio paso a las afueras. Vio gasómetros, caballos en un establo, gente paseando perros en un parque con escarcha, camiones articulados en las circunvalaciones, cada uno a lo suyo, como en un libro de Richard Scarry. Se había acostumbrado muchísimo a las vistas que le ofrecía su mesa de la cocina, el objetivo de corto alcance de la vida londinense, y en aquel momento Inglaterra pasó a ser la representación de un pueblo aumentada a tamaño real. ¡Mira, botes en el río! ¡Una central de reciclaje! ¡Un parque eólico! Infraestructura, ¿así se decía? Las afueras también terminaron desapareciendo y llegó a unos remolinos de niebla que se acumulaban en las hendiduras del terreno. ¡Vacas! Lo observaba todo como si no hubiera un mañana según recordaba el poder que tenía un viaje en tren para transformar la vida en un montaje, en una secuencia que transmitía la sensación del cambio. ¿Por qué no lo había hecho antes? ¿Qué le había dado tanto miedo? ¿Quería algo del carrito? Lo quería todo, muchas gracias.

Había accedido a sumarse al trayecto durante tres noches, el primer tramo de la ruta de costa a costa, la cual, según parecía, era algo importante. Le parecía tonto que solo fuera a recorrer una de las costas, pero, si resultaba que lo odiaba, que no se llevaban bien o que se les acababan los temas de conversación, seguro que podía superar tres noches. Iba a ver el océano Atlántico y algunos de aquellos lagos tan famosos, tras lo cual volvería corriendo desde Penrith el martes. Y, por las tardes, pensaba buscar un lugar tranquilo en el que ponerse a trabajar, porque toda aquella aventura había que financiarla de algún modo.

Abrió el nuevo encargo. *Noche retorcida* era la secuela del thriller erótico de gran éxito *Noche oscura*, que destapó el mundo tan glamuroso como sorprendente de los clubes nocturnos de Hollywood. «Muy subidito de tono», le había dicho el editor, «aunque tal vez lo haya escrito demasiado deprisa». Hasta el título parecía digno de recibir una anotación en el margen, porque una noche podía ser difícil o tórrida o infinita, pero ¿cómo podía retorcerse?

No iba a tardar en descubrirlo. La orgía del primer capítulo bastó para acompañarla desde los Cotswolds hasta las Tierras Medias Occidentales y nunca se había sentido tan agradecida de tener un asiento vacío al lado. La acción que se desarrollaba era tan desorientadora que tuvo que dejarse unas cuantas notas en la servilleta para cerciorarse de dónde estaba cada uno, con un entramado complejo de flechas e iniciales, como si fuera un diagrama de la batalla de Austerlitz. ¿Acaso S estaba encima de B o se le había puesto detrás y, si así era, dónde se había metido L y qué tenía en la mano? Un vibrador iba de izquierda a derecha y de vuelta a la izquierda, como el micrófono del cantante de una discoteca, y el autor usaba «PVC» y «látex» como si fueran sinónimos. Si bien estaba bastante segura de que no era así, cuando lo quiso buscar con el wifi del tren, se encontró con que «látex PVC» era un término prohibido.

Borró su historial de búsqueda con la intención de comprobarlo más adelante. Mientras tanto, tenía mucho por corregir, como la puntuación salvaje, las comas desperdigadas como pétalos de rosa, los grititos de los signos de exclamación, las frases que abarcaban un párrafo entero y que le conferían al texto una intensidad modernista propia de las alucinaciones. Marnie no había formado parte de ninguna orgía, aunque sí que había corregido muchas de ellas y, si bien no era lo mismo, no podía negar la habilidad que tenía el autor para transmitir una sensación de desorientación y pánico sexual, de modo que no sabías qué se le hacía a quién, o con qué, o a quién se le hacía algo con qué. Una orgía era como intentar darte palmaditas en la cabeza y frotarte la barriga al mismo tiempo, solo que la cabeza y la barriga eran las de otras personas y en realidad no eran ni una cabeza ni una barriga. ¿La lengua cálida de S estaba en la piel salada de L o el pezón afilado de B en la boca suave de L? ¿Y de verdad «afilado» era el mejor adjetivo para la situación?

Como lectora a secas, imaginaba que aquella escena podría excitarla, por sórdida y simplista que fuera, pero hacía falta cierta distancia profesional para revisar, por lo que lo hacía de forma metódica, preguntándose si habría alguien cuyas partes pudendas de verdad supieran a mar y, si así era, si de verdad era algo positivo. Tal vez dependía del mar en cuestión. Nadie quería beberse el Canal de la Mancha.

Marnie bebió un sorbo de té. No había compartido cama con alguien (por Dios, que horrible es la aritmética a veces) desde hacía seis años. Sabía que no era nada del otro mundo y que el celibato era una elección perfectamente válida, pero, cuando había puesto a prueba la estadística con Cleo, ella se había limitado a responder «caray». Su amiga siempre llevaba consigo un aura de confianza sexual, unos aires de melena alborotada y de ojos seductores de los que nunca presumía de forma concreta pero sí dejaba ver que todo era satisfactorio en el lecho conyugal. Si bien había intentado no afectarse por ello, aquel «caray» le había escocido. Le dijo a Marnie que era como conducir por la autopista, que una no puede evitarlo durante demasiado tiempo porque si no pasa a dar miedo, y Marnie había notado otra punzada de remordimiento porque siempre le había gustado conducir por la autopista, le habían dado varios cumplidos por lo bien que conducía y le gustaría volver a hacerlo. Ni siquiera el matrimonio le había quitado las ganas.

Sin embargo, no parecía muy probable que fuera a suceder durante aquella excursión. Ya fuera por el aire fresco o el equipamiento como los pantalones impermeables o los rollitos de queso envueltos en papel de plástico, el campo inglés tenía una característica muy poco afrodisíaca. El olor de la lana mojada y el termo sin lavar, el sabor de los dulces hervidos... No, el sexo era para las ciudades. En Los Ángeles, por ejemplo, ya habían estado dale que te pego durante casi quinientos kilómetros y ansiaba que alguien, quien fuera, llegara al orgasmo por fin para que pudiera ponerse a mirar por la ventana. Pero no, la escena seguía, página tras página, por Warrington, Wigan y Preston. Le dolía la cabeza. ¿Por qué no podía fingirlo alguien y ya está? Para cuando pasó por Lancaster, las palabras ya empezaban a perder su significado. En Oxenholme, escribió la nota «muchas repeticiones de "polla" seguidas», guardó el archivo y alzó la mirada.

Parecía que habían cruzado la frontera hasta llegar a otro país, por todo el color morado y verde salvia que había por doquier, y a la izquierda alcanzaba a ver (y no era la palabra apropiada) unos bultos: no tan altos como para llegar a ser una montaña, pero sí que lo eran más que las colinas. Todos se alzaban de repente, como el dibujo de un volcán de un niño. En algún lugar por detrás de aquellos montículos estaba el mar de Irlanda, lo cual significaba que iba a tener que recorrer aquel paisaje para llegar hasta el tren que la iba a devolver a casa. Buscó sus libros de guía ilustrados de Alfred Wainwright, sobre las montañas occidentales y centrales del país, unos duplicados de ediciones antiguas, con el texto escrito a mano y una pluma delicada y resistente como una pared de piedra seca, con ilustraciones entrecruzadas y densas, encantadoras pero también lúgubres como una guía de Mordor. Se echó a reír ante la idea de que los libros pudieran ayudarla a no perderse. Tras abrirlo por una página cualquiera, se dispuso a leer, solo que no podía quitarse la orgía de Hollywood de la cabeza.

Se dio por vencida con Alfred Wainwright. Menuda tontería cargar con los libros por todas partes, aquel elemento de atrezo rural que era tan útil para ella como la pipa de madera que tenía el autor en la boca en su foto. Volvió a mirar por la ventana, con la esperanza de atisbar un lago entre los árboles, igual que haría con una jirafa en un safari, mientras contenía la idea blasfema de que, si bien todo era muy bonito, ya había visto suficiente. Llegó a Penrith poco después y luego a Carlisle, donde tenía que hacer transbordo para volver a dirigirse al sur a lo largo de la costa de Cumbria. El haber madrugado tanto le estaba pasando factura. Cerró los ojos y soñó con unos riachuelos cristalinos del bosque, parapetos altos de granito y ardillas con tacones de aguja y boca cálida y suave.

UNA CONEXIÓN

Le era muy fácil distinguir a los londinenses: tenían ropa demasiado nueva, demasiado brillante y con demasiadas capas, llevaban botas que acababan de sacar de la caja, sin haberlas amoldado y sin haberse acostumbrado a ellas. Mientras esperaban en el andén de Carlisle, tenían los ojos muy abiertos, eran pioneros valientes que se dirigían al norte. El tren abrió las puertas para dejarlos pasar, solo en dos vagones, y Michael esperó con paciencia detrás de una mujer con la mochila tan grande como el torso y las tiras demasiado largas, de modo que el peso la echaba hacia atrás. Pensó por un instante que debía darle algún consejo sobre ello.

Pero no, no debía ponerse a hacer de profesor. Iba a viajar acompañado de adultos que no tenían ni la necesidad ni las ganas de aprender sobre drumlins ni morrenas. El tren pitó y soltó un silbido y avanzó poco a poco, traqueteando por delante de edificios victorianos manchados de hollín, almacenes, la nueva industria ligera a las afueras de la ciudad, mientras el firmamento se ampliaba como una pantalla de cine y dejaba ver granjas y campos. Sentada al otro lado del pasillo, en diagonal respecto a él, la mujer de la mochila descomunal tecleaba a todo volumen pero sin mesa, por lo que el portátil se le resbalaba por los pantalones nuevos que llevaba en dirección a las botas también nuevas. ¿Qué era tan importante que le impedía ponerse a admirar el paisaje? No pasaba desapercibida, desde luego, porque no dejaba de rechistar y soplarse el flequillo. Era una buena cara, graciosa y agraciada, atractiva y expresiva, con un peinado urbano (¿Era un corte «bob»? Quería llamarlo «bob») y más maquillaje del que uno esperaría en alguien que ha salido a caminar. De vez en cuando ponía los ojos en blanco o se llevaba una mano a la mejilla, sonrosada, al leer algo en la pantalla. Se percató de que la mujer sudaba un poco. También se percató de que había dejado de admirar el paisaje hacía rato.

Sin embargo, no debía mirar a los desconocidos en el tren y tampoco tenía que dárselas de poeta lakista, por mucho que los pueblos por los que estaban pasando fueran un tanto poéticos: Wigton, Aspatria, Maryport, Flimby. «Mira, mira por la ventana», quería decirle, aunque, a decir verdad, el paisaje todavía no era bello, al menos a ojos de un turista, porque solo era el cinturón de la vieja industria situado entre la montaña y el mar, pueblos pequeños agotados por el invierno, viviendas con terrazas expuestas que parecían arrepentirse de sus vistas al mar. Conforme giraban hacia Workington, apareció el fiordo de Solway, una gran losa plateada y pulida con Escocia en el fondo, y, aun así, ella seguía meneando la cabeza hacia la pantalla, haciéndose un visor con una mano y con un ojo cerrado como si no soportara mirar. Si tanto le dolía, ¿por qué seguía leyendo?

El tren se había aferrado a los acantilados oscuros, con el mar a cierta distancia por debajo. Se metieron en un túnel, largo y siniestro, y volvieron a salir a la luz en Corkickle, donde los dos se dispusieron a recoger sus pertenencias. Como no querían madrugar tanto, los demás habían salido con el coche el día anterior con la intención de pasar la noche en un hotel de St. Bees. Habían quedado en la playa para dar comienzo a la excursión, los siete que eran. Cleo y su marido, Sam, llevaban a su hijo Anthony que, según ellos, podía soportarlo. Sam iba a llevar a un viejo amigo de Londres, y Cleo a dos amigas. «Son mujeres, sí, pero no te preocupes», le había dicho ella, como si fuera una fobia suya. No era una fobia, era que...

Había leído en algún lugar que a la gente le resultaba más sencillo hablar con franqueza mientras caminaba, lo cual tenía que ver con mantener la vista al frente y el ritmo. Iba a tener que andarse con cuidado con eso. No podía ser demasiado franco ni demasiado reservado; no podía ser el profesor ni el poeta ni el norteño ni el ermitaño de las montañas, y no podía ser demasiado criticón, porque, al fin y al cabo, todas las botas habían sido nuevas en algún momento. En cuanto a qué papel debería interpretar..., pues no lo sabía. Cleo le había dicho que fuera él mismo, con lo que quería decir que fuera su yo de antes, y eso ya no era posible. Tanta parte de su vida social había sido cosa de Nat que todavía no sabía muy bien cómo actuar por su cuenta. Iba a tener que esforzarse para aparentar estar animado y, si lograba seguir así durante dos días, iba a quedarse solo otra vez, sin nadie que lo observara y, por tanto, invisible, durante su trayecto hasta el mar del Norte. Al ser un camino de poco más de trescientos kilómetros, era lo más lejos que había caminado, y su mochila, cuando se la echó a la espalda, tenía un peso imposible. Pensaba acostumbrarse a ella, porque no tenía otra opción, y transcurridos nueve días iba a estar en el otro lado del país, adolorido y bronceado por el sol de primavera, con todo pensado y repensado y solucionado. La gente decía que los problemas se pasaban caminando, y, aunque se solía aplicar más a la indigestión o a un cabreo, valía la pena intentarlo.

El tren se detuvo en la estación de St. Bees, de ladrillo rojo y madera, como si hubiera salido de una maqueta. Dejó que la mujer bajara primero para que fuera por delante.

Sin embargo, en el andén se quedó mirando el mapa de la ciudad, aunque no hiciera falta, y le bloqueó el paso. *Tienes el mar ahí mismo. Úsalo para guiarte y ya está.*

—Disculpa —dijo.

—Ay, perdona.

—Es por aquí.

—Sí, ya lo sé —respondió ella, un poco a la defensiva—. Gracias.

Iba a resultar vergonzoso caminar al mismo ritmo que una desconocida, de modo que aceleró el paso para adelantarla.

—Buena suerte —le dijo, aunque sin girarse para mirarla.

Por su parte, la mujer no le contestó.

LOS NOMBRES DE LAS PIEDRAS

Marnie había perdido el mar de Irlanda, pero solo por un momento. Ya en la dirección correcta, avanzó a paso raudo por el camino y el aparcamiento, por el parque y el baño público y... *¿Debería ir? ¡Deja de preocuparte por los baños! ¡Mira las montañas! ¡Mira el mar! ¿Las gaviotas cuentan como pájaros silvestres?* Allí estaban pavoneándose, lo bastante grandes como para que bien pudieran ser hombres disfrazados, amenazando a los turistas para que les dieran patatas fritas. Aceleró más el paso y empezó a sufrir el primer pinchazo de la ansiedad social, como si estuviera a punto de dar una presentación delante de todos, aunque en cierto sentido sí que era así. Cleo era su mejor amiga y a la que conocía de hacía más tiempo, pero también era la más exitosa, y las cualidades que la habían llevado a dicho éxito, su confianza y su manera de ser directa, a veces la hacían sentirse amedrentada, como si su amistad fuera un puesto de trabajo al que tenía que volver a presentarse en todo momento.

Avanzó por el paseo marítimo. Y también iba a tener que lidiar con personas nuevas..., con desconocidos, por el amor de Dios. «¡Hola! Soy Marnie, encantada de conocerte». ¿Así se decía? ¿Debería estrecharles la mano? ¿Tal vez rozarles la mejilla en un amago de beso? ¿O una reverencia? ¿En qué momento se había desatado aquella vergüenza descomunal? La pandemia seguro que lo había empeorado todo. El primer confinamiento había sido duro, pero estaba soltera y trabajaba de autónoma, había podido seguir trabajando, el virus no se había llevado a ninguno de sus seres queridos y se había imaginado que iba a volver a salir de casa cuando fuera el momento apropiado. Sin embargo, le había pasado algo a su confianza durante aquellos meses, de modo que, incluso cuando eliminaron las restricciones, su día a día prácticamente no cambió nada.

Era como si hubiera vuelto de otro país y no se lo hubiera contado a nadie. El umbral de su piso parecía un trampolín altísimo, con un abismo al otro lado y demasiadas personas que la observaban. Además, aunque consiguiera salir, ¿qué tenía que decir? Sus conversaciones habían pasado a necesitar un calentamiento previo, un momento dedicado a ensayar sonrisas y respuestas, y, como ya no confiaba en que su cara hiciera lo correcto, había pasado al modo manual y tiraba de palancas y giraba diales por miedo a reírse ante la tragedia de otra persona o de hacer una mueca ante un chiste. En Japón y en California estaban desarrollando robots cuyas respuestas eran más naturales y espontáneas que las suyas en aquellos momentos.

Aun así, ya era demasiado tarde como para echarse atrás. Allí estaban todos, en las gradas, con Cleo vitoreando y riéndose, agitando los brazos como una posesa, como si quisiera pedirle a un barco que parase allí mismo. Le devolvió el saludo y apresuró el paso, hasta que Cleo le dio un abrazo y luego la sujetó a cierta distancia como si fuera un conjunto que meditaba si debía ponerse o no.

—¡Qué pintas me traes! Te has puesto todo el equipamiento.

—Bueno, es que vamos al campo, Cleo.

—¡Y cuánto verde oliva!

—¿Es todo demasiado igual?

—Para nada. Nunca te había visto tan… impermeable. ¡Ay, cuánto me alegro de verte la cara! ¡No has cancelado!

—No siempre cancelo.

—Sam decía que tenías un cincuenta por ciento de posibilidades de venir.

—¿Y dónde está él?

—¡Él sí que ha cancelado! Ya, ¿te lo puedes creer? Tenía mucho lío en el trabajo. Y además, el campo «no le sienta bien». —Sam era arquitecto, tan exitoso en su oficio como Cleo en el suyo, aunque con una tendencia a tratar con condescendencia a la humilde amiga de su mujer, y Marnie experimentó un alivio pequeñito y vergonzoso al ver que no iba a acompañarlos—. Pero bueno, lo importante es… ¡Mira quién sí ha venido!

Anthony, su ahijado, salió de detrás de la espalda de su madre y, una vez más, el afecto se mezcló con la culpabilidad. A los padrinos se les escoge por un buen motivo, y al principio se había figurado que su papel era ser una especie de entretenimiento infantil que siempre sabía encontrarle cosas detrás de la oreja. Y no le había salido muy bien la cosa, pero, conforme el niño iba creciendo, ella había tenido la esperanza de convertirse en su confidente, en la secuaz lacónica de sus padres. Y tampoco hubo tutía. Anthony era sincero, tímido y un prodigio de las mates según sus padres, pero el papel de madrina y el de abuela eran algo muy cercano y la última vez que lo había visto, hacía ya dieciocho meses, eso era lo que había sido para él: fingiendo gritos ahogados ante sus logros académicos, dándole dinero en la palma de la mano y soltando bromas malas. «¡No te lo gastes todo en chuches!». Desde entonces, la adolescencia se había asentado en el chico y notó los granos que tenía en la frente y el brillo del aparato cuando intentó sonreírle. Sabía que no tenía que hablar de eso y también que era absurdo comentar que estaba más alto, solo que era el único material del que disponía, así pues…

—¡Qué alto que estás! Apartas la vista un momento y…

—Ha sido un poco más de un momento —dijo Cleo.

—¡Vente para acá! —exclamó Marnie, abriendo los brazos para abrazarlo, pero, al ver el destello de miedo en la mirada del chico, optó por ponerle las manos en los hombros y darle una fuerte sacudida, como a un volante bloqueado—. ¡Qué guapo! —dijo, y pensó: *Ya me he puesto rarita.*

Y entonces, como si hubiera aparecido al oír la palabra «guapo», otro hombre dio un paso adelante, tal vez el hombre más apuesto que había visto en la vida, tanto que soltó una risita y él le sonrió como si quisiera decir: «Ya, es absurdo, ¿verdad?».

—Te presento a nuestro amigo Conrad —dijo Cleo.

Más tarde, al pensárselo bien, no creía haber empujado a su ahijado para acercarse al hombre, aunque a lo mejor sí que le había dedicado una reverencia.

—Encantado de conocerte, Marnie —la saludó, con una voz aguda que no encajaba con cómo era, como si se le estuviera acabando el helio—. ¡Me han hablado mucho de ti!

No digas «espero que nada malo», pensó. Sin embargo, parecía que ya lo había dicho.

—¡Ah, solo me han contado lo malo!

—Aaaah, ¿como qué? —preguntó, pero ¿y si de verdad solo le habían contado lo malo? No contestó y, por un momento, todos guardaron silencio y se quedaron escuchando el mar.

—¡Y ahí está el que falta! —exclamó Cleo con alegría, señalando al hombre que estaba en la orilla, dándoles golpecitos a las olas con la punta de la bota como si quisiera colocar bien el mar. Se volvió y esbozó una pequeña sonrisa y Marnie lo reconoció: era el hombre que le había dedicado varias miradas furtivas en el tren y que luego le había pedido que se quitara de en medio—. Te presento a Michael, uno de mis compañeros de trabajo.

—Encantado de conocerte —dijo él. Tenía una voz grave, con un poco de acento, y llevaba un jersey de pescador azul, barba y un peinado desaliñado que bien podría ser todo hecho en casa.

—¡Hola, Michael! —lo saludó y recorrió la grada con la mano estirada. Michael tenía las manos llenas de piedrecitas húmedas y se las miró, confuso, antes de lanzarlas a la playa—. Pero no las tires, hombre —dijo ella, y él se echó a reír, le estrechó la mano y volvió a su búsqueda, con la cabeza gacha y la concentración adorable de un niño cazando en un charco entre rocas—. ¿Has perdido las llaves o qué?

—¿Eh? No, estoy buscando una piedra.

—¡Pues estás en el lugar apropiado! —contestó, alegre—. ¿Para qué la quieres?

El hombre se mordió un labio e hizo una mueca.

—Me da vergüenza decirlo. Es una tradición tonta.

—Cuéntame.

—Si vas a caminar de un lado del país a otro, tienes que meter los pies en el agua, recoger una piedra de un lado y llevarla todo el trayecto hasta la otra punta.

—Michael va a ir caminando hasta el mar del Norte —explicó Cleo—. Como un psicópata.

—Anda. Vaya, ¿de verdad?

—¡Trescientos veinte kilómetros! —exclamó Cleo.

—Es más como trescientos a secas —dijo él—. Más o menos.

—Para eso inventaron los trenes, hombre —interpuso Conrad—. O puedes ir en taxi, en bus…

—Me gusta caminar —se limitó a decir él, encogiéndose de hombros.

Marnie le vio bien la cara, con algo que parecía hecho a la vieja usanza, como una especie de nobleza maltrecha, como el líder de una expedición condenada al fracaso.

¿Era aquella? ¿Aquella era la expedición condenada al fracaso?

—Sabes que puedes ir de un lado a otro en coche en unas cuatro horas o así, ¿no? —insistió Conrad, pero el otro hombre, cuyo nombre había olvidado, había vuelto a rebuscar por la playa.

—Pues yo voy a recoger una también —dijo Marnie, y saltó de la grada para ponerse a darles la vuelta a las piedras con el pie.

—Solo tienes que hacerlo si vas a llegar al otro lado del país —contestó el hombre con el ceño fruncido.

—¿Y si me pierdo? Además, quiero una de recuerdo. —Recogió una piedrecita y la frotó con el pulgar—. ¿Qué es lo que estamos buscando? ¿Qué hace que una piedra sea mejor que las demás? Serán todas iguales, digo yo.

—Que tenga un buen color, que no sea muy grande.

—Siempre acaban siendo decepcionantes cuando las llevas a casa, ¿no te parece? —preguntó, y entonces, por alguna razón desconocida, añadió—: Como los hombres.

—Es porque se secan —explicó él—. Pierden el brillo.

—¿Como los hombres? —dijeron los dos al mismo tiempo, y sonrieron.

—Pues esta no —dijo él, sosteniendo la piedrecita entre el índice y el pulgar, lisa y gris, pero rodeada de una línea blanca muy elegante—. No es llamativa, sino discreta, clásica. Es una dolerita.

—¿Cada piedra tiene su nombre? Por Dios, ya fue bastante malo que lo hicieran con los pájaros. Dolerita. Pues oye, muy bien. ¿Cuál es esta que tengo yo? —Era una piedra de tono rojo claro, con el tamaño, la forma y el color de una frambuesa de supermercado.

—Esa es arenisca roja, es muy común. ¿La has visto en los edificios de por aquí, todos esos que son rojos? —En respuesta, ella se encogió de hombros, como si quisiera decir «Con qué cosas me sales»—. Como es más suave, es más fácil trabajar con ella. La tuya es sedimentaria, y la mía, ígnea.

—¿Y qué significa eso?

—Que la tuya se ha ido formando poco a poco, por capas, y la mía proviene de un volcán.

—Ah, ahora quiero la misma que tú. ¡Habrase visto! —le dijo a su piedrecita, antes de volverla hacia ella como si fuera el muñeco de un ventrílocuo—. ¿Se puede saber por qué no has venido de un volcán? —Se quedó callada de repente—. Perdona. Me he puesto a hablar con las piedras. Perdona.

Él le dedicó lo que a ella le pareció una sonrisa que decía «Hoy no, gracias».

—Has elegido bien —dijo, secándose las manos con el pelo—. Creo que tendrías que hacerle caso a tu instinto, por algo la has escogido.

—Eso haré —aseguró ella, y se metió la piedra en uno de sus muchísimos bolsillos—. Voy a meter los pies en el agua también, por si acaso.

Se dirigió a la orilla y les dio unas pataditas a las olas con cuidado de no mojarse mucho las botas antes de empezar la excursión siquiera.

EL FARO

Se pusieron la mochila y comenzaron a subir, zigzagueando hacia lo alto de la montaña a través de unos peldaños de madera desgastados. Tenían casi veinticinco kilómetros por delante hasta que dejaran atrás las montañas y llegaran a una zona de granjas, con algún que otro pueblo y plantaciones en lugar de bosques naturales. Era el único tramo cuesta arriba de verdad y, con eso en mente, pasó a liderar la comitiva, en parte para establecer el ritmo y en parte para regañarse a sí mismo.

Habla con ellos, habla con ellos, habla con ellos. Era absurdo que le pareciera tan difícil. Delante de una clase de treinta adolescentes solía ser capaz de armarse de confianza y ser elocuente, a menudo entretenido y a veces incluso gracioso, y seguro que con el público que lo rodeaba iba a ser más sencillo. Aun así, allí estaba, parloteando sobre rocas ígneas y sedimentarias, con el papel de profesor de Geografía adjudicado desde el principio, y con Conrad las cosas no habían ido mucho mejor. A juzgar por sus deportivas nuevas y vaqueros de pitillo, no se estaba tomando muy en serio la excursión. Oyó la voz de su padre para sus adentros diciéndole «Un poco fantasma, ¿no?» y se dijo a sí mismo que debía tener una mentalidad más abierta, pero los encuentros con otros hombres siempre parecían venir con una rivalidad y sospechas de serie, con un apretón de manos tenso, igual que las sonrisas, y se preguntó si, pasada cierta edad, los hombres ya no podrían caerse bien de verdad. La oportunidad para forjar una amistad siempre era pequeña y se estrechaba con el paso del tiempo. ¿Una amistad nueva con un hombre después de los cuarenta años? Menuda relación más rara e incómoda iba a ser esa.

¿Pasaba lo mismo con las amistades con mujeres? Todo parecía indicar que no iba a descubrirlo. Al echar un breve vistazo hacia atrás, vio que Conrad y la mujer que se había puesto a hablar con la piedra ya estaban creando escenas para su montaje: él le contaba alguna historia, ella se echaba a reír y le daba una palmadita en el brazo con el dorso de la mano. En los pasillos y las salas comunes, aquel comportamiento era como un ritual diario; sin embargo, como ocurría con el musical del instituto, era más divertido formar parte de él que limitarse a observar, y dio las gracias al cielo por que la otra mujer hubiera decidido no presentarse.

—¡Qué buenas vistas! —exclamó Cleo, más atrás, y todos se volvieron para admirar el pueblo y su playa, el mar de seda y, detrás de él, sumidas en su propia niebla gris, las chimeneas y torres de refrigeración de la central de Sellafield.

—¡A mí lo que más me gusta es la central nuclear! —gritó Conrad—. Muy pintoresco todo.

Michael calculó que la pendiente en la que estaban tenía una inclinación del diez por ciento. Con un buen empujón, seguramente rodaría hasta volver al aparcamiento.

Siguieron avanzando a través de la montaña rusa lenta que era caminar por las montañas y los demás iban formando grupos cambiantes de dos o tres personas según descendían hacia la bahía de Fleswick, un gran ejemplo de erosión costera, aunque mejor se guardaba el dato para sí mismo. Poco después llegaron a divisar el faro, blanco y reluciente bajo el sol de mediodía. Seguro que a todo el mundo le gustaban los faros, y más a los críos.

—¡Oye! ¡Espera! —Allí estaba Cleo, trotando para darle alcance.

—¿Has visto el faro?

—¿El edificio ese grande y blanco? —preguntó en un grito ahogado, sujetándose las rodillas como si quisiera dejarlas inmóviles—. Pues me lo había perdido. Qué bonito.

—¿A Anthony no le apetecerá acercarse?

—No hace falta. Ya se le ha pasado la fase de los faros.

—Qué lástima. A mí me encantan.

Cleo se enderezó y echó la cabeza atrás.

—A lo mejor es algo que te vuelve con la edad.

—Solo pretendo hacerlo más entretenido para él.

—Que tiene trece años, Michael.

—A mí me habría interesado a los trece años.

—Ah, ya me lo creo, ya. Oye, en algún momento vas a ponerte a hablar con los demás, ¿no? No vale seguir caminando por delante y ya está.

—Sí, solo tengo que… ponerme en situación, ya sabes.

—Solo son dos personas que no conoces.

—Ya, ya te digo que lo haré en algún momento.

—Siento que Tessa no haya podido venir —dijo ella tras un rato—. De verdad tiene muchas ganas de conocerte.

—Ya se podrá.

—Bueno, nunca ha salido el tema de conversación, pero seguro que le encantan los faros. Ya organizaré una cena.

Michael suspiró.

—Creía que ya te había dicho que…

—No, recuérdamelo.

— … que nada de hacer de casamentera.

—Ay, venga ya, ¿y qué quieres que haga si no? Los días son largos, necesito algo que me distraiga de… —Hizo un ademán hacia el paisaje—. De toda esta geografía.

—Puedes mirarlos a ellos. —Hizo un ademán con la cabeza hacia la mujer del tren y Conrad, quien en aquel momento le estaba dando una patada a una topera.

—Mmm. Todavía no sé qué pensar de Conrad. Parece majo, pero que viniera fue idea de Sam, yo estoy más escéptica. Creo que ha venido para pasarlo bien y no para pasar un buen rato, ya me entiendes.

—Pues no.

—Y tú has venido para pasar un buen rato y no para pasarlo bien.

—Cómo te gusta jugar con los sentimientos de los demás.

—Soy una titiritera. «Los hombres sois para los dioses lo que para los niños los insectos...». —Cleo era profesora de Literatura y a veces se le escapaba alguna que otra cita—. Lástima lo de Tessa. Cuando pienso en lo que podría haber sido...

—Iremos por ahí ahora. —El camino empezaba a desviarse tierra adentro—. Despídete del mar.

—¿Ya casi hemos llegado, entonces?

—¿Ves esa montaña? —Señaló hacia una cima llena de árboles, el centinela de las montañas que había más allá, pero todavía a una distancia imposible—. Pues el final está justo al otro lado de ella.

—Uf, ¿en serio? ¿Es que quieres matarnos?

—Así son dieciséis kilómetros. Después de eso, habremos llegado a los Lagos.

—¿Cuánto falta? —gritó Anthony, con la espalda encorvada por detrás de ellos.

—Ya casi estamos, cariño —repuso su madre—. Un poquito más y ya está. —A Michael, le añadió—: Está de mal humor. Quería quedar con sus amigos.

—Esto será mejor —le aseguró Michael.

—¿Sí? ¿Tú crees? —repuso Cleo, riéndose, mientras le daban la espalda al mar.

AFICIONES E INTERESES

Conrad le estaba contando lo mal que lo había pasado en el hotel.

—Tuve que devolver las toallas porque... Mira, ni me preguntes. Y las sábanas eran de nailon, de poliéster o yo qué sé, y, si te movías mucho, te daban una descarga de electricidad estática. Y una fuerte, como de una picana eléctrica, tres o cuatro veces en toda la noche. Si me hubiera acostado con alguien, nos habríamos electrocutado.

¿Estaba tonteando con ella? Eso le parecía, de modo que dijo:

—*Up.* —Una vez más, recurrió a su vocabulario de palabras que no eran palabras: *up, bua, fum, oua, fla.*

—No es a lo que estoy acostumbrado. A mí me gustan los hoteles buenos, algo un poco más...

—¿Chic?

—Más chic, sí. Y no sé yo si me voy a encontrar con eso por aquí.

—Pero sí que es bonito.

—¡Sí! —exclamó, un poco asustado, como si se acabara de dar cuenta—. Sí que lo es.

—¡Qué buenas vistas! —gritó Cleo desde más adelante. Echaron un vistazo atrás, hacia el pueblo.

—¡A mí lo que más me gusta es la central nuclear! —respondió Conrad—. Muy pintoresco todo.

—*Fla* —murmuró Marnie.

Notaba el sudor que se le formaba en el nacimiento del pelo, por el esfuerzo físico de la subida o la conversación.

¿Por qué le sonaba tan rara la voz? A lo mejor era la acústica de estar fuera, porque no había mantenido una conversación larga con alguien al aire libre desde hacía… ¿tres o cuatro años? ¿De verdad había pasado tanto tiempo? Conrad le estaba preguntando algo. Tenía que concentrarse.

—¿Has venido en tren temprano, entonces?

—Desde Londres, sí. Ha estado bien. Tenía trabajo que adelantar, pero…

—¿Y en qué parte de Londres vives?

—En Herne Hill.

—¿Y eso está en Londres de verdad? —preguntó él, frunciendo el ceño.

—¡Oye, no te pases! —exclamó, tiñendo la voz con una carcajada que odió mucho—. Que está en el límite de la zona dos del tren.

—Pero forma parte del sur de Londres.

—Pues sí. —¿No tenía que haberle preguntado por el trabajo?—. ¿Por qué? ¿De dónde eres tú?

—De Kensington.

—¿Más para los museos, el palacio o…?

—Más al oeste, en Barons Court —respondió, y los dos se juzgaron mutuamente en silencio, como buenos londinenses, mientras pensaban qué ruta debían tomar si alguna vez se daba la ocasión. Parecía complicada: en metro hasta Victoria y luego un transbordo a la línea District, ¿o era la Piccadilly? Mejor no se preocupaba por eso en aquel momento. Mejor decía algo.

—¿Alguna vez has caído en que a Barons Court nunca le ponen apóstrofo y a Earl's Court no se lo quitan? ¿Por qué será? —Como parecía que ser oriundo de dicho barrio no le ofrecía más información, le acabó preguntando—: ¿A qué te dedicas?

Por Dios, ¿por qué no le pides el número de la seguridad social también ya que estás?, pensó de inmediato. Estaban en la parte de la conversación que era como rellenar un formulario: nombre completo, dirección postal, lugar de nacimiento, centros en los que había estudiado y trabajo. Una vez cumplimentado, podrían avanzar a la parte más emocionante, la de aficiones e intereses. *Leer, ir al cine, conocer gente.* Bueno, tal vez lo de conocer gente no tanto.

—Soy farmacéutico —contestó—. Regento una pequeña farmacia en West Brompton. —Se montó una fantasía feliz en la que él le sonreía y le daba una bolsita de papel blanca, grapada en la parte de arriba, que contenía una pomada o tal vez unas suculentas pastillas para dormir.

—Ah, y... entonces imagino que puedes agenciarte lo que quieras —dijo, y añadió con ojos entornados y voz ronca—: Pastis de las buenas, tronco.

—Tenemos sistemas establecidos para impedirlo.

—Ya, ya, ya, eso decís siempre, pero seguro que unas cuantas pastillas «se caen al suelo».

—No, de verdad —dijo, con un tono serio—, tenemos unos sistemas de seguridad muy estrictos.

—Ah, vale, vale. No quería insinuar que...

—Además, ¿qué hago yo con los anticoagulantes de algún viejales? No, nos tomamos el inventario muy en serio.

—Vale, bien —dijo con énfasis—. Bien por ti.

Intentó recordar dónde había vivido aquella misma experiencia, la de improvisar sobre la marcha y sumida en el pánico, de que otra persona la examinara, la valorara y la amonestara un poco, y cayó en que era cuando tenía alguna cita con alguien, en que en aquel momento estaba en una cita y que, en lugar de tener unos platos delante en un restaurante de Clapham, la habían soltado por el campo con un armario en la espalda. Merecido se lo tenía. Si bien le había pedido a Cleo que no hiciera de casamentera, lo había hecho con la misma convicción que un niño pequeño que pedía que no le hicieran cosquillas, por lo que estaba pagando por sus pecados. Se dijo a sí misma que lo disfrutara, que se lo pasara bien con aquella interacción del mundo real. Al fin y al cabo, era un hombre de un atractivo absurdo, con sus ojos brillantes y boca encantadora, y ser farmacéutico era una profesión noble y responsable, era alguien que podría hacer de testigo para que alguien se sacara el pasaporte. Tenía un aspecto arreglado y pulcro, y el acceso fácil a las cremas hidratantes lo había dejado con una piel extraordinaria, una suavidad en la que la vida y el paso del tiempo no habían hecho mella, como si fuera un muñeco de acción de sí mismo. Si se sujetaba la barbilla, tiraba hacia arriba y se quitaba la cara, Marnie no se habría sorprendido para nada.

—¿Todo bien? —le preguntó él, y se dio cuenta de que se lo había quedado mirando.

—¡Mira, un faro! —exclamó—. ¡Estamos yendo *Al faro*! —Y, en vista de que el chiste literario había caído en saco roto, añadió—: Sería una buena farera. De pequeña me parecía el trabajo ideal, todo el día metida en mi salita redonda, con mis mesas redondas y alfombras redondas y…

—Sí que te lo has pensado bien, Marnie. —Había usado su nombre. Sonaba bien.

—Una ermitaña con una boina y un jersey, una pipa en la boca todo el día, que comprueba el tiempo, se asegura de que la luz esté encendida siempre y tiene muchísimo tiempo para leer. Seguro que involucra más cosas que cambiar bombillas y leer, pero…

—Lees mucho, ¿verdad?

—Es casi lo único que hago.

Si bien había estado a punto de añadir «últimamente», siempre había sido así.

—Cuando era pequeña, mis padres me acabaron diciendo que tenía que leer menos. Creían que no salía suficiente. Ya sabes, de tiendas, a pijamadas y demás eventos sociales.

—¿No te gustaban esas cosas?

—Sí, es que me gustaba más leer.

No le explicó nada más y volvieron a sumirse en el silencio, pero tal vez su gusto por la lectura había tenido algo de obsesivo, por la forma en la que consumía las estanterías de la biblioteca del barrio. Había pasado de Blyton a Jansson, de C. S. Lewis a P. G. Wodehouse, de Christie a Du Maurier y luego a las hermanas Brontë. Leía de forma indiscriminada, aunque siempre con pasión, de modo que hasta los libros que no le gustaban eran apasionantes. A Dickens, a su parecer, le sobraban los consejos y se ponía un poco absurdo, como un profesor que ponía voces graciosas, pero daba igual, porque descubrió a Jane Austen y Sue Townsend, a Ursula K. Le Guin y Jean M. Auel, y cada sábado por la mañana devolvía su pila de libros de la biblioteca, el máximo permitido, y los colocaba en el mostrador como un apostador con sus fichas. Los libros la ayudaron a sobrevivir a la etapa de crisálida entre los trece y los dieciséis años, cuando Kafka y Woolf le hacían fruncir el ceño y devoraba las obras de John Irving y Maeve Binchy. Leía de todo, sin hacer distinción entre Edith Wharton y Jilly Cooper. Había otras historias en las películas y en las series y, más adelante, en el melodrama continuo que era internet, pero todo aquello eran actividades en grupo, ruidosas y sociales. Un libro era privado, íntimo, algo que podía ponerse por encima, como una manta.

Aunque tal vez sus padres se habrían preocupado un poco menos si todo lo que leía se hubiera visto reflejado en cómo le iba en clase, era una alumna del montón. Literatura era lo que mejor se le daba y, durante una tarde de otoño que todavía recordaba, habían hablado de la posibilidad de que fuera a la universidad. Sí, leía mucho, pero leer era una afición, no un trabajo y, aunque existían los grados en Literatura, ¿por qué iba a pasarse tres años estudiando algo que ya hacía gratis? En las novelas que leía, los padres podían ser alocados y glamurosos, bohemios y complicados, villanos o directamente ausentes. Los suyos eran constantes, cautelosos y conservadores, las deudas los ponían nerviosos y tenían aspiraciones modestas para ellos mismos y para su hija. Con tan solo unas pocas lágrimas a escondidas por su parte, llegaron a un acuerdo: por el momento, lo mejor era que consiguiera algún trabajo.

En ocasiones se preguntaba qué habría sido de su vida si hubiera insistido, si hubiera defendido su punto de vista y hubiera demostrado su decepción, en lugar de irse a llorar en secreto a su habitación. «Nos conocimos en la universidad» era una frase que le resultaba muy familiar y tal vez aquella versión de su vida habría sido más plena, mejor poblada. En algún universo alternativo, aquella historia se estaba desarrollando, pero no tenía sentido seguir pensando en ello. Estar resentida con sus padres por no haberla apoyado en el tema de su educación le parecía un «¿Por qué no me habéis comprado un regalo?», un rencor muy mezquino y amargo como para ir cargando con él.

Al fin y al cabo, no había tenido una infancia infeliz, no del todo, sino tan solo constante, típica de las zonas residenciales, tan regular como el termostato del pasillo que tenía prohibido tocar. Y, si en ocasiones prefería haber sido huérfana, era solo por las posibilidades narrativas que aquello le ofrecía. Sus padres no se mudaron en ningún momento, ni se dieron a las apuestas, se quedaron con un descubierto en la cuenta, cambiaron de trabajo, tuvieron una aventura extramatrimonial, viajaron al extranjero, se pusieron a gritar en público, aparcaron donde no debían, comieron en la calle ni se emborracharon; y, si bien en algún momento tenían que haberse acostado, el acto carnal lo encubrían con tanto cuidado como si fuera un asesinato. Marnie era la única prueba fehaciente de que aquello había sucedido y, a pesar de que siempre había creído que sus padres se querían y, según suponía, a ella también, no hacía falta decirlo en voz alta. Los quería al tiempo que ponía los ojos en blanco por ellos y, a su vez, ellos se preocupaban por ella y la protegían de todo lo que pudiera ser demasiado complicado: enfermedades, sexo, tristeza, las emociones humanas más importantes.

Era la típica hija única. Neil, su exmarido, la había descrito así, aunque no se acordaba de cómo había salido el tema. Tal vez había sido demasiado callada, se había marchado de una fiesta antes de hora o se había ido a la cama a ·leer. Quizá con un hermano o dos la casa habría tenido más ruido, fricción o afecto, aunque nunca le había parecido mal la ausencia y le había gustado tener el asiento de atrás solo para ella y todos los regalos en Navidad. Los tres encajaban en el sofá a la perfección y, cuando se cansaba, siempre podía irse a la planta de arriba con un libro.

—¿Leías mucho de pequeño? —le preguntó a Conrad.

—No mucho, no. A mí me iban los deportes. El fútbol y el críquet más que nada.

Qué pocas ganas tenía de hablar de eso.

—¿Y ahora? ¿Ahora lees más?

—Claro. Libros de economía y finanzas o de psicología deportiva.

—¿Y novelas no?

—No me gusta perder el tiempo con cosas inventadas.

Pese a que podría haber dicho mucho al respecto, se decantó por:

—Pues mira, yo no he leído casi nada de psicología deportiva. ¿Es sobre cómo ganar y cosas por el estilo?

—Sobre generar confianza en uno mismo, resistencia y establecer metas. Sobre ir a por todas.

—Debe de ser difícil sacar un libro entero solo con la idea de ir a por todas. ¿Alguien ha escrito algo bueno sobre, no sé, conseguir lo que sea que puedas en tu día a día? «¡La medalla de bronce está bien!». —Dicho eso, se tropezó con una de las montañitas de tierra que moteaban la hierba de color… glauco. ¿Esa era la palabra?—. ¡Toperas! Solo las había visto en dibujos animados.

—Por Dios, sí que eres de ciudad, sí.

—Bueno, del límite de la zona dos. Siempre he creído que, si le quitas la parte de arriba deprisa, verás al topo que tiene dentro. Como quitarle la cáscara a un huevo duro, solo que… —Y se puso a imitar a uno de los animalejos con la nariz al cielo, mostrando los dientes, entornando los ojos y agitando los dedos en la barbilla. ¡A por todas!

—Pues vamos a ver si es verdad —propuso él, se puso a correr y le dio una patada de futbolista a la topera más cercana, con lo que la tierra salió despedida. Ya que había hecho el esfuerzo, parecía de mala educación no mirar lo que había—. Pues no, solo barro —explicó, limpiándose la tierra de la punta de la deportiva.

—Otro sueño de la infancia que muere —dijo ella, y siguió avanzando con la sensación de que había sido un error ponerse a imitar a un topo.

LA GEOGRAFÍA HUMANA

Ya más tierra adentro, seguían andando por senderos y por los campos de las granjas, con Michael a la cabeza del grupo, desde donde alzaba la mano hacia los granjeros, como si quisiera decirles «Sí, somos turistas, disculpen las molestias». Pasaron por pueblos, antiguas comunidades mineras que nunca habían encontrado un sustituto para su actividad, por lo que sus calles con casas idénticas estaban sumidas en el silencio y la tristeza bajo el sol vespertino.

—¿Dónde se ha metido todo el mundo? —preguntó la mujer del tren.

—A lo mejor es la hora de la siesta, como en Barcelona —dijo Conrad, y eso le activó el instinto de profesor a Michael.

Los pueblos no aparecían de la nada: necesitaban un estanque natural, un puerto o una veta de estaño y, cuando eso perdía su importancia, su ausencia se notaba mucho. Pensó en su propia ciudad natal, donde su padre había sido un trabajador vitalicio de la imprenta, no de libros sino de panfletos, catálogos, directorios y calendarios. Su padre había empezado de aprendiz, había recibido su formación en la planta y lo habían ascendido hasta alcanzar un nivel bajo de administración. Los padres de todo el mundo habían trabajado allí, acompañados de algunas de las madres, y la suerte que sufría la empresa reflejaba la trayectoria de la infancia de Michael: la certeza y la prosperidad de los primeros años que cedió paso a la inseguridad y el mal humor de la adolescencia conforme la imprenta se iba a pique. Las guías telefónicas y los catálogos… Bien podrían haber estado fabricando ruedas para carruajes y, cuando los últimos rescoldos de la producción se trasladaron al extranjero, el pueblo entero perdió su razón de ser. Como un coche sin motor, había empezado a venirse abajo, las tiendas y los bares habían ido cerrando y el centro del pueblo adquirió un ambiente agresivo que hacía que la gente quisiera quedarse en casa más aún. Su padre, que llevaba mucho tiempo cargando con el estrés de asegurarse de que la fábrica siguiera abierta, pasó a experimentar la culpabilidad al ver que cerraba sus puertas. El tiempo que pasaba en casa lo volvía insoportable y a menudo desaparecía todo el día en las montañas. Su madre, una profesora de piano tan glamurosa e inteligente como su padre era bruto y callado, se quedó en casa e intentó aferrarse a unos pocos alumnos, pero ella también pareció encogerse y desaparecer. Su hermano menor, de inclinación menos académica que él, siempre había tenido la idea de encontrar trabajo en el pueblo, por lo que parecía aturdido y enfadado con Michael, quien, en un muy mal momento, estaba escapando de allí.

La aspiración había sido el gran proyecto de sus padres: una buena casa en una calle sin salida, vacaciones en España o incluso en Florida, bailes con el alcalde, una presencia en la iglesia y el ayuntamiento y, después, el primer Bradshaw que iba a la universidad. Sin embargo, mientras hacía las maletas, a Michael le había dado la sensación de que se estaba abriendo paso a empujones para meterse en un bote salvavidas. En alguna fiesta o cuando intentaba ligar en el bar universitario, de repente se acordaba de sus padres y tenía que tranquilizarse: a lo mejor pueden jubilarse y ya está.

Solo que su padre tenía cuarenta y dos años cuando había perdido el trabajo, la misma edad que tenía Michael entonces. Ni joven ni mayor, demasiado tarde como para empezar de cero, demasiado pronto como para parar, por lo que el futuro era a la vez un periodo muy largo y muy corto. *A lo mejor pueden jubilarse.* Le daban escalofríos al pensar en la poca importancia que le había dado a los nervios de sus padres, aunque sabía que era al menos una parte de por qué había escogido su propia vocación.

—Los profesores siempre harán falta —le había dicho su padre, quien no siempre había hecho falta. En aquellos tiempos se había imaginado que su padre estaba orgulloso de él, pero al menos una parte de ello debía ser alivio.

Siguieron andando. Pensaba llamarlo más tarde y hablarle de la ruta y de cómo iban. Caminara donde caminare, su padre siempre había estado allí antes que él, había caminado más lejos y bajo un clima peor. Si bien ya no le preguntaban si había hablado con Natasha, lo mejor era que se ciñeran a hablar de lo que iban a cenar. A su padre iba a preguntarle cómo iba su madre con la artritis, y a ella, cómo iba él de los pies. Y, así, evitaban hablar de algo más sustancial.

Ya habían vuelto a una zona boscosa, con coníferas de aspecto industrial, porque todas eran iguales y en realidad era una granja de árboles, pero al final del túnel, enmarcada y bien iluminada, se hallaba una montaña dorada, como el paisaje de un cuadro de la iglesia. Se volvió para dirigirse al resto del grupo con su mejor sonrisa de guía turístico.

—¿Cómo vamos todos? —les preguntó.

—¿Vamos a ir en subida otra vez?

—¿Cuánto queda?

—Porque yo no estoy para subir más.

—¿Quién tiene agua? Ya no me queda.

Joder, menudo grupito te has montado, oyó que decía la voz de su padre para sus adentros.

—Vale, equipo —dijo—, toca un trayecto rápido hasta lo alto y luego bajaremos hacia los Lagos. Serán dos horas.

—Tengo algo en la bota. Es amarillo. Ay. Ay, qué peste.

Fue al lado de Anthony y le apoyó una mano en el hombro.

—¿Qué tal vas, campeón? ¿Todo bien? —El chico se cubrió la frente y asintió con aspecto triste—. Lo estás haciendo muy bien.

Y avanzaron a través de la sombra del bosque hacia la montaña dorada que se atisbaba en el horizonte.

CINCO EXTINTORES PEGADOS
A LA CABEZA

*N*ota mental: *recuerda la gran diferencia entre el aspecto que tiene el ejercicio y la sensación que te deja.* En los carteles publicitarios, en los anuncios de ropa deportiva y en los montajes de las películas, nada parece más emocionante, casi hasta alcanzar el éxtasis, que estirar los músculos y notar cómo arden, el ritmo rápido del corazón y la sangre que recorre el cuerpo, el puñetazo triunfal que se le da al aire y, después, el momento de quedarse con las manos apoyadas en las rodillas, goteando sudor sobre la pista de atletismo. No era ninguna casualidad que se pareciera al sexo. ¿A quién no le gustaría hacer eso?

La realidad era una incomodidad que se acercaba peligrosamente al dolor. Respirar, algo que solía ser un acto inconsciente, le parecía imposible, como si el sujetador deportivo que llevaba se le estuviera ciñendo más con un molinete de ancla. A medio camino por la pendiente, ya le daba la sensación de estar respirando a través de una almohada y tenía los pulmones roncos por las flemas mientras el corazón se le rebelaba y trataba de abrirse paso a puñetazos a través del esternón. ¿Sería esa la sensación de un ataque al corazón inminente? Una vez había vomitado en una toalla de mano en clase de spinning y ahí estaba otra vez: la misma sensación de nerviosismo, incomodidad y vergüenza. Tenía la nariz tapada y, al mismo tiempo, una especie de líquido, una combinación salada y dulce innombrable de mocos y sudor le bajaba por el surco nasolabial hasta metérsele en la boca. Sí que podría ponerse un dedo en una fosa nasal y soplar, como los jugadores de fútbol, pero ¿habría una forma refinada de hacer eso? De carraspear y soltar un escupitajo con elegancia, de vomitar con tono juguetón. No habría puesto aquella cara en un restaurante de tapas de Clapham, aquella cara de Stallone haciendo un pulso, con los dientes apretados y los ojos entornados a través del sudor que se le había combinado con el rímel y la crema hidratante hasta formar un brebaje de sal, ácido y aceite, lo que venía siendo una vinagreta que le hacía escocer los ojos. Se los refregó con los nudillos y vio las manchas, por lo que pensó: *Qué bien, dos agujeros negros.*

Todavía estaban en plena conversación de aficiones e intereses y, durante un buen rato, Conrad le había estado hablando con tanta pasión como información densa sobre Fórmula Uno y le decía que era un error creer que todo tenía que ver con el coche y nada más, que los pilotos eran atletas con todas las de la ley.

—La gente cree que solo es dar vueltas en círculo, pero a doscientos setenta kilómetros por hora son 5G, lo bastante como para que se partan el cuello.

¿Se le iba a partir el cuello a ella? Le daba la sensación de que sí y quizá fuera lo mejor. El peso de la mochila le parecía una mano gigante que la echaba atrás, una W mayúscula de sudor le había aparecido bajo los pechos y en aquel momento algún objeto, tal vez el tacón de sus zapatos de gala o la esquina de un libro de Wainwright, se le clavaba en el hígado con cada paso que daba y, mientras tanto…

—El ritmo cardíaco de un piloto es de ciento ochenta y cinco latidos por minuto, es como *pam, pam, pam,* tres veces por segundo. ¿Te imaginas?

—Pues sí, de hecho. —¿Por qué él no se quedaba sin aliento?—. Cuéntame más.

No se había formado ninguna opinión sobre la Fórmula Uno, sino que era un tema que había archivado en el cajón de gustos masculinos, como los trajes de neopreno, las espadas de samurái y los relojes de pulsera grandes. El reloj del propio Conrad era del tamaño de un cenicero de bar. Su exmarido Neil tenía uno parecido, aunque el suyo era uno falso que le había costado diez dólares en la calle Canal de Nueva York, durante su luna de miel. Al igual que el matrimonio en sí, había dejado de funcionar casi de inmediato y, si bien la compra había sido una broma, sabía que él quería tener uno de verdad. Una vez se rio de él, con cariño (o así lo había visto ella, esa había sido la intención al menos), por haber comprado una revista de salud masculina y seguir un régimen que prometía el advenimiento de unos abdominales de infarto en treinta días. Cada mañana había contado los días que quedaban hasta su llegada: veintitrés, veintidós, veintiuno, hasta que él le había soltado: «¿Puedes dejar de reírte de mí un puto segundo aunque sea, por favor?», y la había asustado una vez más con el veneno que era capaz de imbuir a un «por favor». Se había disculpado, claro, solo que dicha disculpa habría sido menos sincera si hubiera sabido que quería ponerse cachas para el deleite de su novia del trabajo. No llegó a saber si los abdominales llegaron o no porque la dejó el día quince del régimen. Era verdad que tenía mejor aspecto la siguiente vez que lo había visto, parecía más saludable y feliz, por lo que algún efecto positivo sí que había tenido.

—Con el peso del casco y la fuerza que se ejerce en el cuello de un piloto a esa velocidad, es como tener cinco extintores pegados a la cabeza.

—Espera, espera. ¿Por qué se pegan cinco extintores a la cabeza?

—No, no es eso, es... Esa es la sensación de la fuerza que tienen que soportar.

—Perdona, me he perdido... ¿Podemos...?

Se detuvo un instante y se dobló sobre sí misma. Tenía varias preguntas que podría hacer sobre la Fórmula Uno: ¿era un deporte o una competición de ingeniería? ¿Y qué pasaba con las mujeres? Sin embargo, todas le parecían hostiles y era importante no burlarse de las aficiones de los demás. El problema era que ya llevaba doce horas despierta, su casa estaba a un mundo de distancia y se moría de ganas de tumbarse en una sala a oscuras. Entornó la mirada hacia la cima, todavía con el escozor en los ojos.

—¿Estás bien?

—¡Sí, sí! Llama a mi psicólogo del deporte. Vamos, vamos. No quiero morir aquí —dijo, y se le ocurrió un chiste. Iba a ponerse las manos en las caderas, indignada, suspirar y aclamar: «La montaña no ha ido a Marnie, así que Marnie ha ido a la montaña». Si lo hacía entonces, no iba a ser el momento apropiado, iba a tener que guardársela para la cima. Por el momento, preguntó—: Entonces, en un coche de Fórmula Uno, ¿el cambio de marchas es manual o automático?

—Semiautomático. ¡Y tienen ocho marchas!

—¡Ocho! Mira tú por dónde. ¿Y tienen marcha atrás?

—Pues sí, por raro que parezca.

—¿Para aparcar en el súper?

—Ja, claro.

—Sí que te van los coches, Conrad.

—Un poco, sí. ¿A ti te gustan, Marnie?

—No mucho, yo soy fan del transporte público. Pregúntame lo que quieras sobre autobuses. Cerca de mi casa están la línea 3 y la 196. Por la calle South Lambeth, el de la línea 88 puede alcanzar una velocidad de hasta casi diecinueve kilómetros por hora. —Sin embargo, parecía que se estaba burlando otra vez y, además, ya había vuelto a jadear—. ¿Cuál es la mejor carrera que has visto? —preguntó, solo para poder llegar a la cima.

En la cumbre, se juntaron en torno a una pila de piedras, donde ella se desprendió de su mochila y se enjugó la vinagreta de los ojos. Suponía que aquel era el momento de dar un puñetazo al aire en señal de victoria, pero le apetecía más darle un puñetazo en la cara a alguien, como al hombre que le había vendido las botas o a Jenson Button. Bebió agua, recobró el aliento y, como era lo que tocaba, se puso a admirar el panorama. Al oeste, una llanura de color verde moteado se desplegaba hacia el mar, que reflejaba el sol del atardecer en su dirección, aunque se negaba a caer en el embrujo del asombro. Lo grande, desde lejos, parecía pequeño. Mira tú qué cosas.

—Muy bonito —comentó Conrad.

Marnie vio la oportunidad y se llevó las manos a las caderas.

—Como la montaña no ha ido a…

—Por ahí está Escocia, al otro lado del fiordo de Solway. —El modelo de prendas tejidas le había interrumpido la broma—. Ahí está la Isla de Man. Y por allí es por donde hemos venido. Y si miramos para allá…

A regañadientes, se dio la vuelta y allí estaban: las puñeteras montañas. Salían de repente de la llanura, demasiado escarpadas y cerca, como si se les hubieran acercado a hurtadillas.

—Ahí es adonde vamos —anunció el hombre—. Pasaremos esa sierra mañana, las montañas esas el día siguiente y luego la más alta de todas el martes.

—Bueno, habla por ti —interpuso Conrad.

—¿Cuándo te vas, Conrad? —le preguntó Marnie con tanta despreocupación como pudo aunar.

—El lunes por la mañana.

—*Fnu* —dijo ella.

—Tengo que volver al tajo el martes.

Marnie entró un poco en pánico.

—¿Y tú, Cleo?

—Eh... El lunes por la mañana también.

—Ah. Ay, creía que te ibas a quedar más.

—Anthony tiene lío, ¿verdad? —Su hijo asintió—. ¿Y tú?

—El martes por la noche —repuso, y se preguntó si de verdad había visto que el otro hombre daba un respingo—. Pero es un billete flexible, así que...

No era flexible, no. Se había imaginado que iban a estar más tiempo. Con todas las tiritas caras que se había traído, la cantimplora de goma... Por Dios, si llevaba hasta doce pares de bragas.

—O puedes volver en coche con nosotros y tomar el tren en York.

—Vale, vale. No pasa nada. Ya veremos, ya veremos.

El otro hombre estaba rebuscando otra piedra en el suelo, parecía ser experto en rocas y minerales.

—Tendríamos que ir yendo si queremos llegar antes de que se haga de noche —dijo el Chico Roca, en lo que seleccionaba otra piedrecita y la colocaba con devoción en lo alto del hito, como si fuera la estrella de un árbol de Navidad.

Recogieron sus mochilas, emprendieron la marcha y Marnie le preguntó a Conrad si existía la Fórmula Dos, a lo que él contestó que, curiosamente, sí que existía. Y se lo contó todo.

EL VALLE

No siempre es más fácil caminar cuesta abajo y, conforme descendían, Michael esbozó una sonrisa ante los grititos y quejidos que oía por detrás, cuando la mano que los había frenado durante el ascenso había pasado a empujarlos hacia delante. Por fin se allanó el terreno, cruzaron un arroyo anegado por las lluvias recientes y siguieron la ribera hasta un valle con forma de hoz, de laderas escarpadas y exquisito por sus tonos verdes y marrones rojizos, como una manzana perfecta. Era un camino muy transitado, aunque daba la sensación de que habían llegado a un reino escondido, con escribanos palustres que revoloteaban a su alrededor, como piedras lanzadas a un lago. Los adultos se habían juntado y, en vez de ir con ellos, acompañó a Anthony.

—¿Qué tal la caminata? ¿No es demasiado?

—Un poco, sí. Ya casi llegamos, ¿no?

—Falta una hora o así.

—¿Y mañana?

—No se lo digas a nadie —dijo Michael—, pero mañana será un día duro. —Anthony se llevó las dos manos a la cara y las arrastró hacia abajo—. A los chicos os gustan las caminatas con gente de mediana edad, ¿verdad?

Se sentía más cómodo hablando con Ant. En los pasillos del instituto, el crío ocupaba el papel extraño del alumno cuya madre también es profesora, un rol tan privilegiado como vulnerable, como un príncipe joven en una corte traicionera. Michael lo vigilaba, lo conocía desde que había nacido, había ido de vacaciones con él, había aplaudido ante sus canciones de guitarra de primero y le había enseñado a jugar a las cartas y al fútbol (su padre no era de a los que les gustaba chutar balones). Natasha y él habían cuidado de Anthony durante puentes en una época en la que habían estado intentando tener hijos y, cada vez que se marchaba, ellos se quedaban en silencio y atontados, aturdidos por una especie de amor sustituto por el niño.

Desde entonces, Anthony lo había visto pasar por la ruptura tanto sentimental como emocional y había ido a verlo al hospital, por lo que se preguntaba cómo lo habría cambiado todo el ver a un adulto después de una catástrofe, desprovisto de la ilusión de la autoridad y el control. Se preguntaba qué le habría contado Cleo. «Nuestros amigos Michael y Natasha van a pasar un tiempo separados». ¿Sentiría curiosidad o solo eran cosas de adultos, algo tan irrelevante como las hipotecas y las pensiones? Sin importar lo que supiese, Michael estaba decidido a asegurarle que todo iba bien, pero una vez más volvía a la misma pregunta: ¿cómo debería actuar? Cuanto mayor era el crío, más difícil de impresionar era, y, si bien no pretendía ser un ejemplo para él, debería intentar no ser raro.

—¿Ves ese pájaro de ahí, en los árboles? El de la raya negra en la mejilla, ese. Es un escribano palustre.

—Anda —dijo Anthony sin alzar la mirada. La misma emoción que si le hubiera dicho que se llamaba Steve.

Mejor dejaba ir lo del pájaro, aunque acabó pensando, como solía hacer, qué clase de padre habría sido. Los dos habían querido tener hijos (¿habían tenido que preguntárselo en algún momento?) y lo habían intentado durante años. En vista de que no lo conseguían, él se había sometido a las pruebas y, mientras hacían todo lo posible por no culpar a nadie, parecía que había un problemilla con la cantidad y la movilidad de los espermatozoides. El problema, según le dijeron, se podía superar: los espermatozoides estaban allí, solo que eran tímidos, vagos o lentos, de modo que aceptó todos los consejos sobre sillines de bici y bóxers, sobre espinacas y baños calientes, y soltaron los chistes estoicos que se espera de las parejas en esas circunstancias.

Solo que nada disminuía su creciente... ¿taciturnidad? No existía ninguna otra palabra para ello y, aun así, le parecía un término frívolo e impreciso para describir una sensación que, en una ocasión, después de que se marchara Anthony, lo había dejado llorando a solas en un rincón del jardín. Habían hecho lo que habían podido para mejorar las posibilidades, y fue en aquel entonces que se produjo el incidente, la pelea que lo había mandado al hospital y nada, ni una sola cosa, había salido bien desde entonces. Ya hacía dieciocho meses que se había ido Natasha. Tenía cuarenta y dos años y sufría de oligospermia idiopática, ¿qué iba a hacer con su taciturnidad?

Concéntrate, prepárate.

—¿Qué tal el *manga*? —le preguntó, como un turista que se había tomado la molestia de aprender un par de palabrejas en otro idioma—. ¿O era *anime*? Nunca me acuerdo de la diferencia.

Sí que se acordaba, pero Anthony se había puesto a explicárselo de todos modos y había recobrado la efusividad emocionante de la preadolescencia. Michael hacía preguntas sin necesidad de conocer la respuesta porque, en su lugar, disfrutaba del sonido del habla fluida del chico durante los últimos días de su tono agudo, por lo que los kilómetros transcurrieron con facilidad hasta que volvieron a pisar el asfalto en una carretera con sombra que descendía hacia el pueblo en el que iban a pasar la primera noche.

LA PUERTA A LOS LAGOS

Como en una novela de época, el protocolo del caminar le exigía que pasara un rato charlando con cada uno de los invitados y, como ya casi llegaban a su destino, parecía un buen momento para perforar la tarjeta del hombre que le había chafado la broma.

—¡Ah, Ennerdale Bridge! —exclamó Marnie al leer el cartel de la aldea—. ¡La puerta a los Lagos! —Él esbozó una pequeña sonrisa, todavía con la mirada al frente—. Creo que hemos venido en el mismo tren.

—Estabas trabajando como una condenada. Iba a decirte que admiraras el paisaje, pero no sé yo si me lo habrías agradecido mucho.

Hizo como que tecleaba en el aire.

—Soy una chica urbana muy ocupada, con mucha presión y fechas de entrega que cumplir.

—¿A qué te dedicas si no te molesta la…?

—Soy correctora. De ficción más que nada, edito libros antes de que los publiquen.

—Ah, como corregir deberes.

—Más o menos. ¿Eres profesor?

—Ajá.

—A ver si lo adivino… De Geografía.

—¿Es por la barba o es algo más general que…?

—La ropa de punto, el fetiche por las piedras.

—No es un fetiche, se llama Geología.

—No sé yo, te he visto recoger un montón de piedras. Cuando hemos pasado por la montañita esa, has recogido una, la has frotado un poco, la has olisqueado…

—No he olisqueado nada.

— … y la has puesto encima con cuidado.

—Era un hito, un marcador antiquísimo. Se supone que es lo que debemos hacer, para que perdure.

—Ah. Ahora me sabe mal. Nunca se me ha dado muy bien la geografía, lo siento.

—Tranquila, no somos un gremio vengativo. —Llegaron al viejo puente y se quedaron mirando los remolinos de agua oscura un rato—. Este es el río Ehen —dijo, como si los presentara en una fiesta.

—¿Todavía hacéis excursiones de geografía? ¿Siguen siendo igual de salvajes?

—No mientras yo pueda evitarlo. Y desde luego, para los profes nunca lo son.

—Espero que no. Por Dios, una vez fuimos a la isla de Wight y te juro que fue como los últimos días de Roma. ¿Es eso lo que te hizo querer ser profe?

—¿La comida que llevamos de casa? ¿Los hostales?

—¿Los chicos que vomitan en el bus?

—No solo eso, claro. ¿Qué me hizo querer…? —Se lo pensó por un momento, como si considerara la pregunta por primera vez—. Me gustaba saber por qué cada cosa está donde está. Salía a caminar con mis padres, me gustaba estar en el campo y me interesaba el medioambiente, con toda su política. Y lo demás se me daba de pena. ¿Qué estudiaste en la uni?

—Ah, no fui a la universidad.

—Creía que era ahí donde habías conocido a Cleo.

—La gente se conoce en otros sitios también. —Lo estaba castigando un poco—. Perdona, es que cuando la gente se entera de que trabajo en el mundo editorial y no tengo grado, se ponen en plan «¿De verdad?». Como si fuera una estafadora, como si hubiera aprendido a hacer operaciones a corazón abierto yo sola o algo.

Pareció darle vueltas a eso un rato.

—Creo que no he hecho eso.

—No, tienes razón, no lo has hecho —dijo ella, y era cierto.

Siguieron andando.

—¿Y cómo conociste a Cleo, entonces?

—Nos conocimos en la oficina en la que trabajaba antes. Publicidad comercial.

—¿Trabajaste en el sector de la publicidad?

—¿A que suena glamuroso? Trabajé ahí, sí. Me encargaba de tareas pequeñas, como vender el espacio para los anuncios, administración, contestar el teléfono y redactar algún anuncio que otro. Cleo vino a trabajar de becaria en vacaciones mientras estudiaba y nos pusimos a hablar de libros, así que ya hará... dieciocho años que la conozco. Fue como mi mentora y me insistía en que volviera a estudiar. Aunque nunca le hice caso. Eso fue mucho antes de que fuera la directora superestrella que es ahora, claro.

—Vicedirectora.

—Vicedirectora, eso. ¿Tú la conociste en el instituto?

—Sí, mi mujer y yo nos...

—Ah. Ah, ¿estás casado?

—Separado. A Cleo le gusta tenerme vigilado.

—Sé a qué te refieres —repuso ella. La gente que decía que estaba separada y no divorciada eran como los que insistían en que los tomates eran frutas y no verduras: era técnicamente cierto, pero lo mejor era no tirar por ahí. Nadie comía helado de tomate—. Yo estoy divorciada —dijo con énfasis, de profesional a aficionado—. Y soy la madrina de Anthony.

—Anda, ¿eres la madrina de Anthony? ¡Entonces te conocimos!

—Tu exmujer se llama...

—Natasha. Nat.

—¡Natasha! Guapa y vestía bien. Hacéis buena pareja. O lo hacíais, vaya.

—Ah, gracias —dijo él—. Eso creía yo.

Habían llegado a un bache, desde luego, pero si seguía adelante...

—Lo siento. Perdona, es que... se me ha olvidado cómo te llamas.

—Michael, Michael Bradshaw.

—Entonces nos conocimos en el bautizo.

—Imagino que sí.

—Está claro que calé hondo.

—Perdona.

—No te preocupes. Tengo uno de esos colchones con memoria de forma en casa y mira, llega cada noche y no tiene ni idea de quién soy. A lo mejor te acuerdas de mi exmarido, que también fue. ¿Recuerdas haberte puesto a hablar con un gilipollas?

—Pues no.

—¿Nadie te trató con condescendencia, se puso a discutir contigo o te interrumpía cada vez que abrías la boca?

—Todos me parecieron muy majos.

—Ah, entonces no te lo cruzaste. Qué suerte la tuya.

—¿Fue un matrimonio muy feliz, entonces?

—*Fla* —murmuró ella, antes de sujetarlo de un brazo—. Deja que te mire bien.

Se detuvieron en el camino y ella se lo quedó mirando con ojos entornados mientras él desviaba la mirada, incómodo. Era un rostro apuesto y fuerte, aunque un poco marcado por el tiempo, sin nada suave ni delicado. Las arrugas que tenía alrededor de los ojos podrían haber sido de reírse, pero seguro que nadie se reía tanto. Sin embargo, cuando sonreía como lo había hecho entonces, desprendía una sensación tranquilizadora, confiable, como si estuviera en buenas manos.

—Por aquel entonces no tenía la barba —dijo, poniéndose de perfil—. Ni esto —añadió, pasándose un dedo por una línea pálida, una cicatriz paralela a la mandíbula—, aunque seguro que hay muchas otras razones para no recordarme. Pero bueno —concluyó, apartándose como si estuviera guardando algo en su caja.

Recordaba aquella tarde veraniega, el bautizo secular, una especie de barbacoa ceremonial: familias de punta en blanco, niños que correteaban por doquier, prosperidad y comunidad. Un cenador, un castillo hinchable tan imponente como uno de verdad. A Natasha la recordaba como una persona agradable y solo un poco competitiva, pero del marido, ni idea. En los días de su matrimonio en los que se replanteaba la vida entera, las emociones principales que recordaba de aquella tarde eran amor por su amiga y una envidia igual de profunda. Un error común en los manuscritos que revisaba era confundir «envidia» con «celos»: envidia era querer lo que tenía otra persona, mientras que los celos incluían el miedo de que alguien pudiera quitarte lo tuyo. No estaba celosa. Neil no se llevaba bien con Cleo, no le gustaba hablar con desconocidos, estar con otras personas ni que lo dejaran solo y tenía unas opiniones muy estridentes sobre las barbacoas. Recordaba haberse aventurado en el castillo hinchable con Cleo y que él se había puesto a negar con la cabeza muy despacio, con los zapatos de ella colgando del dedo índice.

Siguieron caminando.

—Entonces, en teoría, si les pasara algo a Cleo y a Sam, Dios no lo quiera, tendré que quedarme con Anthony.

—Eh… Bueno, supongo que sí. Me figuro que habrá algún debate con los albaceas del testamento. Y también está el padrino.

—No lo conozco, es un colega de Sam. ¿Tendría que batirme a duelo con él?

—No creo que los padrinos tengan que pelearse por los huérfanos, no.

—Menos mal, porque me rendiría de inmediato. ¿Crees que podría con él?

—¿En una pelea? No lo conozco, pero sí, si estuvieras lo bastante decidida, seguro que podrías darle una paliza al padrino de Anthony.

—Ah, qué amable de tu parte. ¡Gracias!

El hombre pareció ponerse serio otra vez.

—Esperemos que la cosa no llegue a eso.

—Seguro que él es mejor padrino que yo, además. Siempre me había imaginado que todo iba a ser cajas de ceras y entradas para el teatro, pero soy más de las que meten diez libras en un sobre cada dos años. De hecho, si te soy sincera, no sé si podría renunciar a Satanás.

—¿Y a todas sus obras?

—Bueno, renunciaría a algunas —dijo ella—. De las primeras que escribió. —El hombre soltó una carcajada tan agradable que casi lo perdonó por haberle fastidiado el chiste de antes—. Por cierto, ¿prefieres Michael o Mike?

—Michael. No sé por qué, pero casi nadie me llama Mike.

—No, lo entiendo. Creo que es por la K, que es como la X, un poco atrevida. Mike es un DJ, pero Michael es un santo.

—Bueno, santo tampoco soy.

—Eso es lo que dicen en la sala de profesores —bromeó ella, y pensó: *Ya basta por ahora. Hay que dejarlos con ganas de más.*

¿Estaría Conrad tentado por su ausencia? Ralentizó el paso y se volvió para ver que estaba junto a Cleo, con la cabeza muy cerca... ¿estaría hablando de ella? «Es muy cautivadora, por cómo carraspea». Conrad le captó la mirada y... ¿le guiñó el ojo? ¿O entornaba la mirada por el sol que se estaba poniendo? No, sí que le había guiñado el ojo, de modo que se volvió y siguió adelante intentando conferirle una cualidad como de Marilyn Monroe al bamboleo pendular de su mochila. Admiró la naturaleza así en general y, poco después, ya llegaron a un sendero en el que tenían que ir en fila india, a través de un bosque antiguo, húmedo y con olor a mantillo y a plantas, algo malo en una nevera pero bueno allí, por el ciclo de la vida y esas cosas. Y entonces, a través de los árboles, apareció un lago.

—¡Gente, ya hemos llegado!

Una puesta de sol ámbar iluminaba la Posada de la Trucha y aceleraron el paso. Se quitó la mochila antes de cruzar la puerta siquiera. El bar olía a cerveza y carbón y un propietario atosigado les dio las llaves de las habitaciones, con el rostro hecho una maraña de venas rotas y unas gafas que le colgaban de una cadena que llevaba en el cuello, como el peso del mundo entero. Un estatuto de tiempos inmemoriales exige que todos los hostales rurales tengan habitaciones temáticas, y el tema de aquella era los peces. A Marnie le había tocado Gobio.

—¿Cuál tienes tú, Cleo?

—Eh… ¿Tenca?

—¿Y tú, Conrad?

—Espinoso.

—Ojalá estuviera yo en la Espinoso —dijo Marnie.

—Si juegas bien tus cartas… —murmuró Cleo, y Marnie se sonrojó y pensó: *Vas a ver, ahora sí que vas a ver.*

—¿Y tú, Michael?

—¿Cómo? —Estaba ocupado rellenando el formulario de registro y le echó un vistazo al llavero—. Ah, yo en la Merluzo. ¿O era Merluza?

Se echaron a reír y él esbozó una sonrisa tensa. La contraseña del wifi era «wainwright2017», todo en minúsculas.

—Hay una habitación de más —dijo el propietario.

—Sí, es la de mi amiga Tessa, que no ha podido venir. Pero la cancelamos.

El propietario soltó un suspiro, preparándose para discutir, y Marnie fue a por su mochila para subir corriendo por las escaleras angostas y meterse en su habitación para ir al baño y cargar todos sus dispositivos.

KINTSUGI

Por fin estaba solo. Le llegaba un olor intenso y artificial a producto de limpieza de limón y las luces brillaban un poco demasiado, pero se quitó la mochila, se dejó caer en la cama y se zampó sin ningún miramiento las galletas de mantequilla que venían con la habitación, escuchando las miguitas que le traqueteaban en las orejas y pensando en Tessa.

Cleo ya le había hablado de ella. Durante las semanas anteriores al viaje, su amiga se las había ingeniado para incluir en sus conversaciones lo guapa y deportista que era (participaba en triatlones, al parecer) y el éxito del que gozaba, pues era una dentista con su propia clínica. Y lo mejor de todo, según Cleo, es que le gustaba «el aire libre», aunque no estaba tan seguro de qué significaba aquello: ¿que no llevaba maquillaje? Sabía, a partir de las clases de Historia y los dramas de época de Nat, que a los artistas de las cortes de antaño les encargaban retratos en los que el sujeto en cuestión quedara bien para que dieran el visto bueno antes de organizar un matrimonio concertado, y que dichos retratos no siempre representaban la realidad. Cuando intentaba imaginarse a Tessa, siempre estaba en un páramo, con su aliento de menta, quitándose un abrigo blanco para ponerse a correr, a ir en bici y a nadar. ¿Eso era lo que Cleo creía que quería él? Él no quería a nadie.

Y, aunque así fuera, no lograba concebirse a sí mismo cenando en la Posada de la Trucha para ligar entre bocados de pastel y patatas fritas, entre miraditas y sonrisas y anécdotas para desvelar quién era cada uno. Su última cita había sido la del restaurante italiano con Natasha, hacía quince años; además, ¿acaso una de las grandes ventajas de una relación a largo plazo no era poder librarse de aquellos paripés? Intentar imaginarse en una cita era como creer que podría hacer puénting: en teoría era posible, pero ¿qué circunstancias lo iban a llevar a hacerlo? No, mejor que no hubiera ido a la excursión. En la pared opuesta, un televisor se inclinaba con cierto peligro en su soporte, y estiró la mano en busca del mando para zapear un rato. ¿En qué momento las teles de los hoteles habían empezado a parecer tan arcaicas y pintorescas? Cuando se iban de viaje, era casi lo primero que hacían, encender la…

Allí estaba otra vez, como si su exmujer acabara de entrar en la sala. Se incorporó, se quitó las miguitas de las orejas y se desvistió, momento en el que se vio de reojo en el espejo. El cuerpo desnudo de un hombre de mediana edad. Podría haber sido peor. Siempre se había cuidado, al salir a correr, con sus caminatas o jugando al fútbol, no por vanidad sino por el mismo motivo por el que se cepillaba los dientes y volvía a tapar los bolígrafos, pero no cabía duda de que todo se había desencaminado un poco desde que Nat lo había dejado. Últimamente comía un montón de salsa picante y tenía que admitir que no siempre usaba platos. Había ganado peso en algunas partes, perdido demasiado en otras y, si bien sus heridas habían sanado casi del todo, todavía se sentía agrietado y vulnerable, como una taza con el asa pegada después de romperse. Al parecer, se suponía que las grietas eran algo bello, eran por donde entraba la luz, pero a él le parecía más importante que era por donde se salía el líquido. A nadie le gustaba una taza con goteras.

La ducha fue como si le hubieran echado una olla hirviendo en la nuca, por lo que no tardó en salir, limpió el espejo que se había empañado y se puso a hacer muecas y a mover la boca de un lado a otro. Su cara. Había sido bastante atractivo cuando estudiaba para ser profesor, aunque ya había pasado mucho tiempo de aquello. En Navidad, su madre tenía la costumbre de recoger el papel de regalo y alisarlo para volver a usarlo y su piel había adquirido aquella misma cualidad, en especial alrededor de los ojos: la del papel reutilizado más de una vez. Había dejado de afeitarse para no tener que explicar la cicatriz que tenía en la mandíbula y en otros tiempos había albergado la esperanza de que tuviera un atractivo como el de los cuadros del Renacimiento, no el del protagonista, sino tal vez el de algún discípulo que hubieran pintado de fondo. Así era la teoría, pero ¿qué eran aquellos filamentos nuevos que le habían salido en lo alto de la mejilla, como los pelos de una escoba? Con o sin Tessa, tendría que haberse arreglado un poco. Parpadeó y tensó la mandíbula. Al menos conservaba el pelo, y se lo frotó con los dedos y lo peinó como si no se lo hubiera peinado. El look de alguien a quien le gusta el aire libre.

El truco para poder caminar trescientos kilómetros era llevar poco peso. Iba a tener que lavar y secar su ropa interior cada noche y, conforme llenaba el fregadero, echaba un poco de jabón de manos y estrujaba los calcetines y los calzoncillos como si los estuviera ordeñando, se le pasó por la cabeza que todo aquello podría considerarse deprimente. Sonrió y se preguntó si eso formaría parte del retrato que Cleo le habría pintado a Tessa. «Le gusta el aire libre. No es feo, nunca llega tarde. Conserva el pelo». ¿Lo habría descrito como tímido? No era tímido, solo quería que lo dejaran en paz.

Desde la habitación Espinoso le llegó el sonido de la música de Conrad, el chasquido y el estruendo genérico de una clase de aeróbic, y pensó: *¿Cuán presumido hay que ser para traerse un altavoz Bluetooth a una caminata de larga distancia?*

¿Qué clase de principiante se presenta en vaqueros? No lo juzgues.
Oyó que la música aumentaba el ritmo y que Conrad gritaba
«¡Vamooos!», ya con el acicalado completo. Tras probar el
radiador, Michael colocó su ropa interior y los calcetines encima, como si fuera beicon en una sartén. Había extendido
sobre el edredón brillante su única camisa «de vestir», del
color de las gachas de avena y con los puños desgastados.
Con las mangas estiradas a los lados, la camisa parecía decirle: «Mira, es lo que hay. Es lo que hay».

LA ESCENA DEL CRIMEN

La mejor palabra que describía la habitación de Marnie era «pescado», sin duda. Tenía un armario monolítico, un edredón de color sangre coagulada y una colcha y una almohada llena de algo fibroso, seguro que amianto. Era el tipo de establecimiento en el que una pasaría la noche antes del funeral de algún familiar. Puso a hervir la olla en miniatura y se quedó mirando el lago con lo último de la luz del día. Al menos era bonito, con todos aquellos kilómetros de agua oscura, la costa rocosa y el valle con niebla del fondo, la aventura que le deparaba el día siguiente. Notó un escalofrío por las ganas y se riñó a sí misma. *No te me vengas arriba, Frodo.*

Aquella noche tenía la intención de llevar el tintineo plateado de las carcajadas de los bares de cócteles a aquella humilde posada. Aunque sabía que Conrad era el propietario de un Audi eléctrico, todavía no se había cerciorado de si era el propietario de un sentido del humor, de modo que aquella noche iba a ser ingeniosa, enérgica, una invitada en un programa de medianoche de los años setenta, e iba a hacer acto de presencia en el bar como si fuera a subirse a un yate. Aquella energía natural iba a necesitar un gran esfuerzo, que se sumiera en un estado de concentración intenso pero sin tensión, la de una nadadora en el trampolín de salida. Lo esencial era escoger el momento apropiado para cada cosa, la destreza verbal y mental, una dicción clara y un poco de alcohol, pero no demasiado. En compañía, sus mejores bromas solían pasar desapercibidas o los demás las interrumpían, eran unas palomas blancas que lanzaba al aire cuando los demás no miraban. Sin embargo, aquella noche iba a ser distinta. «¿A que es genial? —susurraría él—. Casi demasiado enérgica incluso. ¿Dónde se había metido hasta ahora?».

Con cuidado de no deshacer la cama, fue al baño y se despegó la ropa húmeda que llevaba. El espejo le confirmó lo que más temía: manchas negras alrededor de los ojos, parecía un cuadro expresionista alemán. Cleo la había atraído con la promesa del lujo rural, con bañeras redondeadas y suelos de roble ásperos, pero lo que encontró fue un cubículo de ducha desvencijado que unos niños debían de haber construido con palitos, un radiador que soltaba los mismos ruidos metálicos que el generador de un parque de atracciones y un chorro de agua que pasaba de hervir a congelar. Los artículos de aseo personal no venían en botellitas, sino en unos sobres que tuvo que abrir con los dientes, como la mayonesa de los bares. Decía «Jabón para el pelo y el cuerpo», por mucho que debiera ser una cosa o la otra, y dentro tenía lavavajillas.

De nuevo en la habitación, se topó con otro problema: una esencia destilada de ensilaje de granja tan potente y concentrado como un gas neurotóxico. Se puso su mejor ropa interior y su tercer mejor vestido, pero, incluso con la ventana abierta, el hedor era tan potente que amenazaba con provocarle el vómito mientras dormía. No tardó en encontrar el origen, sus botas, y se preguntó si la posada tendría sala de botas, aunque no estaba segura de si era algo que existía o que solo había visto en *Downton Abbey*. Se imaginó al propietario fulminándola con la mirada por encima de las gafas y se decantó por enjuagar las suelas en el lavabo del baño, apretujándolas bajo el grifo y pasando rollitos de papel higiénico por los surcos. Tenían una sustancia pegajosa como el alquitrán y el papel se desintegraba al rozarlo, de modo que el lavabo se embozó y se llenó de un caldo de materia fibrosa y podrida de color cúrcuma. Probó suerte con un bastoncillo de algodón, pero no hubo tutía, porque el palito se doblaba como si retrocediera ante la suciedad, por lo que recurrió al mango de su cepillo de dientes antes de meter la mano directamente, rascar con el dedo y decirse: *No te toques los ojos, no te vuelvas a tocar la cara en la vida.*

Desde la habitación contigua, la Espinoso, le llegó la música de fiesta de Conrad, y, con más prisa, metió las botas en el cubículo de la ducha y las encerró, se lavó las manos y el mango del cepillo de dientes, aunque se percató de que la mugre había llegado a las paredes de color azul pálido y parecía sangre (creía saber qué vaca le había hecho aquella jugarreta, creía poder identificarla en una rueda de reconocimiento), y, si estaba en las paredes, eso era que se le había manchado la ropa también. «¡Vamoooos!», gritó Conrad mientras ella se frotaba el vestido con la alfombra del suelo, pero la mancha permaneció allí y, de hecho, quedó peor al haberla atomizado en el ambiente. El baño era la escena de un crimen atroz.

Aquel fue el toque estrambótico que llevó a la cena. El bar se había llenado de lo que podría llamarse «un público mayor»: espaldas de hombre encorvadas y metidas en camisas de color verde oliva, y se sintió demasiado arreglada con su vestidito negro, como Audrey Hepburn hablando con el sindicato de trabajadores agrícolas. Pidió un gin-tonic doble que le sirvieron en un vaso grande como el casco de un astronauta y dio semejante trago que casi se lo echó en la cara. Había llegado el momento de recurrir a sus aires metropolitanos. Limpió el pintalabios del borde del vaso con el pulgar. El resto del grupo ya estaba sentado y, conforme se acercaba, demasiado lejos de la mesa, gritó:

—Creo que huelo a mierda de vaca.

Enérgica, fascinante, un enigma irresoluble.

EL REBOZADO

Michael se preguntó por qué se había puesto a gritar algo sobre mierda de vaca desde el otro lado del bar. Los demás clientes se la quedaron mirando conforme se apretujaba en el espacio entre Conrad y él.

—¡Hola! Perdona por el insulto, Anthony. Prométeme que nunca dirás una palabrota. —¿Acaso había estado bebiendo en su habitación?—. El propietario dice que tenemos que pedir ya.

Se quedaron mirando la pizarra, llena de carbohidratos, todo acompañado de patatas y guisantes. Oyó que Marnie preguntaba por el pescado del día, como si fuera a ser halibut o cigala.

—Bacalao —repuso él.

—Vale. Vale, bacalao con patatas, me quedo con eso. ¿Por qué no? ¡Bacalao con patatas! —dijo, dándole un poco de acento del norte, lo suficiente como para que Michael pensara: *No, no hagas eso.*

Se pusieron a hablar sobre sus dolores y ampollas y solo Anthony guardaba silencio, perplejo como se quedaban los niños a veces al encararse a la forma de ser de los adultos en los bares, con voces más estridentes y más teatrales. Recordó los experimentos nerviosos de sus padres con las «veladas para cenar», cuando se los quedaba escuchando con su hermano y pensaba por qué diantres se ponían a hablar así. La comida no tardó en llegar, con todo crujiente y marrón como las hojas de otoño mientras todos reían y charlaban, y se sintió complacido como si todo aquello fuera mérito suyo. A su izquierda, notaba a Marnie ligando, con la espalda tensa, como si intentara desactivar una bomba.

—«Farmacéutico». ¿Cuándo fue que los boticarios pasaron a ser farmacéuticos? —preguntó, con voz demasiado intensa—. ¿Es algo reciente?

—No sé yo —repuso Conrad, quien se había puesto una sudadera de camuflaje—. Sí que es más común, eso sí.

—Como cuando los oculistas decidieron que iban a ser optometristas de la noche a la mañana. ¿Crees que eso de los farmacéuticos es cosa de Estados Unidos? Como el «truco o trato».

Michael notó la sonrisa arrinconada de Conrad, como un miembro del público escogido por un mago.

—Creo que es... más preciso. Yo estudié para ser farmacéutico, no boticario, así que... —Para cambiar de tema, preguntó—: ¿Qué estudiaste en la uni, Marnie?

—Ah, no fui.

—¡Que no fuiste! —soltó Conrad, un poco demasiado sorprendido—. Vaya por Dios. ¿Y eso por qué?

—No era lo bastante lista. —Marnie se encogió de hombros.

—Sí que lo era —interpuso Cleo, con un manotazo en la mesa—. Podría haber ido como alumna adulta.

—Eso es un oxímoron —señaló Marnie.

—Le dije que había maneras de ir. Si Neil no se lo hubiera impedido...

—Neil no me impidió hacer nada. No quería ir y ya está.

—Qué lástima —dijo Conrad.

—¿Por qué es una lástima? —le espetó ella.

—No sé. Por las experiencias.

—He tenido experiencias —se defendió ella con la mirada perdida en la copa—. O al menos creo que una, tal vez dos. Sí, dos experiencias, creo. Dejemos el tema, ¿vale?

Parecía poco probable que no fuera lo bastante lista. Era graciosa, y ¿acaso eso no era un tipo de inteligencia? Ya fuera por el miedo a las deudas, una falta de confianza o de técnicas para hacer exámenes, muchos de sus alumnos más listos no iban a la universidad; esa era una de sus mayores frustraciones como profesor, y pensó en decírselo a ella. Sin embargo, no debía ser pomposo ni ponerse en plan profesor y, además, ya se había vuelto hacia Conrad otra vez. ¿Y si la mítica Tessa hubiera estado en su lugar? Participaba en triatlones, de modo que ya habrían tenido al menos tres temas de conversación. Le habría preguntado: «De todas las disciplinas del triatlón, ¿cuál te gusta más y cuál es la más difícil?».

Se dio cuenta de que se estaba imaginando una conversación con alguien que no estaba presente. Quien sí estaba era Marnie, y, aunque se giraba hacia Conrad, tenía la pierna y el brazo desnudo apretujados contra los de Michael. Pensó en lo guapa que estaba con su vestido de noche y, como si lo hubiera dicho en voz alta, ella se volvió para mirarlo de repente.

—¿Qué tal el pastel? —le preguntó Marnie.

—Está bien. Bueno, la salsa tiene como tropezones.

—¿Tropezones de qué?

—Una especie de granos, como el café instantáneo, pero de carne. ¿Te apetece...?

—Muy tentador, pero creo que paso.

Se percató de que le había pelado el rebozado a su pescado, que lo había abierto para comerse solo la carne blanca.

—No me digas que no te vas a comer el rebozado.

—Ah, es que no se debe comer —dijo ella, muy convencida. Michael se echó a reír.

—¡Anda ya!

—¿Qué pasa?

—¿Quién te ha contado eso?

—Lo leí por ahí. El rebozado solo está para que el pescado no se haga trizas en la freidora.

—¡No digas tonterías! ¿Quién dice esas cosas?

—La gente. ¡Y es verdad! El rebozado es solo como un envase.

—Sí, como la masa de un pastel. Y la masa se come.

—Ya...

—Pues ahí lo tienes. ¡Si el rebozado es lo mejor!

—Solo es harina frita...

—¡Con vinagre y sal!

—¿Eso es cosa del norte? ¿Te estás poniendo en plan norteño para confundirme?

—No quiero que nos dejemos de hablar por esto —dijo él, y ella se echó a reír.

—Cómetelo si quieres. Por favor, métete estos trocitos de harina grasosa marrón y suculenta entre pecho y espalda. —Se sonrieron y, tras unos segundos, Marnie añadió—: Pero en serio, ¿huelo a mierda de vaca?

De modo que Michael se inclinó y se sorprendió cuando ella hizo lo mismo y acabó poniéndole la cabeza en un hombro. El aire a su alrededor olía a vinagre y grasa, ginebra y salsa con tropezones y gel de ducha barato.

—Hueles muy bien —dijo.

Y lo decía en serio.

DÍA DOS:

DEL LAGO ENNERDALE
A BORROWDALE

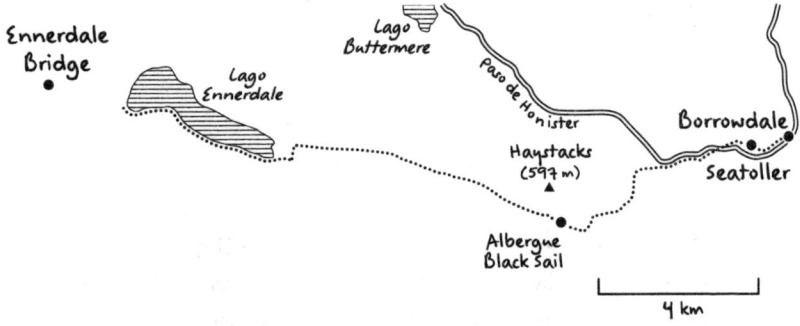

LA FIESTA DESPUÉS DE LA CENA

Se puso a llover pasadas las cuatro de la madrugada. Marnie estaba acostumbrada al repiqueteo de la lluvia sobre los tejados de pizarra, incluso le gustaba el sonido porque no solía salir a mojarse, era una de esos londinenses que evitan la lluvia como los vampiros con el sol. En la superficie del gran lago, el aguacero sonaba como un suspiro largo y exasperado, como si la propia lluvia se decepcionara porque estaba lloviendo.

Llevaba toda la noche sin pegar ojo. Aquella posada tan pintoresca crujía y gemía y, a través de las paredes tan finas que tenía, los que habían bebido cerveza de verdad roncaban y se tiraban pedos y las colchas de fibra de vidrio ondeaban como velas de un barco. Si bien una pinta era una cantidad absurda de bebida, había jugado y se había zampado tres, casi un cubo entero, de modo que su estómago firme sonaba como una botella de agua caliente. ¿Cómo podía haber bebido tanto y tener tanta sed todavía? La grasa, la sal, la ginebra y la cerveza le habían arrebatado la humedad del cuerpo, por lo que estaba ahí tirada, con los labios pegados, notando que el aliento se le iba poniendo rancio, atrapada en una crítica de su velada en bucle.

El brandi había sido un error. Cuando habían pedido por última vez, él le había preguntado si quería «una más» y si quería «continuar arriba», en la fiesta después de la cena en la habitación Espinoso. Poco después, ya había acabado apoyada contra el cabezal acolchado de la cama, con una copa de brandi metida en el escote. Sí, de los cinco que estaban en la fiesta, ellos dos eran los más molones, por supuesto, más que el genio adolescente de las matemáticas y su madre, mucho más que el profesor de Geografía. Conrad había puesto música seductora, una recopilación de lo que ella creía que eran canciones lentas, y se había sentido como una adolescente otra vez, colándose en una habitación en la fiesta de la casa de un chico popular de bachillerato. ¿Debería ponerse a saltar en la cama o instigar una pelea de almohadas? Ya había soltado una broma absurda sobre la sudadera de camuflaje que llevaba él («Anda, ¿dónde te habías metido?») y, aun así, cuando había pretendido hablar más en serio, sobre la vida, las relaciones o lo que fuera, él se distrajo, cambiaba la música, iba de la cama a la silla o a la cama otra vez o colgaba su ropa en perchas, de modo que le parecía que estaba tras bastidores con un modelo. En un momento dado, Conrad se había lanzado a la cama, tumbado a su lado con la cabeza apoyada en una mano («Anda, tú por aquí») y ella lo había imitado y había pensado que tal vez fuera el momento. Solo que, entre sus tartamudeos y la bebida, lo había asaltado con preguntas torpes sin responder bien a lo que él contestaba, con lo que el intercambio había adquirido la sensación incómoda y monopolizada de una entrevista en la alfombra roja.

—Bueno, ¿y llevas pijama o...? —había preguntado ella, con una mancha de brandi en la barbilla.

—Mmm. ¡Un poco personal esa pregunta, Marns!

Vaya por Dios. No estaba muy segura de que le gustara que la llamase Marns.

—Perdona, solo intento imaginármelo... —Apretó mucho los ojos.

—No, no llevo pijama. Duermo al natural.

—Dios mío, espera, ¿duermes en la calle? —Abrió los ojos con la esperanza de verlo sonreír, pero ya había pasado de largo.

—¿Y tú?

—Depende. De octubre a mayo llevo una prenda blanca, de la colección «Mortaja» de M&S, así de grande, como una carpa de boda desmantelada, y en verano, si hace bochorno, solo llevo un tanga que me encontré en el suelo de una casa de apuestas...

¿Lo estaba poniendo cachondo? Seguro que no, porque se bajó de la cama y se puso a juguetear con sus cargadores, tras lo cual ella se rindió en sus esperanzas de seducirlo. «Ya pasa de mi hora de dormir, después de medianoche me transformo en calabaza, gracias por la velada, ups, un beso en la oreja. Buenas noches». En su habitación, había oído el murmullo de la voz de Conrad, baja y sincera, seguramente hablando con su ex por teléfono, y había pensado si debía pegar la oreja a la pared, tal vez con un vaso como hacían en las películas. ¿Por qué no? Ya lo había sacado de la cama a base de risas.

Bromas. La chica popular del instituto le había dicho en una ocasión que era graciosa, uno de aquellos cumplidos despreocupados y solo medio sinceros que podían trastocar una vida entera: «Podrías ser modelo; tienes una voz preciosa; qué graciosa eres». Su marido le había dicho lo mismo en la época en la que las mujeres graciosas le parecían «sexis», aunque también le había dicho que le gustaban sus «curvas» (sus «curvas voluptuosas», según palabras textuales) y los dos aspectos habían acabado en la larguísima lista de cosas que no le gustaban de ella, en particular las bromas en las que se mofaba de sí misma, y resoplaba y suspiraba ante cada una de ellas. «Si le vas diciendo a la gente que eres una mierda, ¿por qué no iban a terminar creyéndote?», le había dicho. Sin embargo, si no podía reírse de sí misma ni tampoco de él, ¿de qué diantres se podía reír? Había pasado mucho tiempo sin reírse de nada.

Aquello había sido hacía mucho tiempo. Ya se había librado de ello y también gozaba de la libertad de quedarse allí tumbada y despierta a las cuatro, las cinco y las seis de la madrugada, con la mirada perdida en la luz parpadeante del detector de humo, escuchando la lluvia y encontrando la esperanza en la idea de que por la noche llovía más. ¿Era cierto? ¿A qué se debía? Pensaba preguntárselo al profesor de Geografía.

A partir de las siete de la mañana le empezaron a llegar sonidos nuevos, el coro del despertar: cadenas de retrete y el carraspeo de unas toses productivas que parecían disparos de armas pequeñas; era como vivir con troles. Al empezar a oír la tele de sus compañeros de posada, con malas noticias transmitidas a través de paredes delgadas, fue a por su portátil. Era demasiado temprano para los clubes nocturnos de Los Ángeles y se había prometido que iba a abstenerse de las redes sociales mientras estaba en el campo, pero había pensado que tal vez podría seguir alguna clase de yoga por internet en el espacio entre el armario y la plancha para pantalones.

No obstante, se le presentó un problema inesperado. A lo largo de la noche, los tobillos, las rodillas y las caderas se le habían soldado hasta formar una sola unidad, de modo que tenía el tren inferior del cuerpo inmovilizado, como una de aquellas muñecas de plástico baratuchas con una articulación en el hombro y en ninguna parte más. Sacó las piernas de la cama al girarse y se tambaleó hasta el baño como si llevara zancos, se sentó en el retrete con las piernas estiradas y giró el cuello, cuyos huesos también se le habían compactado por el peso de la mochila y habían conseguido que fuera consciente de todos ellos, hasta los oía rozarse unos contra otros con el ruido de unas nueces apretadas en el puño. Al ponerse de pie otra vez, vio que las plantas de los pies parecían habérsele separado de la carne, como si llevara calcetines holgados. La clase de yoga iba a tener que seguir siendo un sueño inalcanzable.

En su lugar, se quedó de pie junto a la ventana. El exterior era como una sala en la que habían echado las cortinas, pues la lluvia levantaba una niebla del lago tan tupida que resultaba imposible distinguir entre el final del agua y el principio del cielo. El sol debía de estar en algún lugar de por allí, pero ella solo alcanzaba a ver manchas grises sin esperanza de que la luz pudiera atravesarlas. Nunca se había desprendido de la costumbre de tomarse el mal tiempo a pecho. Si fregar las ventanas o dejarse el paraguas en casa eran actos capaces de invocar la lluvia, ¿qué podía hacer para que saliera el sol?

Quería encogerse de hombros ante aquella sensación de autocompasión, solo que el gesto le dolía y ahí estaba otra vez, arrastrándose como la humedad en las paredes: la soledad, presente incluso acompañada. ¿Dónde se había metido la esperanza que había experimentado en la estación de Euston? Menos de veinticuatro horas después ya notaba el tirón de su hogar, aquel lugar seguro y seco, con sus libros, su radio y sus mantas, donde contaba con la tranquilidad de saber lo que le deparaba el día. A través de las paredes oyó los titulares de las noticias de las ocho, aunque nada desde la habitación Espinoso. Habían quedado para emprender la marcha a las nueve y media: si se daba prisa a lo mejor conseguía desayunar a solas. Se duchó, se vistió como si estuviera poniéndole la ropa a un maniquí y bajó las escaleras de lado, un peldaño a la vez, como una marioneta, hasta llegar al bar, con su olor a cerveza y pescado.

Y claro que él ya había llegado y estaba sentado a la mesa en un rincón. No quería hablar con él, pero le parecía de mala educación sentarse en otra mesa. Por suerte…

—No tienes que sentarte conmigo si no quieres —dijo Michael—. Es demasiado temprano para hablar.

—Ah. ¿De verdad? —Se sentía agradecida y un poco ofendida también.

—Tan temprano no soy persona.

—Yo tampoco. —Tras ver un buen punto medio, se sentó en una mesa opuesta a la de él, en diagonal, con un quejido al descender.

—¿Cómo te has sentido al despertarte?

—Como Gregor Samsa —probó suerte ella, y él se echó a reír, por suerte.

—¿Y qué tal la fiesta privada?

—¿La fiesta?

—En la Espinoso.

—Ah, perdona, ¿te dimos mucho la lata? —Por alguna razón, no quería contarle que lo de la habitación de Conrad había acabado en un fracaso absoluto. Ni tampoco que había sido un éxito, sin importar lo que significase eso—. Bastante salvaje, con toques de la isla de Wight. —Michael sonrió y abrió su cajita de cereales individual—. Pareces un gigante. —Vio que lo había confundido—. Por la caja diminuta, digo. Por la escala.

—Ah, claro, ya veo.

—Fruta y fibra —leyó ella—. ¡Juntas al fin!

—Combinación clásica, sí.

—Como Lennon y McCartney.

—Por sí mismas están bien, pero juntas...

—Sí, ¿quién se comería un cuenco de algo que solo se llamara «fibra»?

Él se lo pensó un momento antes de contestar:

—Bueno, seguramente yo.

Marnie se echó a reír.

—Sí, ya me imagino —dijo ella, como si lo conociera—. Pero bueno.

—¿Y tú qué vas a...? —Señaló el bufé continental con la barbilla.

—A ver. —Se puso de pie, con lo que hizo rozar la silla con el suelo. Algunas de sus opciones eran un zumo de naranja del color de la ictericia y un yogur sabor avellana flotando en un cuenco de hielo derretido, como si hubiera muerto ahogado en plena noche—. Ah, el glamur —dijo—. Bueno, soy demasiado sofisticada para los Frosties.

—No se lo contaré a nadie.

—No. No, yo también elegiré una de fruta y fibra.

Michael alzó su caja en miniatura a modo de saludo.

Se sentó y el propietario, un alma en pena iracunda, fue a tomarle la comanda: huevos con beicon, un plato que, como todavía estaba mareada, ansiaba y temía a partes iguales. El tintineo de la cuchara en el cuenco, el crujido gigantesco de los cereales. Para camuflar el ruido, preguntó:

—¿Qué lees?

—Es sobre las facetas cambiantes de la cría de ovejas —contestó, mostrándole el libro.

—Vaya, ¿la cría de ovejas está cambiando de facetas?

—Impresionante, ¿verdad? ¡Otra vez! ¿Y tú qué lees?

Le mostró *Cumbres borrascosas.*

—¿Lo conoces?

—Solo la sintonía.

—Ahí están las mejores partes. Y creo que tiene alguna que otra oveja por ahí, si quieres…

—No hace falta, gracias.

—Es la segunda vez que lo leo. La primera fue a los quince años.

—¿Y te gusta?

—Heathcliff es más capullo de lo que recuerdo. Me hace poner los ojos en blanco más veces que la primera vez que lo leí, pero es salvaje y del norte.

—Me temo que del lado equivocado de los Peninos.

—Al final todo es lo mismo, ¿no? Una vez que pasas de Coventry.

—No empieces, que lo del rebozado ya fue demasiado.

Pasó el rato, entre golpeteos, crujidos y tintineos.

—¡Sí que está borrascoso hoy! —dijo ella como una idiota.

—Creo que técnicamente eso se refiere a que hay mucho viento y hoy no sopla nada. Así que…

—Gracias, Branwell.

Parecía que Michael se estaba comiendo su desayuno principalmente con las manos, pues había doblado un trozo de pan como si fuera un títere de calcetín y lo usaba para sostener una salchicha e ir recogiendo alubias. Le dio una arcada y tal vez la oyó él, porque se puso a sacar el tenedor y el cuchillo de la servilleta.

—Perdona, no sé dónde perdí los modales. Me he dejado mucho. He pasado mucho tiempo comiendo solo.

—Ya te entiendo. En casa me zampo el humus como una excavadora. —Imitó dos palas con las manos.

—¿Para qué usar platos?

—¿Quién los necesita? Además, tengo un poco de resaca.

—Ya, yo también —repuso él, frotándose la cabeza.

—Pero vamos a salir a caminar igualmente, ¿no?

—¡Pues claro! Bueno, yo saldré al menos.

—Vale. ¡Yo también!

—¿En serio? —preguntó él, y a ella le escoció.

—¡Claro! —respondió.

—Bueno, pues no hay mucha visibilidad, pero no hace viento. Es un camino claro y tenemos navegación por satélite, dos de hecho, y ya sabes lo que se suele decir.

Pasó un rato en el que solo masticaron y tragaron.

—¿Sí?

—Que no existe el mal tiempo…

Crujidos y crujidos.

—¿Sí?

— … solo la ropa poco apropiada.

—¿Quién dice eso?

Michael se lo pensó un rato.

—No sé, ¿los noruegos?

—Vale —repuso ella, y, tras unos segundos, añadió—: Vale, Noruega, vamos a ver si es verdad.

—En realidad, no me molesta mucho la lluvia.

—Ya me lo imaginaba, ya.

—Hay demasiada niebla como para disfrutar de las vistas, pero si te pones la capucha te envuelves en un mundo privado solo para ti y... y lo llevas contigo.

—Un mundo privado frío y húmedo.

—No es frío si sigues andando. O puedes pedir un taxi e ir directa al hotel.

¿Acaso creía que no iba a poder con la caminata?

—Vamos a ver qué opinan los demás —dijo.

Le llevaron el desayuno, con los mismos tonos marrones de la cena del día anterior, incluso los huevos, y se comió lo que pudo antes de subir a vestirse y pensar qué le podía decir a Conrad.

LA LLUVIA SIN FIN

En el cobijo que les proporcionaba el porche, Cleo leyó el mensaje de Conrad en voz alta:

—«Perdón por escaquearme pero no tengo ropa para la lluvia y me duele la cabeza abrir paréntesis brandi exclamación. Pediré un taxi para el siguiente hotel, ns vms esta noche».

Michael miró a Marnie de reojo, quien se estaba ajustando las cremalleras y los botones de sus prendas impermeables muy concentrada.

—Ya veo lo mucho que le sirve la psicología deportiva.

—Qué flojos son algunos —dijo Cleo, mirando hacia la habitación de encima, donde se suponía que dormía Conrad—. Pero bueno. ¡Nosotros podemos!

—¡Sí! Sí, vamos… a por todas —asintió Marnie, enderezándose y cuadrando los hombros.

Sin embargo, nadie se movió y el agua seguía cayendo en una cortina desde el tejado del porche. Era como estar detrás de una cascada y hasta Michael no las tenía todas consigo. Era una caminata recta con una pendiente bastante escarpada y un descenso complicado, sin ninguna manera de abandonar la ruta a medio camino ni de acortarla. Miró a Anthony, quien observaba la escena con los ojos como platos desde el interior de su capucha, y se acordó de la típica peli de acción en la que a los niños asustados se los insta a cruzar puentes de cuerda desvencijados.

—Vale, os digo lo que podemos hacer. Nos ponemos en marcha y, si la cosa sigue así de mal, podéis rodear el lago por el otro lado y llegaréis aquí en menos de una hora, os podréis secar y compartir el taxi con Conrad. ¿Qué os parece?

Anthony parecía más tranquilo, de modo que se echaron la mochila al hombro y emprendieron la marcha.

Había dormido de pena, al principio por culpa del ruido de la música de seducción de Conrad y el flirteo amortiguado que le llegaba a la habitación. Incluso desde el otro lado de la pared, reconoció la cadencia de las bromas de Marnie y una parte de él había querido acercarse a oír mejor, mientras que el profesor que llevaba dentro quiso confiscarles la bebida y los vapeadores por instinto. Conrad hablaba en voz más baja y no dejaba de cambiar la música como si fuera un tema de conversación, hasta que un silencio repentino hizo que se preguntara: *Ay, Dios, ¿se estarán besando?* Si se acostaban, iba a tener que toser o taparse los oídos, pero poco después volvió a oír la voz de ella y la oyó pasar por el pasillo. Experimentó cierto alivio, uno en el que decidió no pensar, y se quedó dormido hasta que la lluvia lo despertó a las cuatro de la madrugada.

Y seguía lloviendo. El truco para caminar cuando llueve mucho es mantener la espalda recta, porque nadie puede quedarse seco si encorva la espalda. Había que caminar con confianza. La lluvia que le caía sobre la capucha no tardó en convertirse en una suerte de ruido blanco y acabó acercándose a un estado de fuga (¿así se llamaba?), libre del ruido de sus pensamientos. Era algo que le ocurría a veces cuando salía a caminar a solas, en una playa de Northumbria o en las profundidades de un bosque conforme la luz iba desapareciendo, en instantes en los que encontraba una paz mental efímera. En dichos momentos, era como si caminara metido en una burbuja transparente, como la gelatina que se forma alrededor de los puntitos negros que son las huevas de rana. Luego había otras veces, en alguna colina sin nada reseñable, con los pies y los dedos de las manos dormidos, más solo que la una y lleno de pánico todavía a varios kilómetros de su destino, en los que se sentía como un fugitivo.

Por ahora, al menos se conformaba con tener su propio mundo privado, desde donde echaba vistazos atrás cada cierto rato para comprobar que sus compañeros de viaje no se hubieran quedado demasiado rezagados, y, tras una hora, llegaron al otro lado del lago. Atravesaron con pasos húmedos una llanura anegada, un buen sitio para montar un pícnic, solo que en aquel momento no había ni un solo tramo apropiado, y se reunieron en un puente en el que el río daba al lago, con la espalda encorvada y el rostro tenso.

—Bueno, ¿queréis seguir o...?

—Yo quiero volver —gritó Anthony.

—Volveremos, claro —dijo Cleo.

—Creo que es buena idea —asintió Michael—. Pues vale, tenéis que seguir por este camino y...

—Yo me quedaré contigo —interpuso Marnie—. Si te parece bien.

—¿De verdad? —preguntó él. ¿Lo decía en serio?

—No seas tonta —se rio Cleo—. ¡Mira el tiempo que hace!

—No he venido hasta aquí para quedarme sentadita en una habitación. ¿Cuánto falta para el próximo hotel?

—Diecinueve kilómetros, pero...

—Pues nada, a poco más de cuatro kilómetros por hora, llegaremos para la hora de comer.

—Pero tenemos que ir hasta el otro lado de una montaña, así que...

Aunque Marnie dudó, acabó soplando la gotita que le colgaba de la nariz.

—Para eso tengo botas. ¡Vamos... a por todas!

—Genial, genial —dijo, según notaba que su sueño de soledad se desmoronaba. Era bastante fácil caminar por delante de tres personas, pero muy complicado cuando solo iba con una más. Cleo y Anthony ya se estaban marchando, seguro que pensando en baños calientes y calcetines secos, y ella abrazaba a su hijo por los hombros como si quisiera estrujarle el agua. Michael y Marnie se los quedaron viendo unos instantes hasta que se volvieron para intercambiar una mirada a través del túnel que formaban sus capuchas—. ¿Estás segura?

—Cuanto antes empecemos, antes acabaremos —repuso ella—. Vamos a quitárnoslo de encima.

Ese no era el objetivo de caminar, pero bueno.

MÁS LLUVIA

Reconoció la mirada que le había dedicado Michael porque era la misma que ponían los chicos que escogían miembros para sus equipos en clase de educación física, la de «Ay, me ha tocado con esta». Pues mala suerte, señor jerséis. Habían vuelto a una carretera de asfalto, el terreno que a ella le gustaba, por el que podría circular un taxi. También era lo bastante amplia como para que caminaran el uno al lado del otro, de modo que eso hicieron y alzaron la voz para hacerse oír por encima del estruendo de la lluvia.

—Bueno, aparte del mal tiempo —dijo él—, ¿qué te parece la caminata de momento?

—Muy bonita —repuso, pero le costó añadir algo más. No era muy elocuente sobre los paisajes, porque le parecían justo eso, un fondo asociado a los documentales o las películas, de modo que la niebla del lago oscuro le recordaba al rey Arturo y a Excalibur, mientras que el gran río agitado que tenía a la derecha le hacía pensar en osos pardos lanzando salmones al aire.

—Es el río Liza —explicó él para presentarlos.

—Liza. Tenía una amiga que se llamaba así. Creo que más ríos deberían tener nombres normales, como de chicos con los que fui al cole. El río Claire. El río Martin Fletcher. Bueno, en Egipto tienen el Nilo, y ese es un nombre. —Se estaba yendo por las ramas. No podía irse por las ramas—. El poderoso caudal del río Gemma Bostock, con sus curvas sinuosas hacia el mar…

—Este no desemboca en el mar. Solo llega al lago.

—Vale.

—Es un típico lago cintiforme.

—Ya, justo eso estaba pensando yo. Típico.

Caminaron un rato más.

—Perdona —se disculpó él—. A veces se me escapa. Lo de la geografía, digo. Es como las flatulencias.

Marnie se echó a reír.

—Está bien aprender datos curiosos. ¿Me recuerdas tu apellido?

—Bradshaw.

—¡Ese sí que es un nombre típico de profe! Seguro que si te hubiera tenido en el insti... —empezó, pero se le escapó la idea—. Me acuerdo que de pequeña teníamos un atlas del mundo, enorme, grande como una mesita de centro, y solo me dejaban sacarlo en ocasiones especiales, como la minicadena o la SodaStream. Y siempre me daba un poco de mareo, porque había muchísimo de todo, con los espacios vacíos enormes o todo demasiado apretujado. Es el único libro que me ha hecho sentir así, como abrumada.

—¿Y qué se te daba bien en el insti?

—Poca cosa. Pasar desapercibida.

—Y la literatura, imagino.

—Ni fu ni fa. No se me daban bien los exámenes. Justo cuando les estaba pescando el tranquillo, tocaba graduarse. Los libros eran como mi tele, solo que estaba muy pero que muy obsesionada. Mis padres me decían que tenía que salir más, pero no le veía el sentido al estar fuera. Tanto espacio y ningún sitio para sentarte. El aire fresco es un mito: te digan lo que te digan, todo es el mismo aire.

—¿No salíais a caminar en familia?

—Cuando íbamos al campo nos quedábamos en el coche y comíamos helado. Salíamos solo para poder meternos en un interior distinto.

—¡Pero mira dónde estás ahora!

—¡Eso mismo!

—No existe el mal tiempo.

—Retiro lo dicho, Noruega.

—Oye —dijo él, tras detenerse de sopetón y estirar una mano con la palma hacia arriba—. ¿Lo has notado?

—Ay, Dios —contestó—, tienes razón.

Aunque no había dejado de llover, sí que había disminuido la intensidad, como si alguien se hubiera quejado del ruido. Poco a poco, se bajaron la capucha, como astronautas con el casco. ¿Por qué no? Ya estaba empapada, notaba un tramo húmedo y grande en la espalda y el agua se le estaba colando en el relleno del sujetador deportivo, de modo que iba a tener dos triángulos mojados en la sudadera, como un bikini en una playa griega, y, si bien no le había entrado ninguna gota por la suela de las botas, sí que iba descendiendo por los calcetines y ya le rozaba la piel. Solo los pantalones resistían la embestida de la lluvia y atrapaban el sudor dentro, por lo que se condensaba en la tela como el vapor de la tapa de una olla.

Aun con todo, estaba decidida a seguir adelante. Era mejor que quedarse sentada sin hacer nada, nerviosa y aburrida, y, además, quería empezar de cero su relación con Conrad. Si se quedaba, solo iba a conseguir gastar dinero. Quería mucho a Cleo, pero, como muchos de sus amigos de siempre, daba por sentada la prosperidad, con la cuenta del restaurante compartida, el taxi y el billete de tren espontáneo. Nada era más humillante que decirle a un amigo «No me lo puedo permitir» y, desde que se había hecho autónoma, ya casi no se podía permitir nada. La vida de autónoma soltera le concedía la libertad de pasar miedo a todas horas, en especial por la noche, y gran parte de su día laboral lo pasaba escribiendo correos electrónicos pasivo-agresivos a los departamentos de finanzas, donde preguntaba si, si no era mucha molestia, podrían blablablá, o montando la coreografía de fondos necesaria entre la tarjeta de crédito, el descubierto de la cuenta, la factura del gas y el alquiler.

Se preguntó si Conrad se habría dado cuenta de que era... no pobre, pero que tenía una vida poco cómoda. En apariencia, mantenía un estilo de vida metropolitano estable, con estanterías a rebosar de libros, ropa elegante y una salida al cine de vez en cuando, pero los puños de su abrigo de invierno se estaban deshilachando y las mejores prendas de su fondo de armario provenían de unas rebajas de Whistles de allá por el 2016. ¿Qué ocurriría si, Dios no lo quisiera, se quedaba sin proyectos o le subían el alquiler de la noche a la mañana? ¿Cuánto tiempo faltaba para que la inteligencia artificial fuera a ser capaz de revisar *Noche retorcida* en un nanosegundo? La pensión de su antiguo empleo prometía un sueldo de dos coma veinte libras a la semana y se negaba a pertenecer a una generación cuya seguridad en el futuro dependía de la muerte de sus padres, de modo que solo los huérfanos pudieran permitirse irse de vacaciones.

Todo aquello que le generaba ansiedad venía también acompañado de ira, en parte por culpa de las quince mil libras en disputa por la venta de su piso, dinero que Neil había retenido «para cubrir gastos legales». Habían discutido por el tema la última vez que habían hablado, de lo cual hacía ya dos años, y Neil había suspirado y había dejado caer que, como padre, saldar la deuda iba a involucrar vender los zapatos y los juguetes de su progenie por alguna razón. Dijo que «iba a ver lo que podía hacer», aunque «no era un buen momento». Era evidente que las necesidades de una familia joven estaban por encima de las exigencias mezquinas de una mujer soltera, y dicha mujer soltera no había tenido fuerzas (¿o coraje?) para preguntárselo otra vez, aunque el tema siempre hacía que Cleo estallara de furia, dirigida tanto a ella como a Neil. «Te sigue pasando por encima, el cabronazo ese, consigue que te lo devuelva ya, vete a ver a un abogado». Claro que se olvidaba de que los abogados necesitaban cobrar para recuperar el dinero necesario para pagarles.

Ansiedades en bucle, remordimientos ancestrales: no había ni una sola montaña en toda Inglaterra que pudiera taparlos. Notaba que la lluvia se le colaba por el cuello y rezó para que su portátil siguiera seco, porque no podía permitirse otro. Perder mil libras en un ordenador sopesado contra el precio de un viaje en taxi: ¿cuántas decisiones habían ido desencaminadas por un cálculo como ese?

Era una idea demasiado funesta como para ponerse a pensar en ella. La caminata se había vuelto ardua a través de hectárea tras hectárea de árboles de Navidad que dejaban mucho que desear y en algunas zonas los abetos incluso estaban podridos y desolados, como si los hubiera pisado un gigante. El paisaje seguía y seguía igual y pensó que al menos en una cinta de correr una podía ponerse a ver videoclips. La lluvia volvió a caer con más fuerza y se colocaron la capucha según el sendero se volvía menos transitable y más escarpado, hasta que llegaron a una pequeña cabaña al final del valle, con montañas que se cernían sobre ellos desde todas las direcciones, con la cumbre escondida por las nubes. Era una araña en una bañera, sin escapatoria.

—Esto es un camino sin salida, ¿no? —preguntó—. ¿Así se llamaría en el campo también?

—Supongo que sí. —Michael se echó a reír—. Solo que vamos a escalar para llegar al siguiente valle.

—Vale, vale. ¿En serio?

—Me temo que sí.

—¿Y escalaremos? ¿Con cuerdas y eso?

—Más bien iremos cuesta arriba. Iremos despacio, no pasa nada.

—¿Cuánto subiremos?

—Unos seiscientos metros.

—Me quedo igual.

—Pues menos de un kilómetro.

—Claro, pero…

—Pero en vertical. —Señaló hacia arriba—. Solo es escalar un poco, a decir verdad. Tendrás que comer algo primero.

La cabaña estaba deshabitada, de modo que se sentaron en el banco que había fuera según el agua caía en una cascada desde los aleros y ellos soltaban vapor como el par de patatas asadas con patas que eran. Michael se quitó la capucha, bebió café de su cantimplora, se comió su manzana y se puso a nombrar las montañas con su voz bonita. Al menos se sentía segura.

Sin embargo, el alivio por haberse refugiado de la lluvia le parecía temporal y el plátano que había transportado con sumo cuidado desde el cuenco de fruta de su casa de Herne Hill estaba maltrecho y se había puesto negro. Se fue metiendo aquella pasta dulce en la boca. «Costa Rica», decía la pegatina pegajosa. ¿Qué hacía allí aquel plátano? ¿Qué hacía allí ella?

Michael le pasó el café y ella lo alzó en un brindis.

—¡Por las vacaciones!

—¡Por las vacaciones!

—¿Sabes qué? —preguntó ella—. Me lo he estado pensando y creo que nunca he estado tan lejos de otro ser humano.

—Pues…

—Salvo por ti, claro —añadió, dándole un golpecito con el codo.

Sentados echando vapor en su refugio temporal, mirando a través del velo de lluvia a toda aquella majestuosidad escondida, ansiaba captar una visión: la luz amarilla de un taxi que pasara por allí.

EN DIRECCIÓN CONTRARIA EN UNA ESCALERA MECÁNICA

Ya fuera por la altitud o por la maldad del universo, fue allí donde empezó a llover de verdad y el camino dejó de ser evidente porque se vio sustituido por un riachuelo que fluía en paralelo al arroyo de verdad que salpicaba y borboteaba primero a su izquierda y luego a la derecha según saltaban de un lado a otro en busca de la ruta más fácil.

Solo que no había ruta fácil y, con cada salto para pasar por el riachuelo, el peso de su espalda le clavaba la cara en rocas afiladas o amenazaba con tirarlo montaña abajo. Por primera vez, se preguntó qué sentido tenía todo aquello. No era ningún exorcismo, ninguna purga para despejar la cabeza, ningún logro alcanzado. Ni siquiera era el masoquismo, que, según entendía, contenía cierto elemento de placer. No, solo era una miseria profunda a medida que la lluvia caía con más fuerza, tanto que parecía que alguien intentaba echarlos de la montaña con una manguera. No hacía falta que le preguntara a su compañera cómo iba, porque la oía gritar «joder» y «mierda», «joder, mierda» y «mierda, joder» al agua y a las rocas. Notó el pánico de siempre en el pecho, una sensación aciaga, visiones de huesos rotos y cabezas que sangraban, y se dijo a sí mismo, como haría con sus alumnos, que tenía que calmarse y dividir el desafío en tareas más pequeñas, veinte pasos y luego veinte más. Sin embargo, cuando miró hacia arriba con ojos entornados que le escocían, la cima no parecía estar más cerca, de modo que era como si estuviera gateando hacia arriba y en dirección contraria por unas escaleras mecánicas. Marnie había pasado a dirigir su furia contra él.

—¡Me has mentido!

—¿Cuándo te he mentido? ¡Te he dicho que íbamos a tener que escalar!

—¡Estoy gateando por la montaña! Esto es una mierda, una mierda como una catedral.

—¡Ya casi estamos! Sigue un poco más, que ya no queda nada.

Sin embargo, envejecía con cada paso que daba, jadeaba, tosía, le dolían las caderas y las rodillas, estaba empapado por el sudor y la lluvia al mismo tiempo y deshidratado por el beicon barato, y el cansancio hacía que la bilis se le subiera a la boca. Él también se había puesto a despotricar contra las rocas y el agua, con términos más suaves, como «caray» o «miércoles» aunque con el mismo tono enfadado.

—¡Eres un mentiroso, Bradshaw! —le gritó Marnie.

Ya estaban por encima de las nubes y solo iba a saber dónde estaba la cima cuando llegaran, pero, aun así, dijo:

—Solo un poquito más, te lo juro.

Mentira.

EN LAS NUBES

Para su luna de miel, habían ido a Nueva York en avión en lo que fue la primera vez que Marnie volaba, por lo que Neil fue tan generoso de cederle el asiento junto a la ventana en el compartimento de turista premium, por mucho que técnicamente fuera el que le habían asignado a él y uno deba estar siempre en su asiento. A sus veinticinco años, los viajes en avión de larga distancia eran una novedad, de modo que había pegado la frente a aquel cristal grueso y se había maravillado con la solidez de las nubes, la firmeza de sus líneas contra el azul del cielo. Si se caía, ¿las nubes la sostendrían? ¿Cómo sería estar dentro de una nube?

La respuesta, según resultó ser, era una puta mierda. No, una nube no iba a sostenerte porque las nubes son unas viles traidoras, como las rocas y la lluvia, y los riachuelos de la montaña no te relajaban con su suave borboteo, no, se burlaban de ti igual que el resto de la madre naturaleza.

—¡Por qué me he metido aquí! —le gritó a la lluvia—. ¡Ni siquiera me patrocinan!

—¡Ja! —bramó él—. ¡Ya hemos llegado! ¡Lo hemos conseguido! —Y entonces, tras ponerse de pie, añadió—: ¡Casi!

Hasta la montaña era una mentirosa, porque todavía tenía que gatear un poco más antes de ponerse de pie al fin, y en ese momento un nuevo elemento traidor hizo acto de presencia: un viento huracanado y violento que le agitó la ropa mojada contra el cuerpo y le rozó la cara con el hielo ese que se rasca de los congeladores.

—¿Esto sí es borrascoso, señor Bradshaw? ¿Ahora sí?

—Sí, esto es borrascoso.

—Me está dando tuberculosis. Lo noto. La tuberculosis en los pulmones.

—¡Pero mira dónde estamos!

Nada. No veía nada y su compañero señalaba hacia más nada.

—¡Ahí está Haystacks! —Era el color gris de la sábana de un lecho de muerte—. Por detrás, la Great Gable y la Green Gable. —El gris de la nieve de unos días y del agua de bañera sucia—. Y ahí abajo, en teoría, está la bella Buttermere. —El gris del cuello de una camisa sucia—. Y por allá, ya lo verás cuando escampe la niebla, está Innominate Tarn, donde arrojaron las cenizas de Alfred Wainwright, el hombre que inventó esta ruta.

—¡Bien! —gritó ella—. ¡Bien! ¡Me alegro de que la palmara!

—¡Marnie! —soltó él, un poco sorprendido—. No te pases.

—Gris claro, gris oscuro, negro, gris y marrón. Podríamos tener el Golden Gate ahí delante, podría ser el golfo de Nápoles o yo qué coño sé, y ni nos enteraríamos.

—¡Yo no he hecho que lloviera!

—Ah, no, nunca es culpa de nadie, ¿verdad?

—¿Quieres que empecemos a bajar? A ver cómo estás cuando lleguemos al hotel.

—Pero si ya sé cómo estaré. Estaré… enfadada, joder. ¡No te rías de mí! —exclamó, aunque notaba que ella también estaba a punto de echarse a reír—. Solo bájame de aquí.

Michael limpió la lluvia del aparato extraño que tenía en la mano, una especie de GPS, una máquina de atrezo de *Star Trek* en la que subían los niveles de radiación y se acercaba una tormenta de silicona.

—¡Por aquí! —anunció, señalando hacia el color gris sin más.

Se encontraron con una nueva putada de la madre naturaleza con la que debían lidiar. La cima de la montaña era plana y la lluvia había empapado y sumergido el camino, de modo que se vieron obligados a avanzar a saltos entre islitas de matojos rojos con pinchos, marcianos y traicioneros y que a menudo resultaban no ser islas de verdad, por lo que sus botas nuevas se hundían una y otra vez en el barro, cuyo líquido se le colaba por dentro y había despertado un nuevo arrebato en ella.

—¡Que te jodan, National Geographic!

—¿Cómo dices?

—No me gusta este sitio. No tendría que subir nadie.

Chapoteaba al caminar, con un ruido húmedo, y los dientes le tiritaban como dentaduras postizas de una tienda de artículos de broma mientras avanzaban a saltitos, ella con los ojos clavados en la espalda de Michael, decidida a permanecer en silencio. Ya había visto aquella peli, en la que la urbanita neurótica se introducía en la madre naturaleza gracias al aventurero taciturno y serio, al principio asqueada y luego encandilada por su modo de vida sencillo. Pues no, a la peli le podían ir dando. Pensaba resistirse al cliché y demostrar que era tan dura de pelar, competente y capaz como él. Lo cual era justo lo que ocurría en la película también.

SOLO TE ENGAÑARÁS A TI MISMO

Cruzaron el pantano y descendieron por el otro lado de las nubes hasta que llegaron, ya con la vista restaurada, a un valle completamente distinto al anterior, de laderas escarpadas y lúgubre, de color gris pizarra con unas líneas negras y grandes talladas a los lados, como si de tatuajes se tratara. Habían llegado a lo más alto, solo que el paisaje era tan gris que no parecía haber nada que celebrar, era el tipo de lugar que un explorador podría considerar un planeta extraterrestre hostil. Incluso el nombre parecía sacado de la ciencia ficción.

—Es el paso de Honister —explicó Michael.

—Qué bonito —repuso Marnie sin alzar la mirada siquiera.

—¡Pero míralo!

—No —gruñó—. No quiero darle esa satisfacción.

—¡Mira cuánta pizarra!

—Ya tenemos de eso en Londres. En los tejados, donde debe estar. Es plana y gris, como... como tú, de hecho.

Decidió tomarse la hostilidad como algo juguetón, aunque tal vez fuera un poco más dura de a lo que estaba acostumbrado.

—Ah, entonces, ¿no quieres que te cuente lo de la comunidad minera de...?

—Michael, que me da igual. Me da igual, no me importa si antes en el valle había minas de pizarra o de oro o de... gominolas o de lo que sea, joder. Solo quiero volver. ¿Vale?

Llegaron a otro sendero, en aquella ocasión muy recto, resbaladizo y negro.

—Por aquí antes iba un tranvía, hace…

—Vale, ¿todavía funciona? ¿Hay un tranvía que nos lleve al hotel?

—No desde hace ciento cincuenta años.

—Entonces me da iguaaal.

Los restos de un edificio abandonado, con unas pilas de pizarra ordenadas a ambos lados, marcaban el extremo del camino.

—Estos son los restos de la Drum House. ¿Quieres saber por qué se llama así?

—Michael, si me explicas por qué, te empujaré colina abajo.

—Es evidente que no es una colina.

—Vamos… Vamos al hotel y ya está. ¿Cuánto queda?

—Eh… ¿Unos noventa minutos?

—¡Mierda! Me cago en todo lo cagable, joder.

—Quizá se te pasaría más rápido si miraras arriba.

Marnie entornó los ojos.

—Ay, vete a la… mina.

Empezaron a descender más deprisa, pero el agua también buscaba el camino más sencillo, por lo que la pizarra se tornaba resbaladiza y traicionera como el hielo y, cuando le ofreció una mano a Marnie, ella se la apartó de un golpe. Siguieron arrastrando los pies montaña abajo y cada paso que daban era como pegarse en el dedo gordo del pie con una cajonera.

—Auh, auh, auh —murmuraba Marnie, con la voz teñida por la ira hasta que, al fin, notaron la gloria del asfalto bajo los pies.

La última parte seca del cuerpo de Michael había sucumbido hacía tiempo. Como tirarse a una piscina completamente vestido, había una especie de libertad en estar tan empapado que ya se había desprendido de la capucha. Aun así, le parecía peligroso intentar ponerse a charlar, por lo que siguieron bajando por el valle, con Marnie en medio de la carretera como si quisiera retar a alguien a que la atropellara. Oyó el sonido de un motor tras él y gritó:

—¡Mira!

Marnie puso los ojos como platos. Un espejismo, un bus pequeño, el milagro del transporte público.

—¡Gracias, Dios! —exclamó, riéndose. Casi había llegado hasta ellos y se puso a buscar con prisa la parada más cercana—. ¿Vienes?

—Creo que seguiré andando.

—¡Pero si hay un bus, idiota! ¡Un autobús!

—No, no hace falta.

—Pero ¿por qué?

—Quiero hacer todo el trayecto caminando.

—¡Pero mira! Mira dónde estás. Nadie lo sabrá nunca, no se lo contaré a nadie.

—Yo sí que lo sabré.

—Pero mira, ¡tiene techo!

—No pasa nada, ve tú.

El bus los estaba adelantando, de modo que Marnie se puso a correr o a intentarlo al menos, con la mochila medio suelta dándole golpes en la espalda.

—¡Bus, bus, bus! —gritaba, como si el vehículo se llamara así.

Vio que al conductor le daba pena y, sin mirar atrás, Marnie se valió de las dos manos para meterse en el autobús. Michael se quedó quieto unos instantes, notando que la lluvia fría le caía por la espalda. A través de la condensación de la ventana de atrás vio una forma que podría haber sido Marnie sentándose, seguido de un círculo pálido que podría haber sido su cara, una mano que golpeaba el cristal y un dedo que escribía en el vapor, con las palabras al revés. Solo que el bus ya se había alejado lo suficiente como para poder ver qué decía.

DE CHARLA

Conrad estaba en recepción, donde entregaba su tarjeta llave.

—¡Hola!

Se volvió y, al verla, pareció asustarse.

—Por Dios, ¿estás bien?

—Solo tengo frío y estoy empapada. ¿Vas a...?

—¿Te acaban de rescatar? ¿Quién te ha hecho esto?

—El señor Bradshaw. Conrad, ¿vas a...? ¿Te vas a ir?

—Ah, sí. Sí, me voy. Iba a dejarte una nota. Tengo que volver por cosas del curro.

—Creía que tenías el lu... el lunes libre.

—Sí, pero es... es un viaje muy largo de vuelta y el tiempo está horrible y no tengo ropa ni botas para... —Se acercó a ella y le susurró—: No puedo quedarme en este hotel. —Y entonces, con su voz de siempre—: Además, me he acordado de que odio caminar. Oye, ¿necesitas una manta o una toalla?

—No hace falta, ya me se... secaré sola.

—Le he pedido tu número a Cleo, así que podemos quedar en Londres, ¿vale? Estás tiritando de verdad.

—Es una... respuesta involuntaria.

—Creía que era cosa de los dibujos animados.

—No, no, es ve... verdad.

Sin embargo, Conrad ya tenía la vista puesta en la salida.

—Bueno, el taxi me va a llevar adonde sea que haya aparcado el coche. Espero que siga allí, que es un Audi eléctrico.

—Sí, ya me lo dijiste.

—Estás muy pálida. ¡Ve a tu habitación! Pide que te den una buena. —Dicho eso, dio un paso adelante y la abrazó un poco de lejos, como si ella fuera un perro que acababa de salir de las cloacas—. Me lo he pasado bien contigo.

—Sí, seguro —repuso ella—. En fin, será mejor que pi… pida mi habitación.

—Claro, claro. ¡Que pases unas buenas vacaciones!

Conrad se marchó sin mirar atrás y ella chapoteó hasta el mostrador. La contraseña del wifi era wainwright2014.

En su habitación, se quitó la ropa y fue lanzando las prendas en montoncitos empapados en el suelo del baño, donde aterrizaron con el salpicón propio de los dibujos animados. Temblando de frío, con el cabello y la piel todavía húmedos, se metió en la cama, empujó los cojines extra al suelo, se tapó con la manta hasta la barbilla y esperó a recobrar la sensación en el cuerpo. Era un hotel grande, imponente desde la entrada de gravilla, pero demasiado iluminado y funcional por dentro: salas de reuniones y un comedor para desayunos enorme; era un hotel de conferencias entre conferencias. Borrowdale, según la información del propio establecimiento, era el valle más bello del país. A través de la condensación de la ventana, vio unas sillas de jardín oxidadas apiñadas bajo un toldo, una pista de tenis encharcada con redes que caían sobre el agua. *¿Para esto me he afeitado las piernas?*, pensó.

Una vez que recobró la sensación en el cuerpo, arrastró los pies al baño, donde estrujó sus prendas con furia hasta hacerlas trenzas y echó agua gris en la bañera. Sí que era cierto que no había llegado a alcanzar un buen toma y daca con Conrad y que solo le había parecido atractivo en teoría, además de que tampoco había tenido oportunidad de abrirse (qué manera más fea de decirlo) más allá de los datos biográficos superficiales, aunque tal vez eso habría llegado con el paso del tiempo. Sin embargo, incluso si no había ocurrido nada, era humillante que la abandonara así, haber tenido una mala cita delante de una amiga, hasta de su ahijado, por el amor de Dios. Y, una vez más, tuvo que enfrentarse al abismo que existía entre las expectativas y la realidad: no le daba el sol en la cara, no se había unido a la naturaleza, no se había echado a reír con amigos ni se había acostado con nadie. Por mucho esmero que una le dedicara a hacer la maleta, no había manera de incluir una protección contra una decepción así de furiosa. Tras recoger sus prendas torturadas, las colocó en los radiadores. Había un cartel que pedía con educación a los huéspedes que no secaran la ropa así, pero ¿qué otra opción tenía? ¿Secarla a base de soplidos?

Al menos su portátil había sobrevivido, de modo que volvió a *Noche retorcida*. Un asesino enmascarado estaba acabando con los miembros de la comunidad de las orgías de Los Ángeles, pero ella se distrajo con sus pies. La fricción de los calcetines mojados le había retirado la piel urbana muerta y se le estaba cayendo en forma de gusanitos grises, como lo que quedaba al borrar con una goma, y, según se iba desprendiendo de la piel, empezó a sentirse mejor. Al menos tenía el placer que le confería un plan cancelado. Aquella noche no iba a tener que hacer ningún paripé, no iba a tener que ponerse a soltar payasadas fomentadas por el brandi, sino que solo iba a tener que encargarse de sus pies y luego cenar con una vieja amiga. Y con Michael también, aunque con él no sentía la necesidad de tener que actuar de otro modo. ¿Eso era bueno o malo? Bueno, daba igual. La piel nueva que tenía debajo de la muerta brillaba tanto como la parte blanca de debajo de la cáscara de un huevo duro y era lo mejor que le había pasado en todo el día.

Le sonó el móvil con un mensaje de Cleo.

¿Estás viva? ¡Que hay una piscina, mujer!
Nos vemos en el jacuzzi en 20 min

A lo que ella respondió:

Tengo trabajo. ¡Y no he traído bañador!

Sin embargo, según le daba a «enviar», ya sabía que su amiga no le iba a permitir escaquearse.

Puedes comprar uno en recepción.
Nos vemos en 15 min

TRAJE DE BAÑO

Michael estaba en medio de un charco de agua en el mostrador de recepción, con la mirada clavada en el móvil. Era un modelo antiguo, para nada impermeable, por lo que intentaba no mirarlo mientras caminaba, lo cual quería decir que el mensaje de Natasha podría haber estado allí todo el día.

—¿Caballero?

Alzó la mirada.

—Su llave.

—Ah, vale, sí, gracias, bien.

Era la primera vez que su mujer contactaba con él desde hacía varios meses y, aunque no tuviera sentido, le daba vergüenza las pintas que tenía: empapado, agotado, con el cabello pegado a la cara, goteando en la moqueta de un hotel de conferencias de gama media. Debería volver a su habitación, calentarse y secarse antes de leer el mensaje.

—¡Has sobrevivido! —Era Marnie, tirando del cinturón de su bata y acercándose a él con unas sandalias desechables—. Pareces un anfibio que da sus primeros pasitos por…

—¿Cómo llevas la tuberculosis?

—Bien, bien. Me he bebido una tintura para tratar la parálisis. Todavía te odio con todo mi ser, pero no, todo bien.

—¿Y te sientes realizada?

—Nop. —Marnie se tanteó los bolsillos de la bata—. Nada. Nada de nada, aunque sí quería pedirte perdón por todos los gritos.

—No pasa nada, yo también gritaba.

—Pero no a mí.

—No, ha sido un mal día. Y perdona que te lo diga, pero sí que tienes un gran repertorio de insultos.

—Ah, gracias. Aun así, siento haberme puesto borde con Alfred Wainwright.

—Bueno, ya no te oye, así que... —Le echó un vistazo al móvil—. No pasa nada.

—Te dejaré tranquilo. Vamos a ir a nadar, si quieres mojarte otra vez.

—Ah, no, gracias.

—También hay un jacuzzi, aunque no necesariamente sea un incentivo.

—No he traído mi traje de baño.

—¿Tu traje de baño tejido por tu institutriz eduardiana?

—¿Mis «mallas»?

—No, casi que peor. —Se volvió hacia el recepcionista—. ¿Cómo lo llamarías tú?

—¿Bañador?

Pero tengo un mensaje de Natasha.

—Lo siento, tengo que... ¿Nos vemos luego en el bar? Para tomar algo.

—Vale —dijo ella. Y, con él ya de espaldas, añadió—: Ah, Conrad se ha largado, por cierto. Me ha pedido que te dijera adiós de su parte, que siente no haberse despedido en persona. Y luego ha salido corriendo.

—Vale. —Michael se dio media vuelta—. Qué lástima. ¡Pero seguimos al pie del cañón, Marnie! —dijo, abriendo el mensaje de su mujer mientras andaba—. ¡Aquí seguimos!

CLORO

L a piscina ocupaba un medio cilindro endeble, como un politúnel para plantar lechuga en invierno. En la pared, un mural de palmeras y una piña colada inmensa parecían burlarse del color marrón musgoso que había al otro lado de la ventana, ya borrosa por la condensación y con el marco metálico moteado por el óxido. No olía a hibisco ni a aceite de coco, sino a toallas viejas y cloro, aunque al menos no había nadie más. En la piscina, Anthony se aferraba al borde y chapoteaba con las piernas mientras la cabeza de Cleo sobresalía del merengue gigantesco que era el jacuzzi.

—¡Vente! —le gritó.

Marnie se quitó la bata y fue con sus chanclas hasta el borde de la piscina, con las piernas tiesas, los pies planos y las suelas despellejadas demasiado sensibles. Si Conrad se hubiera quedado, tal vez se habrían empujado para tirarse a la piscina a chapotear. Tal vez era mejor que se hubiera marchado. Hay una intimidad particular en ver a alguien en bañador y el que ella había comprado en recepción era solemne y modesto, un traje de baño que podría ponerse para un funeral, pero, aun así, tiró del borde de abajo para bajarlo más según subía hacia la espuma.

—¿Qué te parece el spa de lujo? —preguntó Cleo.

—Como el Club Tropicana, pero con cervezas. Me gusta —repuso Marnie, dándole golpecitos a la espuma, manchada con una línea de gris innombrable, como la nieve de unos días. Cerró los ojos, escuchó el rumor del agua y, tras un rato…

—Siento que Conrad haya tenido que irse —dijo Cleo.

—No pasa nada —repuso Marnie, informal y despreocupada.

—Es por el curro, le queda lejos de aquí y todo eso —siguió ella—. Me ha dicho que le ha encantado conocerte. —Marnie se quejó en voz alta—. ¡Que sí! Me lo ha dicho.

—De ahí que haya salido cagando leches con el coche, claro.

—Ya te llamará en Londres. Se ha dado cuenta de que esto no era para él. —Marnie no contestó, sino que se limitó a empujar la espuma para apartársela de la cara—. Bueno, ¿cómo ha ido? —preguntó Cleo, y ella le habló de la lluvia, el barro y la montaña—. Pero ¿cómo ha ido con Michael?

—Ha estado bien. Es bastante callado. Bueno, no hemos podido hablar mucho por el ruido de la lluvia y porque yo estaba gritándole y soltando palabrotas, pero parece buena gente.

—Es buena gente —confirmó Cleo.

—Pues sí —dijo Marnie—, muy majo. —Y se quedó callada, porque la bondad era algo poco común y costaba hablar de ello.

—Tiene mucho lío —explicó Cleo con una mirada cargada de significado—. Mucho.

—No hemos hablado de temas más personales. —Marnie abrió los ojos.

—Deberíais, entonces. Creo que le iría bien hablar con alguien.

—¿Sobre qué? —preguntó.

—El problema es que Anthony y yo nos vamos a ir a casa mañana por la mañana —dijo Cleo, y Marnie le salpicó espuma en la cara.

—¡Si se suponía que íbamos a pasar tres días de caminata!

—Pero la lluvia, y está muy lejos, y a Anthony lo han invitado a jugar a paintball y...

—¿Y qué hago yo ahora? ¡Mi billete es para el martes y desde Penrith!

—El hotel sigue estando reservado y es muy elegante. ¡Quédate!

—¿Cómo? ¿Con un desconocido?

—Ya no es un desconocido. Y tampoco es que vayáis a compartir habitación ni nada.

—Pero quería verte a ti. ¡He venido para pasar rato contigo!

—Vale, vente a York en coche con nosotros. Y charlamos por el camino.

—Es lo que pasa siempre, Cleo, me atosigas para que salga y luego…

—¡Oye! ¿Cómo que te «atosigo»?

—Siempre estás con el «¡Tienes que salir más, que estás muy sola! ¡Tienes que animarte a conocer gente y…».

—Eso no es atosigarte, es que me preocupo por ti.

—Pues para, por favor, te lo suplico, deja de preocuparte por mí.

—Es que te quiero. Eres listísima, me pareces listísima y me vuelve loca que no… que no te veas como eres y salgas.

—¿Que salga a dónde? ¿Aquí?

—¡A cualquier lado que no sea tu piso! Antes no eras así. Nuestros amigos me dicen que ya no saben nada de ti, que no te ven nunca o que siempre cancelas los planes. Ya ha pasado mucho tiempo desde lo de Neil y…

—¿Y por qué sacas el tema entonces?

—Porque fue muy malo para ti, malísimo, te mató la confianza…

—Por favor, ¿puedes dejar de… interferir?

Se quedaron en silencio, escuchando el motor del jacuzzi.

—Cleo, estoy muy feliz yo sola. Anda, mira. —Y recogió un trozo de espuma para ponérsela en la cabeza. Cleo

146

sonrió sin decir nada y pasaron la mirada a la piscina, donde Anthony hacía largos poco a poco.

—Creo que ha sido un error traérmelo. Se aburre mucho.

Marnie experimentó otro pulso de indignación y pensó: *¿Qué más da lo que quiera un crío?* Cuando iba de vacaciones con sus padres, su aburrimiento era algo que se daba por sentado. Sin embargo, su punto de vista (que la opinión de un niño debería valer menos y que su infancia debería parecerse más a la de ella) era difícil de defender en un jacuzzi, además de cruel. También le costaba salir hecha una furia cuando estaba cubierta de espuma, pero hizo lo que pudo y fue goteando copos sucios como una fuente de asar mal enjuagada.

Se le daba bien nadar. Durante su matrimonio y su final atroz, había usado el agua como una especie de saco de boxeo, y sí, tras dar unos cuantos largos, ya se sentía mejor. Era absurdo echar a perder aquella última noche enfurruñada. Tras zambullirse y llegar al fondo de la piscina, vio la parte trasera de las piernas escuálidas de Anthony agitando el agua y, conmovida, nadó en su dirección bajo el agua, como un tiburón, y le agarró los tobillos. Incluso con la cabeza sumergida, oyó el grito que pegó el pobre.

—¡Perdona! ¡Lo siento! Solo venía a saludar.

Anthony, con los ojos como platos, se aferraba al borde de la piscina.

—¿Qué pasa? —gritó Cleo desde la espuma.

—Nada, solo… ¡Era una broma!

—¡Me has hundido!

—¡Que no! No te vayas, Anthony, solo venía a saludarte. A decirte «hola». ¡No pasa nada! —gritó en dirección a Cleo, quien volvió a sumergirse en el jacuzzi. Marnie se apretó la nariz para quitarse el agua—. Te he visto nadar antes, se te da muy bien.

—Qué va, se me da de pena.

—¡Qué dices! Venga, enséñamelo. A ver tu braza.

—Estoy cansado.

—Vale. ¿No te apetece un rato de jacuzzi?

Anthony frunció la nariz.

—Los jacuzzis son para viejos.

—Ya, tienes razón —se rio ella—. Lo dices porque no estás sucio y tenso, dale tiempo. —Se quedaron en silencio unos segundos, con los brazos apoyados en el borde de la piscina—. Dale tiempo.

La incomodidad de una conversación normal con adultos era algo que ella daba por supuesto, pero le debería ser más fácil con niños. En otros tiempos habían sido muy cercanos, se lo había llevado de vacaciones a Londres después del divorcio y, si algo había perturbado aquellas ocasiones, era que sus padres asumieran que les tenía envidia, como si Cleo le estuviera prestando un juguete tan atesorado como insólito para que jugara un rato, siempre que lo devolviera. Lo había querido sin desear que fuera su hijo y había esperado que aquella relación perdurara, solo que pronto iba a ser un adolescente con todas las de la ley y ella iba a ser una adulta más, ridícula y bochornosa, alguien a quien evitar en reuniones sociales.

—No he sido muy buena madrina últimamente, ¿no? —dijo ella—. Creo que he perdido la costumbre de ver a otra gente, como a tus padres y mis amigos, y luego me cuesta volver a meterme, es como empezar en un cole nuevo o algo así. Aunque sea algo absurdo cuando una tiene treinta y ocho años. —¿Por qué estaba diciendo todo aquello en voz alta? Anthony seguía con la mirada perdida al frente—. Pero me ha gustado mucho verte crecer, con todo el mundo tan orgulloso. Si alguna vez quieres llamarme para charlar un rato o venir a quedarte en Londres otra vez... Sé que el piso es pequeño, pero...

—Vale. Sí, estaría bien —contestó.

—¿En serio?

—Sí. Tu piso me gustaba mucho.

—Anda. Pues genial, hagámoslo. Podemos ir al Forbidden Planet o a ver una peli.

—Guay.

Le dieron unas ansias sentimentales repentinas de agarrarlo de la cabeza y darle un beso en aquella frente con granos que tenía, pero su ahijado ya se había metido en el agua y notó su cuerpo frío y delgado rozarle las piernas conforme se impulsaba y nadaba por el fondo de la piscina hasta el otro extremo.

QUE VAYA BIEN

¡Hola! Un pajarito me ha dicho que vas a caminar
de costa a costa. ¡Vaya! Espero que vaya bien, bss.

No contenía muchas pistas que digamos. El «pajarito» era Cleo. Su mujer esperaba que todo le fuera
bien, con lo cual quería decir, según se figuraba él,
que esperaba que todo le fuera bien.

Aun así, algo es algo. Desde Navidad, su medio de comunicación principal habían sido las cuentas de servicios de
streaming que todavía compartían: un diario bastante íntimo
del drama de época que ella repetía hasta la saciedad y la
peli artística que había dejado a medias. Era un diario codi-
ficado: ¿debería preocuparse por los documentales sobre
asesinos en serie? Si se ponía a ver comedias, ¿significaba
que estaba contenta o triste? A cambio, él controlaba su propio historial, pasaba de los zombis y las pelis eróticas y les
daba prioridad a los documentales sobre los animales de las
profundidades del mar y vulcanología. Así, ella pensaría
que, si estaba viendo *Master and Commander*, todo iba bien.

De vez en cuando se ponía en contacto con él para ver
cómo iba todo por casa. Se había marchado deprisa, con la
promesa de volver a por el resto de sus cosas cuando tuviera su propio piso, aunque él habría preferido que se fuera
por completo en lugar de dejarlo en aquel estado a medias.
En su casa estaba por todas partes: en los muebles, en las
fotos colgadas en la pared, en los platos que les habían re-
galado por la boda, en el cepillo en el que todavía quedaban

pelos suyos, en el rodillo que usaba para quitarles las pelusas a la falda (con aquel movimiento rápido y descendente y girando las caderas) y en un tubo de pomada que no se veía con fuerzas de tirar. A pesar de que dos personas habían habitado aquella casa, era difícil ver la influencia de él, y hasta su reloj de pulsera, sencillo y elegante, había sido un regalo de Nat cuando cumplió los cuarenta. ¿Cuántas veces al día miraba el reloj? Sin ella, no sabía qué día era. Sin ella, comía de pie. El polvo se acumulaba en el cuenco de fruta vacío. Ponía el lavaplatos una vez a la semana y veía la tele, pero siempre había demasiado silencio, no se oía el crujido de ningún tablón de madera del suelo, el ambiente estaba tranquilo y todas las salas le sobraban. Una vez había vuelto del instituto y se había encontrado con un agente inmobiliario que le enseñaba a una pareja su hogar familiar ideal con espacio suficiente para expandir, y la sensación de ver a su antiguo yo había bastado para hacerlo volver a su coche, donde se quedó corrigiendo deberes hasta que se marcharon. La casa era un hogar de muestra para una vida que se les había escapado y quería tanto librarse de ella como que todo volviera a ser como antes.

Por el momento, el anonimato de aquel hotel de tres estrellas era casi un alivio. Lanzó el móvil a la cama y asimiló la sala, todavía con su ropa empapada que se acabó quitando poco a poco, entre muecas de dolor, tras lo cual se sentó en el borde de la cama para releer el mensaje: Espero que vaya bien. ¿Qué podía contestar?

Se le fue la vista a un mensaje anterior:

Dejémoslo por un tiempo. Es demasiado

La última línea de un intercambio acalorado, la autopsia de una llamada horrible en la que ella había desvelado que había ido a unas cuantas citas, todo muy nuevo e informal, con un compañero de trabajo, Frank. Qué extraño era pasar toda la vida oyendo un nombre y que luego adquiriera un significado inesperado, de modo que ya solo podía oírlo con desdén. El tal Frank era profesor de Literatura como ella y se los imaginaba a los dos tumbados en el sofá, citando a Wilfred Owen y charlando sobre *Ha llegado un inspector*. Le había preguntado si se iba a mudar con él y ella le había contestado que no, desde luego, que era todo muy nuevo e informal, y luego había añadido la horrible frase: «Solo creía que debías saberlo». Había captado su tono traicionero y, por su parte, él se había puesto cortante y borde, le había hecho preguntas sin importancia sobre el nuevo empleo, el pueblo y cómo estaban sus padres, con una buena educación forzada. Los clichés del final de un matrimonio flotaban en el ambiente («Sin malos rollos, nos lo hemos pasado bien, pasemos página pero sigamos en contacto»), solo que sí que había malos rollos, no siempre lo habían pasado bien y ¿qué página era la siguiente para él? Se habían interrumpido mutuamente al hablar, se oían mal o se malinterpretaban, él se había cerrado y ella se había visto obligada a llenar los silencios, lo cual distaba mucho de la comodidad de la que habían gozado en otros tiempos, como si la llamada se estuviera cortando.

Habían recurrido al movimiento aletargado de los mensajes, con los de ella amables y cariñosos apilados en cuadrados grises a la izquierda y las respuestas escuetas de él en azul a la derecha: sí, no, aún no, vale, una representación visual de lo retraído y malhumorado que se había puesto. Era horrible verlo transcrito entonces, aquella obra para dos actores llena de amargura, y sabía que, si desplazaba el chat hacia arriba con el pulgar, vería más intercambios secos y amargos sobre abogados y débitos directos y formularios que necesitaban firmas, seguidos de *Te echo de menos, yo también lo odio, contesta, por favor*. Ira, confusión, papeleo.

Volvió a dejar el móvil. ¿Por qué le había escrito? Debía de saber que iba a pasar cerca de su casa en unos días. ¿Acaso quería quedar con él? El mensaje era bastante escueto, pero también imposible de pasar por alto, como cuando uno se encuentra con un viejo conocido por la calle. ¿Contestaba o seguía andando?

Gruñó, se hundió las manos en el pelo y lo usó para enderezarse y ponerse a desenredar la masa de ropa empapada. Un cartel en el radiador pedía con educación a los huéspedes que no secaran la ropa allí, de modo que la colgó en perchas en la barra de la ducha. Se quitó el reloj y lo puso bocabajo en el lavabo. En la parte de atrás decía «Para Mike, con todo mi amor, como siempre». Casi nadie lo llamaba Mike.

Sonrió al espejo en unos experimentos faciales una vez y luego otra, como quien prueba los frenos de un coche antes de una bajada empinada. Al menos no iba a tener que pensar qué ponerse.

VINAGRE

Marnie bajó al bar con su segundo mejor vestido. En *Noche retorcida*, el principal sospechoso había seducido al detective en un jacuzzi, por una casualidad de la vida, aunque el de la novela tenía mucho menos cloro. Haber leído una novela erótica tan de cerca la había dejado con una sensación indecente y seductora, por lo que se puso el vestido negro con rosas rojas y pasó a ser una viuda acusada de asesinar a su marido. Conrad ya estaría en la autopista M6 para entonces, pero él se lo perdía. Además, no había ningún motivo por el que no debiera acechar por el bar Wainwright en busca de comida y de pasar un buen rato. El martes, según explicaba un cartel, era noche de pasteles e iban a poder escoger entre ocho tipos. Bajo el cartel, Michael, con la misma camisa del día anterior, observaba sus mapas de la agencia cartográfica del país. Por los altavoces sonaba un mix de los ochenta; en aquel momento, *Sweet Dreams* de Eurythmics.

—Es verdad que los sueños son dulces —comentó, en referencia a la canción.

—¿Cómo dices? —Michael alzó la mirada y ella señaló el cartel.

—No sabía que había ocho tipos distintos de pastel.

Michael se volvió para mirar el cartel.

—Imagino que incluyen los salados y los pudines, así que...

—¿Ves? Por eso eres profesor —dijo—. ¿Quieres algo de beber? —Michael señaló el vaso de cerveza lleno que tenía—. ¿Y algo para picar? ¿Un pastelito?

Michael no quería nada, de modo que ella se dirigió hacia la barra imaginándose que la miraba por detrás o que tal vez había vuelto a los mapas. Conceptualmente, la sala era una mezcla incoherente de sillas tradicionales inglesas y muebles modulares de aeropuerto, pero le daba igual: se sentía ligona y provocadora, por lo que se inclinó sobre la barra y se puso el pelo para que le cayera por un hombro a la perfección mientras un joven listaba todos los sabores de patatas fritas de bolsa y, fuera por el porno suave o la natación, se acordó del ambiente erótico que tenían hasta los hoteles de conferencias peor valorados. Su primera noche con Neil había sido en un hotel como aquel, durante una excursión a los Cotswolds para fomentar el espíritu de grupo, en la que los prolegómenos habían sido construir puentes con tablones y barriles, con cada mirada y roce cargados de electricidad, hasta que por la noche, después del karaoke, él le había enviado un mensaje con su número de habitación. Cómo se le había acelerado el corazón. Después se habían quedado tumbados en la cama y se habían reído del tema: ¿aquello formaba parte del espíritu de equipo? Quizá sería mejor que no se lo dijeran a nadie...

—¿Y de beber?

Quería un vodka martini, muy seco y con un toque cítrico, pero las bebidas de la casa eran Shepherd's Finger y Peaty Glen. Pidió un gin-tonic y (¿por qué no?) una bolsa de patatas sabor vinagre chardonnay, onduladas. Tomó su copa del borde, como si fuera de champán, con la bolsa de patatas bajo una axila y *Cumbres borrascosas* en la otra. Michael estaba con la cabeza gacha, de modo que se sentó a una mesa cercana e intentó ponerse a leer, pero era como si el grupo Frankie Goes to Hollywood le estuviera diciendo a Heathcliff que se relajara con su canción, así que...

—¿Cómo será la ruta mañana?

Michael alzó la mirada, sobresaltado.

—¿Vas a venir conmigo?

—No, tranquilo, ya me he cansado de caminar. Volveré a York con ellos.

—Lástima, porque no creo que vaya a llover. Patterdale está a dos valles de distancia, así que será subir por dos montañas, aunque no como hoy... ¿Estás bien?

Estaba haciendo morritos.

—Vaya. Las patatas están muy pero que muy ácidas. ¿Quieres una?

—Eh... No. Hay muchos ríos que cruzar, pero el descenso hacia Grasmere será...

—¡Auch! —Le dio un golpe a la mesa con la palma de la mano—. Es como un defecto de fábrica. Creo que me sangra la boca.

—Si están malas...

— ... es como el ácido de las pilas...

— ... y estás sangrando, deberías dejar de comer.

—No digas tonterías. —Marnie se echó a reír—. Continúa.

—La cuestión es que por la tarde se tiene que hacer todo otra vez a lo largo de quinientos metros para llegar a Grisedale Tarn...

Notaba que iba perdiendo el interés.

—¿Cómo fue la última vez?

—No he ido nunca, solo voy leyendo el mapa.

—A ver, enséñame cómo se lee un mapa —dijo ella en lo que iba a su mesa.

Si bien sabía de sobra cómo leer un mapa, era divertido ver lo entusiasmado que estaba y acabó dedicándole varias miradas discretas mientras hablaba de contornos, de la diferencia entre los senderos y los caminos de herradura y cómo estimar el tiempo con la articulación del pulgar. Todo era de lo más aburrido, claro. O, mejor dicho, el tema era aburrido, pero quien lo explicaba no. Le gustaba la voz tranquilizadora que tenía, una voz que bien podría usar para vender seguros de decesos en un programa de la tele por la tarde («pasteles salados y pudines»). También le gustaba su perfil, apuesto a la antigua usanza, como el protagonista de una fotografía sepia cuya única mujer era la mar, y se lo estaba pasando bien a su lado, dándole sorbitos a su bebida, rozándose con las caderas y los codos, distraída tan solo por las úlceras que le salían en la lengua.

—¿Qué significa esto? *Hic sunt dracones...*

—Te estoy aburriendo, ¿no?

—No, no. De verdad que no.

Un instante después llegaron Cleo y Anthony. Su silla chirrió contra el suelo cuando se apartó.

Como era un hotel de tres estrellas, los pasteles tenían aros de pimiento verde y berro a la antigua usanza de acompañamiento. Marnie había decidido no enfurruñarse por tener que irse antes de la cuenta, por lo que hablaron sobre el instituto y bromearon con Anthony sobre lo listo que era. Cleo lo despeinó, le dio un beso en la cabeza y le acarició el brazo de aquel modo maternal y extravagante que a veces usaba para demostrar lo cercanos y modernos que eran, y Marnie pensó que, aunque los quería mucho, a veces le daban ganas de volcar la mesa. En ocasiones, estar con otras familias le parecía un adoctrinamiento, como si asistiera a un simposio sobre lo que debería ser la vida familiar. Contempla lo que podrías haber tenido si hubieras tomado mejores decisiones, aquí podrías haber desinado tu amor. Una vez más, que imaginaran que sentía envidia le escocía más que la envidia en sí. A pesar de que alguna que otra vez flaqueaba, había muchas partes de no ser madre que le encantaban. ¿Era de extrañar que se hubiera vuelto huraña cuando sus amigos se comportaban tan a menudo con la autocomplacencia presuntuosa de una familia acaudalada que había invitado a su primo pobre para Navidad?

¿Michael sentiría lo mismo? Tal vez tendrían que haber hablado sobre aquello, en lugar de sobre contornos. Por el momento, comían pasteles hechos en fábrica con nata en espray por encima y luego los chicos se fueron a jugar al billar, por lo que se quedó a solas con Cleo, las dos dándole vueltas a su vaso.

—¿Crees que lo volverás a ver? —quiso saber Cleo.

—¿A Conrad? Me ha dicho que me llamaría, pero…

—Podrías llamarlo tú.

—Si no me equivoco —empezó Marnie, antes de dar un trago—, el protocolo exige que sea la persona que huye, y no la abandonada, la que…

—Que no ha huido. Y ya vuelves a hacerlo.

—¿El qué?

—Ya sabes el qué.

Oyeron un grito desde la mesa de billar cuando a Anthony le salió bien una jugada poco probable y Michael se quejó, indignado de broma. Los dos parecían cómodos el uno con el otro, con Michael tranquilo y tratándolo como a un igual, y se notaba que Anthony le tenía cariño.

—Quería preguntarte… Y me da igual la respuesta, pero quería preguntarte: ¿por qué no creías que me fuera a llevar bien con Michael?

—Eh… Bueno, es que a veces es un poco serio, como reservado.

—Yo también puedo ser seria. Y puedo hablar con gente reservada.

—Pero tiene lío, ya sabes, tuvo una especie de crisis, tuvo que tomarse un tiempo libre, y la separación no le ha hecho bien.

—Aun así…

—No sé, creía que te gustaría alguien un poco más londinense, más extrovertido. Creía que te gustaría pasártelo bien por una vez en la vida.

—Oye, que sí que me lo paso bien.

—Ya, ordenando tu cajón de los cubiertos.

—¡Que sí que me divierto!

—¡Si hace tres años que no sales del piso!

—¡Nadie salía! Era ilegal.

—No durante tres años y sabes que el problema empezó mucho antes de eso.

—¿Y qué pasa con la mujer que iba a venir a la caminata? ¿Qué tiene ella?

—¿Tessa? No sé, le gusta más el aire libre.

—¡A mí también me puede gustar! Joder, solo porque no me sé el nombre de los árboles... Y sí que me los sé, por cierto.

—Sabes decir si algo es un árbol o no, sí.

—¡Y más que eso! Y podemos hablar también. De hecho, nos llevamos bastante bien. Es gracioso, ¿no crees? Tiene un buen sentido del humor.

—Es... irónico.

—Irónico. Pues eso está muy bien, a mí me vale.

—Perfecto. Pues, venga, ¡ve a por él! Lánzate.

—¡No quiero «lanzarme» a nada! Solo quería asegurarme de que... no tuviera nada malo.

—¡Claro que no! —exclamó Cleo—. No creo, vamos.

Marnie se quedó aliviada, aunque habría preferido que le contestara con mayor convicción.

DÍA TRES:

BORROWDALE, GRASMERE, GLENRIDDING

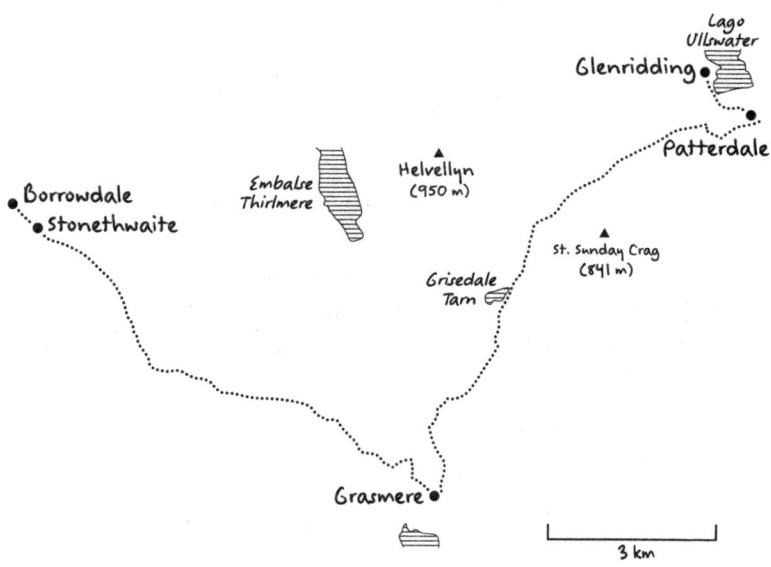

EL VOTO DE SILENCIO

Un sueño profundo. Michael había olvidado el placer que podía proporcionarle el sueño profundo y acabó más contento que nunca, a solas en el gran comedor de desayunos. Le habían preparado un almuerzo para llevar, tenía el termo lleno de café y todo era tan bonito y antiguo que podría habérselo llevado metido en un pañuelo a topos enganchado a un palo.

Visto desde el cielo, su destino estaba a poco más de catorce kilómetros de distancia, pero, como no era un pájaro, iba a tener que zigzaguear durante al menos veintisiete kilómetros, o más si resultaba que hacía bueno y se decantaba por la ruta más alta. Había niebla en el ambiente, los arroyos y las cascadas todavía fluían con fuerza por la lluvia del día anterior y muy a menudo tenía que detenerse para vadear los torrentes que se interponían en su camino: trazaba una ruta sobre rocas resbaladizas y otras sumergidas, donde tomaba impulso para saltar a la otra ribera al volverse más ligero por propia fuerza de voluntad. Siempre llegaba un momento entre que dejaba de pisar la ribera y aterrizaba en la roca negra y resbaladiza en el que el pánico le retorcía el estómago, pero cada vez lograba llegar al otro lado con equilibrio y seguía subiendo a un ritmo constante hacia la montaña Lining Crag. Miró hacia el valle que ya había dejado atrás, saturado con el potencial de la primavera, el aroma a tierra mojada y hojas batidas, un jardín tras una lluvia torrencial.

Así era mejor, ¿no? Acompañado de los demás, se había preocupado demasiado por su bienestar y su felicidad, por qué decir y cómo comportarse, pero, al estar solo, podía volver al plan original, a reflexionar durante el camino y usar la excursión para quitarse todos los males. Aparte de los camareros del bar y los recepcionistas, iba a pasar ocho días sin hablar con otro ser humano y, visto así, le resultaba emocionante.

—Entiendo que puedas querer tiempo para reflexionar —le había dicho Cleo—, pero ¿por qué no pagas a alguien para que te encierre en su garaje durante una semana?

—¡Piensa en las vistas!

—Las vistas no son personas. Los lagos y los ríos solo existen para que los señalemos. Además, una cosa no quita la otra. Me acuerdo de cuando te caía bien la gente.

—Y ahora también, pero con moderación.

—Ya. Bueno, en algún momento vas a tener que abrirte con alguien. —Había sido una conversación muy lúgubre para ser la última noche—. Oye, Michael —le había dicho—, ¡déjame entrar! —Y se habían echado a reír—. Bueno, a mí no, pero a alguien.

—Oye, ¿le has contado a Nat que iba a hacer esta ruta?

—No me refiero a ella.

—No me molesta, solo me lo preguntaba.

—Ya sabes que no puedo hablarte de Nat. Y me refería a una persona que no conozcas.

—Ya soy muy mayor para esas cosas, creo yo.

—¡Pero si solo tienes cuarenta y dos años!

Cuarenta y dos, el resultado de seis por siete, técnicamente de mediana edad, solo que situado en el punto de partida de esa década, y, ¿acaso el cuarenta y dos no era un número especial? Además, si restaba la infancia (otros dieciséis, no, mejor dieciocho años), solo llevaba veinticuatro años de adulto, y, con esa combinación de aritmética y numerología, se engañó hasta alcanzar una juventud temporal mientras saltaba de roca en roca y solo perdió el impulso durante el último tramo ascendente para llegar al pueblo de Grasmere. En el horizonte, vio un puntito rojo, el gorro de lana de otro viajero, y aceleró para poder decir que había mantenido un mínimo de conversación: «¿Vas para Grasmere?» o «¡A ver si escampa luego!», el tipo de comentario sin importancia que era como un profiláctico contra el interés o una conversación de verdad. Sin embargo, conforme se acercaba, reconoció la postura encorvada y le pareció que había llamado «cabrona» a la montaña. No había otro camino por el que evitarla y, además, ya lo había visto y le estaba sonriendo desde la cima, como si fuera el resultado de una broma pesada muy graciosa para ella.

Si bien tendría que haberle molestado, no era así, para nada. Podía posponer el voto de silencio unos cuantos kilómetros más.

DOROTHY WORDSWORTH

Marnie cruzó el pueblo y un puente de piedra y siguió el caminito del río, con el ambiente neblinoso y adormecido, como si el valle tampoco se hubiera despertado del todo. Era consciente del ruido que hacía al respirar, del canto de unos pájaros que no conocía, del agua que goteaba y salpicaba, mientras todo desprendía un olor a petricor, y, cuando se aburrió de la sinfonía de la naturaleza, se puso los auriculares para escuchar un pódcast. Si bien le parecía un sacrilegio escuchar aquellas voces urbanas y cínicas rodeada de tanta belleza natural, no había nadie que la juzgara ni la hiciera girarse para ver algún árbol torcido o una roca poco común, por lo que se sintió independiente, incluso contenta.

El plan se le había ocurrido en plena noche, retorciéndose en las sábanas de una cama desconocida al pensar en el día siguiente. El taxi de vuelta a St. Bees le iba a parecer como una rendición y, además, le esperaba el largo viaje hasta York con Cleo exigiéndole que cambiara de vida. No le habían parecido las mejores vacaciones del mundo y seguro que había una forma mejor de pasar el día. Había un montón de mapas en internet y les había hecho una captura de pantalla con el portátil para enviárselas al móvil por correo. Aunque iba a estar nublado, más tarde iba a salir el sol y solo había un veinte por ciento de probabilidades de lluvia. Veintisiete kilómetros parecían muchos incluso en llano, al menos tres pulgares de distancia en el mapa, pero ¿a que sería gracioso llegar antes que Michael y estar esperándolo en el bar del hotel de Patterdale? «Sí, sí, la cosa se pone peliaguda al bajar de Easedale, pero hay unas vistas impresionantes desde Eagle's Crag», o lo que aquella gente se dijera después de una caminata. Se había duchado, puesto la ropa tiesa que tenía y guardado la galleta de mantequilla que venía con la habitación por si la necesitaba en una emergencia. En la sala de desayunos en penumbra, se había comido un cuenco grande de pomelo en lata, unas galletas que venían en sobre y unas fresas pálidas y duras como manzanas mientras le escribía un mensaje de texto a Cleo con una sola mano.

> Al final iré caminando, marchaos sin mí!
> Hablamos pronto y gracias bss

En recepción se había atado las botas con demasiada fuerza, como si se preparara para que le amputaran los pies, se había puesto el gorro rojo y se había colocado la brújula alrededor del cuello, como una medalla de san Cristóbal.

Claro que aquella satisfacción consigo misma no podía durar. Saltar por los riachuelos empezó a perder el encanto a lo Christopher Robin que tenía según el suelo se volvía resbaladizo y era muy consciente de los pequeños dramas que se le desataban dentro de las botas: rozaduras nuevas en los dedos, el nacimiento de una ampolla, una uña que se clavaba en la carne. Se le estaba acabando la batería del móvil y se imaginó teniendo que explicarles a los rescatadores que se había perdido por culpa de un pódcast. Jadeando y maldiciendo en lo alto de la montaña, le echó un vistazo al mapa. Medio pulgar. Resentida, miró el paisaje que estaba dejando atrás, reconoció a la silueta solitaria que se acercaba a donde estaba en la distancia y, aunque no se lo esperaba, se alegró. Escogió una roca cómoda, estiró las piernas por el camino, se quitó el gorro y se peinó bien. Si bien tenía tiempo más que de sobra para pensarse un saludo gracioso...

—¡Cómo tú por aquí! —le dijo.

—Qué coincidencia, sí —logró contestar él, sin respiración.

—Iba a saltarte encima, como un bandolero. Quería robarte el termo y las barritas de cereales.

—¡Dame tus gominolas si no quieres morir!

—Espera, ¿tienes gominolas?

—No necesariamente —contestó él, mirando al cielo y con un tono inocente de broma. Se quedaron en silencio unos instantes, sonriéndose, hasta que Michael añadió—: Creía que ibas a volver a casa.

—Sí, pero al final he decidido que no. Y desperdiciar una habitación de hotel va en contra de mi religión. Aunque no quiero molestarte si estás contemplando la naturaleza.

—No, no, ya te contemplaré a ti.

—Podríamos caminar a cierta distancia, como si hubiéramos discutido.

—No hace falta. A menos que sigas enfadada conmigo.

—No, no, te he perdonado.

—Vale, vamos a ver cómo nos llevamos.

Se debatieron un rato en lo que se colocaban bien en el camino angosto que debían seguir.

—¿Es igual que en el metro? ¿Debería ir por la derecha?

Y luego se pusieron a caminar uno al lado del otro.

—Me gusta eso —comentó él, señalando la brújula tamaño XXL que colgaba del cuello de Marnie y no servía de nada.

—¿Este trasto? Es para abrir las botellas de cerveza —dijo, haciendo el gesto con el aparato, antes de llevárselo a la oreja como si fuera un teléfono—. ¿Hola? ¿Diga? ¡No hay cobertura! —Y con eso decidió que ya bastaba de mímica.

—¿Cómo te las has arreglado para saber por dónde ir?

—Me guío por el sol, la luna y las estrellas. Que no, que me envié el mapa al móvil. La idea era llegar al hotel antes que tú, pero va a ser que no.

—¿Qué te ha parecido la caminata a solas?

—Me cuesta acostumbrarme. O sea, si camino sola por Londres suelo llevar las llaves en la mano por si me toca pelearme con alguien, y aquí, bueno, sí que estaba un poco nerviosa igualmente, pero al menos los oiría acercarse. Aunque estaba escuchando un pódcast. ¿Eso está permitido? ¿O la Fundación para los Lugares de Belleza Natural te lanza de la cima del Helvellyn?

—Creo que deberías hacer lo que quieras.

—A ver, me gusta la naturaleza, pero es que hay mucha. Seguro que hasta a William Wordsworth, de vez en cuando, le parecía demasiado. Seguro que hubo veces en las que Dorothy y él debían haberse puesto en plan «Vale, hemos visto los pinzones y los castores y las flores de papel, ahora háblame de tus cinco concursos favoritos».

Michael se echó a reír otra vez y ella se percató de lo mucho que disfrutaba al conseguirlo.

—Tus cinco grabados satíricos favoritos —dijo.

—Eso, tus cinco odas sobre la Revolución Francesa. Dorothy, dime tus cinco síntomas de la sífilis favoritos.

—O de la gota.

—Por favor, William, cuéntame tu experiencia más vergonzosa cuando ibas puesto de láudano.

—Aunque no sé yo si Wordsworth llegó a escribir sobre los castores.

—Seguro que sí. Es una palabra fácil de rimar.

—Su casa está en Grasmere, si quieres pasarte a verla.

—No, no hace falta. Me encanta leer, leo de todo, pero nunca he entendido la poesía. Aunque la ficción está ahí a la vista de todos, la poesía hay que buscarla y siempre tengo una vocecita que me dice: «Ay, mira qué mona te ves con tu librito diminuto». Entiendo las palabras de forma individual, pero no capto el mensaje, me quedo en la superficie. Recuerdo haber leído aquel sobre la abadía de Tintern en el instituto y no entendí nada de todo aquello del éxtasis.

—Lo sublime.

—Eso, lo sublime. ¿Es como cuando a uno le gusta el aire libre?

—Creo que va más allá de eso. ¿Notas lo sublime en Londres?

—Sí, pero solo en ciertos barrios. Es como lo de las zonas que le tocan a cada escuela, hace que suban los precios. Aunque aún no sé lo que significa.

—Bueno, yo soy profe de Geografía así que no es mi gremio, pero sí que nos tuvimos que aprender el que escribió sobre los narcisos y me acuerdo del final. No sé qué de la dicha de la soledad y algo de un «corazón que se llena de placer y baila con los narcisos». Creo que eso es lo sublime. El corazón lleno de placer.

—Ese sí que no se pondría ningún pódcast por el camino.

—A lo mejor es algo que cambia con la edad. Si llevas a un crío al lugar más exquisito, con el cielo despejado, todo lleno de montañas y con un mar tormentoso, sigue sin poder despegar la mirada del móvil o de pensar en el grano que le va a salir en la barbilla o en quien le hace tilín. Pero cuando uno tiene cierta edad…

—¿Y en qué piensas entonces?

—No sé. En el paso del tiempo, en la mortalidad, en el lugar que ocupas y en lo insignificante que eres.

—¿Yo? ¿Yo en concreto?

—Sí, solo tú.

—Suena un poco deprimente, la verdad.

—O es el antídoto para la depresión. Eso es lo que dicen, al menos.

—¿Y funciona?

Michael se lo pensó por un momento.

—Ya te diré.

Marnie creyó que debía seguir con el tema, pero no parecía el momento apropiado. Había escampado la poca niebla que quedaba y ya llegaban a ver el valle Easedale que se abría ante ellos, una pendiente hacia arriba larga y suave, y la ruta seguía el riachuelo hacia un retal de campos color verde billar y el límite de un pueblo. Por encima de ellos, el cielo seguía cargado de nubes oscuras, pero se veía un atisbo del sol, como una linterna a través de una sábana.

—Pues mira, justo ese es el problema que tengo yo. Sigo pensando en el grano que tengo en la barbilla.

—¿Y en el chico que te hace tilín?

—No, ya no. —Y creyó que Michael iba a seguir con aquel tema también, pero continuaron andando.

—¿Cuántos años tienes, Marnie? Si no te molesta la…

—Treinta y ocho.

—¿En serio?

—¿Porque soy una gacela joven y enérgica? La verdad, no me importa aparentar la edad que tengo.

—A lo mejor es que a mí se me da mal verlo. A menos que se trate del tiempo profundo. Si fueras una montaña…

—¿Dices que me echas noventa mil millones de años?

—¿Qué dices? Si parece que todavía tienes setenta y cinco mil millones.

—Bueno, eso es gracias a los potingues que me echo —dijo, y pensó: *Mira cuántas chispas saltan entre los dos*—. ¿Cuántos tienes tú?

—Cuarenta y dos.

—Pues deja que te diga que aparentas tener al menos cuarenta y dos.

—¡Gracias!

—No hay de qué. Los dos aparentamos la edad que tenemos.

Sí que tenía un aspecto un poco desgastado, aunque la sacaba de quicio que los hombres pudieran verse bien así. Nadie diría nunca: «Vaya, esa estaba muy desgastada anoche». Tal vez era el look que pretendía tener, poco arreglado, como si costara imaginárselo buscando algo de forma deliberada. Las barbas, por ejemplo, se suponía que eran algo metropolitano, mientras que Michael parecía que había pasado un año grabando frailecillos en las islas Hébridas.

—Bueno, quizá te llegue cuando cumplas los cuarenta —dijo él.

—¿La depresión?

—No, el amor por la naturaleza. Y por la jardinería.

—No tengo jardín. Hace años que tengo un cactus chiquitito y de verdad no sé si está muerto o no. Y tengo un par de macetas en la ventana, pero son como dioramas en miniatura de tierra de nadie.

—¿No tienes planes para mudarte a una pequeña granja, entonces?

—Ni loca. Me tiraría de cabeza del granero en cuanto llegara la primera tarde con lluvia. Vendría un vecino a traerme un estofado o unos ajos y me encontraría ya en el otro barrio.

—Te va más la ciudad, ya veo.

—Ah, tampoco es que me encante.

—Pero esto no está tan mal, ¿no?

Se quedaron callados unos instantes. El camino era más firme y amplio y se veía el lago entre los árboles, además del destino de la caminata de la mañana. Si hubiera hecho mejor clima, habrían sido unas vistas espectaculares, pero, aun así…

—Esto… —empezó ella—. ¿Esto es lo sublime?

—No sé, ¿se te llena el corazón de placer?

—Es muy bonito —dijo y le hizo una foto con el móvil.

De las colinas a su derecha, oyeron el sonido de un cuerno, una nota que se alzaba, cursi y absurda, como algo sacado de Robin Hood.

—¿Qué es eso? —preguntó ella, y se detuvieron a observar a tres figuras con gorro que paseaban por allí, bastón en mano—. ¿Criadores de ovejas? ¿Van con un rebaño?

El cuerno sonó una vez más y les llevó una visión extraordinaria.

Perros, una manada de cincuenta o sesenta perros, comenzaron a salir de lo alto de la colina. Por instinto, experimentó el miedo a haberse metido en propiedad privada propio de los urbanitas, como si le estuvieran dando caza, y se aferró al brazo de Michael conforme los perros corrían hacia ellos. Sesenta o setenta perros de todos los tamaños y formas que se dirigían al camino en un torrente hasta que llegaron hasta ellos y siguieron adelante, como si nada, seguidos por las figuras con silbatos y bastones, y con un cuerno de latón pequeñito en la mano de una mujer. El valle estaba a rebosar de perros, como si salieran de túneles secretos, y no pudo evitar echarse a reír de tantos que había: sabuesos y terriers y lurchers, algunos desgreñados y desaliñados, otros elegantes, pero todos sumidos en un silencio inquietante mientras les pasaban junto a las piernas, alentados por los granjeros, quienes también pasaron por su lado con pisotones confiados e imperiosos, con sus botas de cuero y su ropa de *tweed*. Marnie se quedó inmóvil hasta que el último de los cien perros terminó de pasar y los dos intercambiaron una mirada y se echaron a reír.

—De verdad —dijo ella—, el campo es una puta locura.

ESTEGOSAURIO

Los senderos se convirtieron en caminos de herradura, y las carreteras, en calles de pueblo, con buses turísticos aparcados delante de salones de té. Michael creyó que iba a perderla ante las tiendas de regalos que vendían galletas de jengibre y postales de narcisos, pero decidieron seguir adelante. Ambos opinaban que había demasiados turistas, por mucho que no supieran muy bien en qué sentido eran distintos ellos. En su lugar, vieron un bar encalado y pintoresco.

—Qué sed —gruñó ella, frotándose la garganta.

El bar era oscuro y acogedor y tenían que escoger entre bebidas con nombre como Luna de Cilla, Pulgar de Fumo y Niebla de Abrego.

—Estas cervezas necesitan una corrección de estilo para traerlas a este siglo —dijo, dándole unos golpecitos a los grifos, tras lo cual brindaron y bebieron y se sentaron a una mesa junto a la hoguera.

Pasaron un rato cada uno con su móvil (ninguna novedad de parte de Natasha) y bebiendo sus tragos hasta que intercambiaron una mirada.

—Háblame de tu trabajo —le pidió él.

—¿En serio? Es aburridísimo.

—A mí no me lo parece. ¡Corriges libros!

—Los edito. Aunque corregir es parte del trabajo.

—¿Qué diferencia hay?

—Corregir es decir «has escrito mal "instantáneamente"» y editar es más «¿Por qué no pones "al instante"?». Y más cosas, como tabulaciones, estilo de párrafos y consistencia, pero más que nada es asegurarte de que el autor diga lo que quiere decir.

—Ah, como corregir deberes.

—Ya sé que suena aburrido, sí.

—No, a mí me gusta corregir deberes. En serio. Espera —dijo, y fue a por más bebidas. Cuando volvió, ella había sacado el portátil.

—Vale, no debería mostrarte esto, pero… —Lo volvió hacia Michael, y él ojeó el documento. La hoguera crepitaba de fondo.

—Vaya —soltó.

—¿Verdad?

—No se parece en nada a corregir deberes.

—Espero que no.

—No sabría ni por dónde empezar.

—Muy tórrido, ¿eh? Pero venga, prueba un poco. ¿Alguna vez has ido a un club de intercambios de pareja de Hollywood?

—Pues… hace mucho que no me paso, la verdad.

—Como lector normal, entonces. Dime lo que ves.

Michael le echó un vistazo al texto.

—Bueno, las comas…

—Las comas es lo que menos me preocupa con esto, creo.

—Nunca había visto esta palabra escrita con «i» griega.

—Ajá.

—Y no sé yo si la logística es correcta.

—Exacto, porque en un momento dado esa está sentada por allí, pero de repente este otro aparece detrás y…

—Entonces, ¿cómo puede ser que…?

—Exacto.

—Y no sé si esto tiene sentido.

—Sí que es un poco confuso. Al escribir, hay que tener mucho cuidado con las comas, no puedes comértelas sin más, pero tampoco ponerlas al tuntún. No es lo mismo «Vamos a comer niños» que «Vamos a comer, niños».

—¿Hay mucha repetición de «arremeter»?

—Ajá.

—No sé si haría nada de esto en un jacuzzi.

—Eso es más un problema de higiene y salubridad que de edición, pero estoy de acuerdo.

—¿Y alguna vez, cuando trabajas con algo así, te...?

—¿Si me pongo a tono? No, soy como una cirujana. Todo es objetividad férrea.

—Pues tengo que admitir que me ha enganchado un poco.

—Ya veo, ya —dijo, cerrando la pantalla del portátil—. Señor Bradshaw, si parece que le han subido los calores y todo.

—Ah, eso es por la bebida —se excusó él, y se quedó mirando el fondo de su vaso.

Algunos de los peores momentos que había pasado con Natasha habían tenido lugar después de la segunda botella de vino, cuando el alcohol ya no los inhibía hacia el cariño o las payasadas, sino que los volvía taciturnos y les daba ganas de discutir. Después de que ella se fuera, él acababa subiendo las escaleras a trompicones o se despertaba con jaqueca y confuso en el sofá, a las tres de la madrugada. Sin embargo, aquella vez se parecía más a sus años mozos, casi como cuando era universitario, y se dio cuenta de que lo habían engañado para que se lo pasara bien. La hoguera era cálida, Marnie estaba guapísima bajo aquella luz naranja, con los ojos muy abiertos y las intenciones traviesas según sugería que fueran a por otra copa.

—Qué refrescante —comentó ella tras terminarse el tercer vaso, y los dos se echaron a reír.

Tras la penumbra del cuartito del bar, incluso aquella jornada nublada lo hizo entornar los ojos, como si saliera del cine durante el día.

—Cómo brilla todo —dijo, enunciando demasiado, y eso también hizo que se echaran a reír. Más que el brillo, era la combinación de aire fresco, agotamiento físico y alcohol que creaba un efecto casi alucinógeno, de modo que el paso de Grisedale parecía un lugar primigenio, como si un estegosaurio fuera a pasearse por la cresta de la Great Rigg—. Estoy bastante pedo —añadió, y Marnie lo sujetó del brazo.

—¡Yo también! Vamos a sacarnos el alcohol a base de sudar. ¡Te echo una carrera! —Y salió pitando, con la mochila bamboleándose de un lado a otro—. ¡Estoy haciendo un casting para la policía! —gritó.

—Creo que en la policía no lo llaman «casting» —dijo él, y tuvieron que pararse porque se reían demasiado y ella se puso a especular qué podría involucrar un casting de la policía.

—Una marcha de noche con una mochila de dieciocho kilos, cantando la sintonía de una serie, y luego un entrenamiento en la selva. Un baile de jazz y luego te pegan una paliza.

Se pusieron a jugar a un juego en el que Michael le iba dando nombres de accidentes geográficos y Marnie tenía que adivinar cuáles eran de verdad y cuáles se había inventado. ¡Meandro! ¡Istmo! ¡Barra! ¡Piquillo! ¡Caldera! ¡Atolón! Unos viajeros pasaron por allí, una pareja mayor con el cabello canoso, que los adelantaron.

—Muy buenas —dijo el hombre, con acento escocés.

—Muy buenas —repuso Michael con la misma voz y, tras otro diez metros, se echaron a reír otra vez. ¿Así se sentían los gamberros?—. ¡Somos malos viajeros! —exclamó.

—Muy muy malos —dijo Marnie, y él pensó en cuánto le gustaba, en lo mucho que se alegraba de que se hubieran cruzado sus caminos, y de forma literal incluso. Si hubieran bebido otra copa, tal vez se lo habría dicho.

Estaba borracho y se hacía el borracho al mismo tiempo, como un niño tambaleándose tras un sorbito de ginger ale, con la sensación particular de estar tanto dentro como fuera de sí mismo, por lo que todo le parecía tonto y alegre y gracioso, aunque también pensaba: *Idiota, para ya.* ¿Alguna vez podría ser lo primero sin lo segundo? ¿Podría dejar de vigilarse a sí mismo? *Voy a hacer como que no he visto nada. Guárdate eso, te espera un gran día mañana.* Tal vez otra bebida más podría callar aquella voz. Tal vez cuando llegaran al hotel deberían ir directos al bar. Al fin y al cabo, estaban de vacaciones. Tal vez ella querría quedarse un día o dos más.

Qué idea más absurda. En Grisedale Tarn, caminaron hasta la orilla.

—A lo mejor deberíamos nadar —dijo él—, para que se nos pasase el colocón.

Probaron el agua gélida y oscura con la punta de los dedos.

—Si me meto, moriré —dijo ella.

—O te hará más fuerte.

—No, moriré a secas. Pero por mí no te cortes, anda.

—Hoy no. Pero nadaremos antes de terminar la caminata —le aseguró Michael, aunque ella iba a marcharse al día siguiente, así que ¿cómo podía ser?

Siguieron andando. Si hubiera estado solo y sobrio, habría subido a una montaña, St. Sunday Crag o incluso Helvellyn, con la horda de turistas, el Madame Tussauds de las montañas, solo que Marnie se estaba marchitando delante de él.

—Yo no veo ningún hotel.

—Quedan dos horas —explicó, y ella soltó un quejido—. Vale, te voy a contar un secreto. Creo que ya te conozco lo suficiente.

—Uuh, suena interesante —dijo, pinchándolo con un dedo.

—Sí que lo es, pero tenemos que sentarnos. —Encontraron dos rocas que se miraban desde ambos lados del camino angosto y Michael abrió su mochila—. Te ayudará a tener más energía.

—¿Metanfetaminas?

—No, mejor aún —dijo, y se puso a rebuscar en la parte de arriba hasta que encontró...—. Calcetines limpios.

—Ah. No sé yo si eso es mejor.

—Hazme caso, cámbiate los calcetines. Es como ponerte un par de pies nuevos.

Marnie se sopló el flequillo de la frente y abrió su mochila.

—No puedo hacer como que no me ha decepcionado un poco.

—Pruébalo, creo que te gustará.

Empezaron a quitarse las botas, como si se prepararan para acostarse, y se sintió como algo provocador, con los pies expuestos a la luz del día.

—Mira tú —dijo ella—. Un vistazo tras bastidores. Los pies de hombre son muy raros, ¿no crees? Unas peanas enormes.

—Son pies perfectamente normales.

—No me extraña que los fetichistas de los pies sean todos hombres hetero. Mira esos pinreles de yeti que tienes, con tanto pelo.

—Oye, mira quién habla.

—Ya sé, son asquerosos. —Estiró las piernas para cubrir el camino que los separaba y apoyó sus pies descalzos, primero uno y luego el otro, en las rodillas de él—. El de la tienda me hizo jurar que me iba a cortar las uñas, pero mira esta. Y mira este dedo peludo, parece Rasputín.

La miró. Tenía los pies pálidos y húmedos, con unas heriditas en los nudillos de los dedos, y todavía se le veían los restos de una laca de uñas roja.

—Son como patas de cerdo envasadas al vacío —siguió ella.

Aun así, a él le dieron ganas de agarrar uno con cada mano y sujetárselos, con los pulgares en el arco. Pasaron unos segundos hasta que Marnie le quitó los pies de encima y se empezó a poner los calcetines nuevos.

—Oye, una pregunta —dijo ella—. Si vas a caminar durante diez días, ¿cómo puedes llevar tan poco equipaje?

—Me da miedo contártelo.

—A mí nada me sorprende.

—Vale. He traído tres pares de ropa interior y de calcetines y los lavo cada noche en el lavabo. Los tengo en rotación.

Marnie meneó la cabeza, pensativa.

—Vale, vale.

—¿Eso sí te ha sorprendido?

—No, es que... ¿Por qué me pone tan triste eso? Me ha venido una tristeza así profunda y elemental.

—Sí que es un poco deprimente —se rio él.

—Es la frase «los tengo en rotación».

—Así es la vida en la intemperie.

—Es un poco como Jack Reacher.

—¿Ese también lo hace?

—Pero por motivos distintos. Él es un justiciero exmilitar y tú, un miembro de la organización benéfica para caminar.

—Exmiembro.

—¿Porque asesinaste a alguien?

—Muy graciosa, pero el que lleva menos peso encima soy yo, así que ¿quién se ríe ahora?

—Ahí llevas razón. He traído doce pares de bragas para pasar tres noches.

—¿Por qué?

—No sé, la verdad. A lo mejor me preocupaba que fuera a hacérmelo encima cuatro veces al día.

—¿Te ha pasado alguna vez?

—No desde la luna de miel. —Ya se había vuelto a poner las botas, de modo que se incorporó, dobló las rodillas y dio unos saltitos para probar—. ¡Es un milagro!

Reemprendieron la marcha y, según descendían al siguiente valle, la nube empezó a dispersarse en manchitas más pequeñas y dejó ver el primer atisbo de azul en varios días. Le empezó a parecer que ellas también estaban de procesión, como si tuvieran un montón de gente esperándolos al final, animándolos.

EL SALMÓN DE LA BODA

Cuando las nubes se apartaron para dejar paso al cielo azul, Marnie se preguntó dónde había visto aquel efecto antes hasta que cayó en que era en la cabecera de *Los Simpson*. Como no quería ponerse chistosa, dijo en su lugar:

—Así que por eso al color lo llaman azul cielo.

Era lógico imaginar que no se le había pasado la borrachera.

—Oye, no me pasó eso en la luna de miel —añadió tras un rato—. Era broma.

—Me alegro, entonces.

—O sea, todo lo demás fue un desastre, pero no me pasó eso.

—¿Qué salió mal? —preguntó Michael.

—Acabaremos antes si te cuento lo que salió bien. No sé, todo en general fue un error.

—¿La luna de miel o el matrimonio?

—Exacto.

—No tienes que hablar del tema si no…

—Ah, no me molesta. Lo que mejor recuerdo de la luna de miel, y del día de la boda también, fue pensar que era una idea espantosa. Él también lo sabía, los dos, pero no nos atrevíamos a decirlo y menos después de habernos gastado tanta pasta. Hasta la luna de miel fue acompañada de los comentarios constantes de lo caro que era todo, como si nos estuvieran midiendo. Él había estudiado contabilidad, aunque le gustaba llamarlo «finanzas», así que se le daban bien las sumas. Fuimos en clase turista premium para darnos un capricho y sabía cuánto costaba cada milímetro extra de espacio para las piernas en libras por milla náutica. Fuimos a tomar algo al Rainbow Room y, después del brindis, me dijo: «Son tres dólares por sorbo, ¡que lo disfrutes!». Luego nos pusimos a discutir sobre si una hamburguesa técnicamente es un tipo de bocadillo o no, todo así muy romántico, paseando por la Quinta Avenida mientras uno gritaba: «¡Define "bocadillo"! ¡Define "bocadillo"!».

—No es un bocadillo.

—Exacto, muchas gracias, Michael. Pero bueno.

—¿Cuánto tiempo estuvisteis juntos?

—Casados casi tres años, más que una condena por homicidio imprudente. Y tres años más antes de eso.

—¿Dónde os conocisteis?

—En el trabajo, eso fue cuando yo todavía iba a la oficina. ¿Sabes los típicos carteles de publicidad en las rotondas y las estaciones de tren? Pues vendíamos esas cosas. Me mandaron allí cuando estaba de becaria, de recepcionista, y me pidieron que me quedara. No estaba mal, había gente maja. Neil, mi ex, actuaba como si fuera Don Draper o algo así, ese es el papel que se había adjudicado él solito. Llevaba trajes de los buenos, a veces con un chaleco, siempre elegante y confiado, hablando de comidas con clientes, de lo que el cliente perfecto podría hacer por su negocio. No podía pasar por delante de un cartel sin decirte cuántas impresiones al día generaba, cuánto costaba y los beneficios de lo digital sobre el papel. Pasas por Piccadilly Circus con él y te juro que te dan ganas de tirarte delante del bus de la línea 38. Aunque no debería ponerme borde. Me casé con él y sí que nos lo pasamos bien, al menos al principio.

—¿Era...?

—Atractivo. Por decirlo de forma cursi, era el miembro menos popular de una banda de chicos. Era bastante llamativo y confiado, más pijo que yo, me sacaba ocho años y me trataba bien... No sé, me dejé llevar por todo eso, al menos al principio. Me ponía a pensar: *¿Por qué yo? ¿Por qué no escogía a una mujer más confiada, sexi y atrevida?* Creía que preguntárselo era romántico, pero resultó que él se estaba preguntando lo mismo para sus adentros: *Pues mira, ahí llevas razón.*

—¿Y cómo empezasteis a salir?

—Pues él siempre intentaba ligar conmigo, se me sentaba en el escritorio todas las mañanas, todo muy cursi, a lo James Bond y Moneypenny. Daba un poco de grima, la verdad. Y a veces salíamos a comer y era muy emocionante. Fue al primer hombre al que vi comer sushi..., porque fue en 2006, claro. Y me parecía... asombroso. Creo que él tenía la idea de que me estaba enseñando, no como los libros de texto, pero ya sabes, al estilo de un urbanita en una revista masculina que no conoce nadie, con espresso martinis y póker y entradas para ver *Stomp*, lo más glamuroso de la vida. Y había una mujer en Recursos Humanos a la que le gustaba él y que me odiaba a mí, pero a muerte. Era una matona, me escribía en plena noche, me criticaba lo que hacía, y él también se ponía a ligar con ella, porque lo hacía con todas. Solo que entonces fuimos a una tontería de esas para fomentar el espíritu de equipo en la oficina, en los Cotswolds, y nos enrollamos en secreto, en su habitación. Así empezó todo. Y yo estaba emocionadísima, claro, porque me había escogido a mí, que no es lo mismo que el amor, pero forma parte de ello. ¡Me quiere a mí! El primer año fue muy emocionante, nos dábamos el lote en el armario del material de oficina y en el ascensor, pretendíamos despedirnos y luego quedábamos para vernos. Todo muy de Romeo y Julieta. Eso era lo mejor, cuando éramos los dos contra el mundo. Y el sexo también estaba bien, supongo, follábamos mucho, si me permites la expresión.

—No pasa nada.

—O sea, hacíamos de todo. Y con eso me refiero a los tres.

—¿Los tres? —preguntó él, y ella contestó con una serie de gestos, una especie de baile obsceno—. Ya veo. Sí que es de todo, sí.

—Ni siquiera me parece que estuviéramos quebrantando alguna norma, pero nos parecía que era mejor así. O se lo parecía a él, al menos. «Mejor no decimos nada». Hasta que alguien se acabó yendo de la lengua y el tema salió a la luz y todo se fue a pique. La mujer esta que te digo, la de Recursos Humanos, estaba hecha una furia, desquiciada, me culpaba de cualquier cosa, no me hacía ni caso, me dejaba caer que a lo mejor me sentaba bien cambiar de trabajo, y él seguía tonteando con ella. Así que me puse mal, no podía dormir, me dio la depresión y entonces fue cuando empecé a buscar un cambio. Aunque no tenía ningún grado universitario, siempre he leído mucho y muy deprisa, la mejor parte de mi día a día era leer en el tren, dos o tres libros a la semana, y se me daba bien corregir los anuncios, las cartas y el material de marketing, mejor que a mis jefes. Así que me apunté a un curso en mi tiempo libre, escribí a un montón de editoriales y editores y me dieron unos cuantos encargos de prueba. Ahí dimití de la oficina y me hice autónoma.

—¿Y durante todo eso...?

—Seguíamos saliendo, sí. Era majo y me animaba. Ahora sé que en parte era porque me quería fuera de la oficina, pero sí que fuimos felices un tiempo. Nos fuimos a vivir juntos, compramos un montón de muebles baratos, una cafetera exprés, y, cuando estuvimos lo bastante enredados, nos prometimos. Ahí es cuando tendría que haber parado, en serio, porque a nadie le pareció bien, a nadie. Era como si hubiéramos anunciado que íbamos a, no sé, a montar una granja de camellos entre los dos. Todos pusieron mala cara y nos sonrieron al mismo tiempo y nos felicitaron, claro, pero se notaba que pensaban: *Joder, una granja de camellos, menuda idea de mierda.* La única que me dijo a la cara que no lo hiciera fue Cleo. Lo odió desde el principio, le pareció que era ordinario, un embaucador que ni siquiera era encantador, con sus chalequitos. Vino a nuestra casa una vez, una sola vez, y cerca de la entrada teníamos un cartel enmarcado y carísimo de *Moonraker*, y ella me miró y me dijo con la mirada que hiciera las maletas y me largara. Tenía razón, claro. Siempre la tiene, como ya sabrás.

»Cleo me dijo que en cierto modo me estaba rebelando. Me decía que no tenía por qué hacerlo, que me esperase. Pero ya tenía veinticinco años, casarme a esa edad no parecía nada del otro mundo y eso de esperar hasta los treinta y cinco siempre me ha parecido más de… pijos. Yo no tenía demasiado éxito que digamos, pero él sí y nos iba bien. A mis padres les caía bien; a mi madre, vaya. Sus padres creían que se estaba casando con la criada, pero nunca dijeron nada. Hablamos de tener hijos pasados un año o dos, porque él quería ser padre, tenía esa fantasía y creía que iba a hacerlo sentar la cabeza. ¿Para qué esperar?

»Aun así, creo que yo ya lo sabía. Y la boda se hizo muy cuesta arriba. Me habría encantado que me hubiera dejado plantada en el altar. Miss Havisham sí que tuvo una buena boda. La ceremonia fue horrible, ni te imaginas la indiferencia reinante en la sala, y los discursos fueron peores aún. El padrino contó una historia larguísima y penosa sobre que Neil se meó en los pantalones en la reunión de segundo de primaria y la respuesta fue un silencio sepulcral. Luego mi marido se puso de pie y habló del tema un poco más, como si hacérselo en los pantalones fuera su mayor hazaña, como si hubiera hecho dos cosas en la vida: mearse en los pantalones y casarse. Y después se puso a hablar de lo cara que era la boda, en plan broma, aunque también iba en serio. No quiero parecer egoísta, pero era mi boda, creía que al menos alguien me iba a mencionar en algún momento, que iba a tener algún cameo suelto por allí. Tuvimos que cortar la tarta antes de hora porque todo el mundo se estaba dando el piro, no veían la hora de largarse de allí. Para cuando llegó el primer baile, te juro que quedaban unos nueve invitados. El padrino tuvo que pedirles a los camareros que dejaran de amontonar sillas hasta que la canción hubiera terminado. Siempre se habla del sonrojo de la novia, pues debe ser por eso. Y la cantidad de salmón que sobró... Nos hizo llevárnoslo a casa para congelarlo. Sé que es tradición quedarte una tajadita de la tarta de bodas, pero no llevarte el plato principal a casa, por favor. Pasamos años comiendo sobras, como si estuviéramos en un búnker nuclear. ¿Qué hay para cenar? Ah, qué bien, el salmón de la boda. Oye, esta montaña es bonita. ¿Cuál es?

—Helvellyn.

—Ah, conque esa es. Con un poquito de nieve encima, le queda bien, la verdad. ¿Las montañas son todas mujeres?

—Creo que sí. Como los barcos.

—Pues se conserva muy bien. ¿Cuántos años tiene?

—Unos quinientos millones. Pero ¿qué pasó en la luna de miel?

—Claro, la luna de miel. Creo que fue ahí cuando nos dimos cuenta. Fue muy duro, el intentar tenerlo animado, mantener un ambiente relajado y sexi, y se notaba el entusiasmo que... se iba drenando. Fuimos a la Estatua de la Libertad y dijo que era más pequeña de lo que se esperaba y lo mismo pasó con el Empire State y la habitación del hotel y el matrimonio.

»Y bueno, que lo intentamos, pero él no dejaba de darme largas con lo de tener hijos, lo que parecía un poco sospechoso, y era como... Es como esa sensación de estar viendo una peli que no te gusta mucho, y a la otra persona tampoco, pero ya la has alquilado y estás a medias así que tienes ganas de ver qué pasa y, además, no ponen otra cosa en la tele, pero estás deseando que venga alguien a decir: «¿Podemos parar? La odio». Solo que ninguno de los dos dijo nada. Hay personas que se pasan la vida entera así, esperando a que mejore el ritmo, a que llegue la parte buena. Nosotros tuvimos suerte en ese sentido, porque podría haber durado más.

—Pero os acabasteis distanciando.

—Bueno, no nos distanciamos exactamente. Se estaba tirando a la de Recursos Humanos, así que, a menos que se distanciara en dirección a su cama...

—Ah, vale, vale. ¿Esa es la misma que...?

—Ajá.

—¿Cómo te enteraste?

—Pues me lo contó ella misma, mira tú. No iba a dejar pasar esa oportunidad, claro. Me llegó un mensaje, como un pastel de cumpleaños en un salón de té: Hola, Marnie, ¿cómo estás? Solo quería avisarte.

—Vaya, lo siento.

—Ah, no pasa nada. Ya me puedo reír del tema. ¡Mira! —Le mostró los dientes—. Ella se quedó con las entradas de *Stomp* y yo saqué unas cuantas historias de todo el meollo. Y un conocimiento enciclopédico de las pelis de James Bond. Y como unos dos años agradables y menos de la mitad del piso que compartíamos. Todavía me debe quince mil dólares, el muy cabrón.

—Vaya, pero eso tienes que hacer que te lo devuelva.

—Eso es lo que dice Cleo. Creo que, tal como lo ve él, es como que cancelé sin avisar con tiempo, de modo que se va a quedar con el depósito. Pero bueno. Mis amigos fueron muy majos... «Mejor para ti», «Él se lo pierde» y cosas así. «¡A vivir la vida, guapa!». Claro que en cuanto nos divorciamos todos empezaron a casarse. Fue como si me hubiera bajado de una montaña rusa horrible, manchada de vómito, y les hubiera advertido de lo malo que era y ellos me hubieran dicho: «No, no, que no pasa nada, nuestra experiencia será distinta, adiós, que vaya bien». Y para la mayoría sí que ha ido bien, ya casi no les veo el pelo. Así que bueno. Bien por ellos, supongo.

—¿Y te arrepientes de...?

—Dime.

—De no haber tenido hijos.

—¿Con él? Con él no, pero... Es la pregunta del millón, ¿no? Te diré lo que me parece... —Dudó antes de seguir—. Supongo que lo que más siento ahora, y quiero que recuerdes que he bebido un par de tragos, es que me gustaría haber querido a alguien. Algo mutuo, ya sabes, durante un tiempo. Y más en ese momento de la vida, cuando una tiene tanto que dar. Amor, no salmón. Creo que se me habría dado bien. Es lo que quería y sí que lo intenté, de verdad. Aun así, él era el..., no sé... Iba a decir que era el objeto de afecto incorrecto, pero no pasó de objeto. Fue una mala inversión. Tendría que haberme decantado por otro lado.

—Aún estás a tiempo.

—Ahora ya lo he gastado todo. Estoy demasiado hastiada, soy demasiado vieja. Como Helvellyn. En esta etapa de la vida, una relación me parece como empezar un libro por la mitad. Y presentarme delante de un desconocido así, sin ser yo misma del todo siquiera, porque ¿quién quiere eso? Presentarme con la versión de mí misma que creo que le gustará, pensar en qué decir y en cómo vestirme y en qué gestos hago con la cara... La verdad, me da tanta vergüenza que me absorbería, como un agujero negro que se come a sí mismo. ¿Y quién quiere salir con un agujero negro?

—Claro, ¿cómo dividiríais la cuenta?

—Si el agujero negro se lo come todo.

—Espero que no te sientas así ahora mismo.

—No, pero es que esto es distinto, solo estamos conversando. Aunque por allá… —Señaló hacia donde creía que estaba Londres—. ¿Para qué hacerme pasar ese mal trago? Estoy muy contenta yo sola. Hago lo que quiero, veo, como, leo y escucho lo que me da la gana y duermo. Pero bueno. ¿Te parece si cambiamos de tema como quien no quiere la cosa?

—Solo si quieres.

—Sí, sí. Y a continuación, mi pregunta: ¿cuánto falta?

—¡Ya casi estamos! Solo quince minutos más.

—Ay, ¿en serio? Podría haber caminado más.

—¿Ves? Eso es por los calcetines nuevos.

—Los calcetines nuevos. E impulsada por el sonido de mi propia voz. Ahora tienes que contarme tu historia de origen, a modo de venganza. ¿Qué pasó contigo y con…?

—¿Con Natasha? Me temo que eso en el insti sería un examen de los largos, de esos de redactar párrafos y párrafos.

—Quizás en otro momento, entonces.

—Mientras cenamos, tal vez. ¿Quieres que vayamos a por algo de cenar cuando lleguemos?

—Claro, estaría bien.

—Que se nos pase la borrachera, así podemos emborracharnos otra vez.

De modo que siguieron andando hacia el valle boscoso según las últimas nubes se separaban y se evaporaban como la condensación de un espejo. Las historias que cada uno cuenta sobre sí mismo nunca son neutrales: se transforman y estructuran para crear una impresión, y Marnie esperaba no haberse torcido demasiado. Aun así, le sorprendía que haberse puesto a evocar la tristeza no la hubiera entristecido. De hecho, era lo contrario y, si bien podría llegar a arrepentirse de decirlo cuando se le pasara la borrachera, se alegraba de encontrarse en el mareo agradable de la tarde, bajo la luz tenue de la primavera, mientras las distintas aves comenzaban su sesión vespertina en el momento del día que ella todavía concebía como en el que más carteles publicitarios se veían, porque todo el mundo volvía de trabajar en coche. Por lo pronto estaba contenta, no por haber hablado, sino porque la habían escuchado.

Y la sensación persistió hasta más adelante, en la entrada del gran hotel junto al lago Ullswater, donde sucedió algo muy extraño.

Se habían parado un segundo en las puertas del hotel y Michael la había sujetado de un brazo con amabilidad para que quedaran cara a cara.

—¿Puedo decirte que…? —empezó él, antes de soltar un suspiro como si estuviera exasperado—. Llevo queriendo decirte esto desde que te vi en la estación de tren.

Entonces le puso las manos en los hombros para tirar de ella hacia él. Por instinto, Marnie cerró los ojos, alzó la barbilla y ladeó la cabeza.

HÔTEL DU LAC

—**L**levo queriendo decirte esto desde que te vi en la estación de tren —dijo Michael, y se puso a ajustarle las tiras de la mochila—. Me estaba volviendo loco. A ti te hace perder el equilibrio, para empezar, al bambolearse tanto...

¿Para qué ha cerrado los ojos?

— ... y lo mejor es llevar el peso sobre las caderas, no en los hombros.

Y ahora pone mala cara, ¿por qué pone mala cara?

—¿Me permites? —preguntó, y ella se lamió los labios y asintió, de modo que le desabrochó la hebilla de plástico de la tira que llevaba en la clavícula y estiró la mano hacia la hebilla de la cintura para ajustársela más—. Ya es un poco tarde, pero... ya está. ¿Qué te parece?

La sonrisa de Marnie parecía más tensa que antes también.

—¡Mucho mejor! —Hizo girar los hombros—. Es como que te midan para un sujetador —añadió, lo cual le pareció un poco raro a él, pero a lo mejor era que los dos estaban un poco piripis aún.

Caminaron uno al lado del otro por la entrada de gravilla, con la espalda recta, como adolescentes preparándose para ingresar a una discoteca. El hotel era de los años veinte, con una fachada plana, pintado de un color blanco nata que parecía caro y con un césped verde y exuberante que llegaba hasta la orilla del lago Ullswater. Había un muelle de madera, muebles de jardín de buen gusto y hasta un caballete con un lienzo de cara al lago, junto con una mujer que llevaba un vestido blanco holgado y una pamela y se agachaba para pintar.

—Qué elegante todo —comentó él, de repente muy consciente de las manchas de barro que salpicaban sus pantalones, de que tenía la boca pegajosa y con aliento a cerveza, de que la sal y el sudor le tensaban la piel.

—Demasiado elegante para nosotros —respondió ella—. Nos van a pedir que durmamos en el jardín.

Más que elegante, era romántico, casi hasta extravagante: un hotel para lunas de miel o para que las parejas jóvenes pasaran el fin de semana.

—No mires —indicó Marnie—, pero creo que esa es miembro del Círculo de Bloomsbury.

La mujer del lienzo agitaba su pincel y, cuando él le devolvió el saludo, notó que le apestaban las axilas.

—Uf, apesto.

—Sería gracioso si fuésemos a ver qué tiene en el lienzo y descubriésemos que ha pintado un pene enorme.

—Cerveza y sudor. De verdad que no nos van a dejar pasar.

—Valemos tanto como cualquier ricachón —dijo ella—. Además, las habitaciones ya están pagadas.

—¿Vamos a tener que cenar aquí?

—Yo no pienso caminar a otro sitio. Pero mira, si quieres cenar solo…

¿Eso quería?

—No, sí que deberíamos cenar juntos. Me gustaría.

—Y a mí.

Esperaron en recepción: paneles de roble, suelo de parqué, un lirio blanco y solitario en un vaso de precipitados. *Smooth Operator*, de Sade, les susurraba desde los altavoces. Michael levantó un dedo de sopetón.

—¿Has oído eso?

—¿El qué?

—A Sade. ¡Acaba de cantar sobre ir de costa a costa!

—Que no.

—Te digo yo que sí. Es parte del estribillo. —Y cantó la melodía.

—*Smooth Operator* no va sobre caminar.

—¡Aun así!

—Habla sobre ir de Los Ángeles a Chicago.

—Vale, pero debo señalar que Chicago no da al mar.

—Es una parada de camino a Cayo Largo. Pero bueno, se lo puedes decir tú mismo.

La recepcionista, con el pelo peinado hacia atrás, flotó hacia ellos con una blusa de color oro rosa y unos pantalones marrones de cintura alta.

—¿En qué puedo ayudarlos?

—Tenemos una reserva.

—Por supuesto. ¿A nombre de quién?

—Walsh.

—Y Bradshaw.

—Dos habitaciones.

A Marnie le tocó la habitación Shelley y a él, la Keats.

—Están una delante de la otra —indicó la recepcionista con una mirada cómplice, antes de señalarles el bar, la biblioteca, la terraza en la que podían tomarse un té con nata, un panfleto de paseos románticos y un menú de tratamientos de spa y faciales a los que podían ir a solas o en pareja. La contraseña del wifi era wordsworthromantico, todo en minúsculas.

Subieron por las escaleras de madera amplias mientras Marnie leía el panfleto.

—¿Te apetece un masaje de piedras calientes?

—Al menos sabría cómo se llaman las piedras.

—Exacto. Esa sensación..., ¿es mi viejo amigo... el basalto?

Se quedaron en lados opuestos del pasillo, rozándose con las mochilas.

—¿Listo? —le preguntó ella, y abrieron las puertas al mismo tiempo.

Keats era incluso peor de lo que se había imaginado: una cama con dosel, flores recién colocadas que emitían un aroma embriagador, un papel pintado aterciopelado de color oscuro, como si los muebles y apliques estuvieran conspirando en un gran acto de seducción. Tal vez fuera la última broma de Cleo. Quizá si Conrad se hubiera quedado con ellos, si Tessa la triatleta los hubiera acompañado…

—A ver la tuya. —Marnie se apretujaba para pasar por su lado—. Qué desastre. ¿Qué vistas tienes?

—A las montañas.

—A mí me ha tocado el lago.

—¿Prefieres las montañas?

—No, ya me las apañaré.

—¿También tienes cama con dosel?

—Sí, claro. Y una bañera con espacio para dos. En serio, si alguna vez nos volvemos a casar…

—Ya sabremos a dónde venir —acabó él, y se produjo un silencio.

—¡Genial! Bueno, ahora son las cinco. ¿Te parece si cada uno va a lo suyo? Me pondré a trabajar un rato y podemos quedar a las siete y media.

—Por mí, perfecto —contestó él, y ella, con cierta torpeza, le dio un puñetazo de broma en un hombro.

—Hoy ha estado bien. —Y, con eso, se marchó.

Se le había quedado *Smooth Operator* atascada en la cabeza y murmuraba a ritmo de *bossa nova* en lo que se quitaba las botas, alterando la letra para hacer referencia a distintas rutas de larga distancia en el Reino Unido. «Costa a costa, empieza en Cumbria/Pen-nine Way/Costa de Yorkshire hasta Northumbria/Once días». El agua caliente entró rugiendo en la inmensa bañera de cobre de bordes altos según intentaba describir su comportamiento y se veía obligado a admitir que estaba tonteando con Marnie. Ponerse juguetón no era algo que le llegara de forma natural, pero ¿qué tenía de malo? Dios sabía que había pasado mucho tiempo. Les echó un vistazo a los artículos de aseo personal incluidos con la habitación y, con una floritura de chef, añadió espuma de pimienta y romero al torrente de agua. Se metió en la bañera, se apretó la nariz y se sumergió del todo.

Ya más sobrio, repasó su conversación. Si bien no era precisamente un experto en la naturaleza humana, sabía que en ocasiones el humor podía disfrazar un dolor muy profundo, por lo que esperaba haber reaccionado de forma apropiada y con empatía, aunque fuera al escucharla y nada más. Lo importante era que ella había confiado en él, que unas confidencias como aquellas eran una especie de regalo y él iba a tener que devolvérselo. Tal vez le iría bien hablar de aquellos últimos años tan duros con alguien que le caía bien, por mucho que fuera a necesitar otro trago y luz baja. La política de solo llevar una camisa funcionaba únicamente si estaba solo, y en Patterdale no había ninguna tienda de ropa. Quizá podía plancharla y llevarla sin arremangar o podía ponerse su sudadera verde oliva encima. Si el restaurante solo estaba iluminado con la luz de las velas, era posible que ella no se diera cuenta.

El agua comenzaba a enfriarse. Pensó en masturbarse, pero le preocupaba que aquella bañera de cobre fuera a sonar como una campana vieja, con el codo haciendo de badajo, *tolón, tolón, tolón*, resonando por todo el valle y haciendo que los granjeros fueran corriendo por los campos como si se estuviera quemando un granero. Pensó que mejor se abstenía, por si acaso, pero ¿por si acaso qué?

LA HABITACIÓN SHELLEY

L a bañera era de cobre batido, con los bordes altos, tan grande e imponente como el arca de la alianza y claramente pensada para dos personas. Sin ningún otro cuerpo presente, Marnie se vio obligada a apoyarse con las rodillas a los lados, como un deshollinador intentando no caerse por una chimenea, y le estaba costando mantener el móvil seco mientras intercambiaba mensajes con Cleo.

¿Qué tal el hotel?

Es absurdo. Gracias.

¿Cuándo has llegado?

Ahora mismo. ¡He venido caminando!

! ¿Con M?

Sí.

Y entonces, para cambiar de tema, escribió:

Debe de ser muy caro. ¿Cuánto te debo?

Nada, es un lunes de temporada baja.
Nosotros invitamos.

¿Debería discutírselo? Decidió que no y escribió:

Gracias

Y dejó el móvil en una toalla. Ya sobria, le había llegado la incomodidad. Se alegraba de ser capaz de hacer de su vida un espectáculo, pero seguía siendo un espectáculo y si, Dios no lo quisiera, le hubieran entregado la transcripción de su historia, la corrección habría necesitado todo un lío de palabras que añadir y borrar, ajustes y aclaraciones. Los hechos eran más que nada ciertos, solo que ninguna parte de aquella historia frívola y nada seria había transmitido el dolor de pretender que su boda había sido el mejor día de su vida, que su matrimonio había sido algo más que un error. Solo había mentido en lo más importante: en cómo se había sentido durante todo el proceso.

También estaban las omisiones. Dios sabía que le había dado igual cómo quedara Neil y, de hecho, había sido bastante bondadosa con él al haber omitido su rencor, los comentarios dolorosos, que la menospreciaba en todo momento. Sin embargo, tampoco había mencionado el amor que había sentido por él ni la chispa sexual, que sí que habían sido reales, incluso embriagadores. Tampoco le había contado que todo aquello se había vuelto amargo, de modo que él parecía odiarla por lo mismo que lo había atraído a ella, que sus esperanzas de formar una familia se habían atascado hasta desaparecer, junto con el sexo y su confianza sexual. Ya habían pasado seis años.

En paralelo a la realidad de su matrimonio había una versión espectral de sus veintipico años en la que había sido más ambiciosa, había viajado, se había arriesgado y había dicho que sí más veces. Cuando pensaba en su yo más joven, algo que tal vez hacía con demasiada frecuencia, una parte de ella experimentaba una especie de compasión, pero una parte incluso mayor sentía ira, como si aporreara una pared de cristal gruesa. Aun así, hablar con sinceridad sobre aquellos remordimientos y humillaciones con alguien a quien apenas conocía iba a ser horrible, agotador, como llorar en el supermercado. Nadie quería enfrentarse a tanta sinceridad en un paseo vespertino, pero convertirlo en una anécdota graciosa no era mucho mejor.

Por lo que se sentía como una mentirosa. Solo una frase de toda la historia había sido nueva: «Me gustaría haber querido a alguien». Le parecía presuntuoso declarar que tenía algo que dar y, aun así, era lo más cierto que había dicho, así como lo más embarazoso. Ese habría sido su comentario en el margen de la transcripción: «¿Quizá es demasiado?». Al estar sobria, el comentario la hizo emitir un grito ahogado.

—*Gla* —dijo.

Soltó los lados de la bañera con las rodillas para deslizarse bajo el agua y, en aquellas profundidades submarinas, oyó que el móvil le vibraba otra vez. Una coda de parte de Cleo:

Aprovéchalo al máximo y ya está. ¡Pásatelo bien! Bss

Le parecía que le estaba recriminando algo. «Que mañana vuelves a casa, así que relaja». Salió del agua y escaló por el lateral de la bañera como si fuera una valla, se secó y se vio reflejada en el espejo de cuerpo completo, donde tensó unos músculos y se echó un vistazo, por delante, de lado y por detrás, cuadró los hombros y puso morritos. Le parecía absurdo creer que tres días de ejercicio habían cambiado algo y tal vez fuera una mala pasada de la luz tenue del anochecer, pero no le molestaba lo que veía reflejado: limpia por el vapor, rosada como una postal impresionista que había tenido, una mujer secándose después de un baño.

Si pudiera replicar aquella iluminación exacta y llevarla consigo, a lo mejor le iría bien. O tal vez debería ir a la puerta de Michael. «Mira lo que tengo por aquí». En su lugar, se puso la bata y se acercó a la ventana. Cleo le había dicho que lo aprovechara al máximo, así que se quedó mirando el lago con mucha atención, muchísima.

En la cama, estiró el más glamuroso de sus tres vestidos, con una manga doblada a la altura del codo y los zapatos en el suelo para ver cómo quedaría si la atropellara una apisonadora de camino a una cita. Aunque la cena no era una cita, claro. El baño la había dejado mareada, y se dejó caer junto al vestido vacío y abrió el portátil.

Tenía una hora para trabajar, pero el tipo de texto parecía haberse transformado en simbolitos. En lugar de trabajar, buscó en internet el menú del restaurante y pensó qué pedir. Un buen vino, una conversación agradable, un buen plato de gambas y algo con *jus*. La cama con dosel adquirió la calidad acogedora de una madriguera infantil montada bajo la mesa. Se puso una alarma para dentro de veinte minutos y soltó el móvil cerca de donde reposó la cabeza. El aparato se coló por una grieta de la cadena de montañas que eran las almohadas y ella se sumió en un sueño profundo que terminó durando cerca de tres horas.

EL ATREZO DE LA VELADA

Tomó su libro y bajó pronto para sentarse en un banco junto al lago. Sabía que la habitación de Marnie daba hacia allí, de modo que se iba frotando la barba con cierto descaro, casi sin leer lo que había en las páginas. Hacía muchos años, cuando empezó a trabajar en el instituto, se había asegurado de que lo vieran leyendo en la sala de profesores, libros del plan didáctico de Natasha, con Orwell y Steinbeck en alto, porque seguro que era aquello de lo que quería hablar una profesora de Literatura en su tiempo libre: sobre el totalitarismo y la alfalfa de *De ratones y hombres*.

Solo que había surtido efecto, la había impresionado, y allí estaba de nuevo, con las piernas cruzadas y haciéndose el interesante con un libro. Era juvenil, la verdad, tanta emoción ostentosa, pero era una tarde preciosa e iba a ser su última noche en los Lagos. Poco después iba a cruzar la gran meseta de Westmorland él solo y se había ganado la oportunidad de recorrer la orilla pensativo, con el libro bajo el brazo y las manos detrás de la espalda, como si presentara un documental sobre la guerra de las Dos Rosas.

A las siete y media volvió dentro, donde las ventanas francesas estaban abiertas hacia la tarde brillante y tranquila. Si bien se había limpiado las botas y se había estirado el dobladillo de los pantalones, se sintió presuntuoso y torpe según se acercaba al comedor. Un camarero se le acercó, vestido todo de negro, delgado y liso como una anguila, y fue tan de repente como si lo parara un funcionario de aduanas y estuviera intentando cruzar la frontera sin documentación. Si Marnie hubiera estado con él, habría pasado sin problema.

—Mesa para dos, por favor. —El camarero pasó la mirada junto al hombro de Michael—. Está de camino. Aunque, antes de que me siente, me preguntaba si... Sé que sonará un poco raro, pero... me siento como si me hubiera arreglado muy poco.

La corbata que el camarero le sacó de objetos perdidos no pegaba mucho con la camisa color gachas que llevaba. Era fina y brillante, la única prenda de Prada que había lucido en la vida, y el cuello de la camisa estaba demasiado suave y desgastado para que la sujetara en su sitio, pero era una buena broma. Pidió una botella de vino blanco, el tercero de la lista, para impresionarla. A pesar de que el menú estaba en su idioma, necesitaba que se lo tradujeran. *Jus*, según sabía, era una salsa poco espesa, y los platos de su casa también tenían «manchas», pero ¿qué diantres era un *gnudi* o el *dukkah* que acompañaba el pato? Ensayó chistes para sus adentros y se rascó la barba con las dos manos donde le rozaba el cuello de la camisa, como si fuera su propio perro.

—¿El caballero está listo para pedir?

«Caballero» era lo que lo llamaban los chicos. Ya eran casi las ocho.

—¿En un ratito?

El ambiente de la sala se iba oscureciendo y la luz de las velas enmarcaba la silla vacía. Había otras tres parejas en el comedor, ninguna de ellas formada por viajeros, todos sumidos en la ensoñación previa al erotismo, y se preguntó si debía quitarse la corbata. Tal vez Marnie se había quedado trabajando o viendo la tele o ya se había acostado. Pensó en mandarle un mensaje, pero no tenía su número. ¿Debería llamar a su puerta? Le entró una decepción aguda, como si hubiera comprado una tarta para una fiesta y hubiera perdido la dirección, como si le hubieran dado plantón en una cita.

—Pensándolo mejor, pediré ya, si no hay problema.

Las parejitas lo observaron comer a solas. Primero le llevaron un tentempié por gentileza de la casa: un vasito de espuma verde que sabía a guisantes congelados con nata y resultó ser eso mismo. El salmón se lo presentaron de cinco formas distintas, lo cual le parecía mucho, cinco pilas rosa con un brillo antinatural, de plástico, el sushi de muestra. Si Marnie estuviera allí, podría haber hecho referencia a su historia sobre el salmón, tal vez le habría dado la oportunidad de ponerse a hablar de Natasha. Por el momento, bebía traguitos de vino e intentó apoyar el libro contra el salero y el pimentero, solo que no lo consiguió y se limitó a comer, a masticar o, mejor dicho, a dejar que el pescado se le disolviera en la lengua como un caramelo mientras mantenía la mirada perdida en la nada, con la expresión de alguien que se tropieza en la acera e incorpora el susto en su paso. Si Marnie estuviera allí, podrían haber calificado cada una de las cinco presentaciones del salmón. *Pues hazlo*. De peor a mejor: espuma, ahumado, confitado, con la piel crujiente y mousse. Se dijo que debía comer más despacio o no tendría nada que hacer. Lo único que había esperado era comer cualquier cosa que pudiera meterse en una rebanada de pan doblada y le parecía absurdo comer algo tan elegante a solas, como un paleto en la corte del Rey Sol. Entre bocado y bocado, dejó el tenedor y le echó un vistazo al móvil. El mensaje de Natasha: Espero que todo vaya bien. No había mucha distancia entre la casa de los padres de ella y Richmond, al otro lado de los Dales. Iba a estar por allí en cuatro días.

Le sirvieron el plato principal, su tercer pastel consecutivo, solo que en aquella ocasión estaba desmontado, con la carne picada amontonada en un cilindro marrón y pegajoso colocado en el lado opuesto del plato respecto a la forma del pastel en sí, como si la carne hubiera discutido con el hojaldre. En el instituto se habían vuelto locos por unas gomas de borrar graciosas con forma de comida y era el aspecto exacto que tenían las zanahorias: esculpidas y perfectas. La salsa se la sirvieron en una taza de café, dos cucharaditas de melaza espesa. Por mucho que las parejitas quisieran algo ligero antes de subir a la habitación, él se lo podría haber zampado todo en cuatro bocados, con lo cual iba a tener que esperar como siete minutos entre bocado y bocado si no quería tener que acostarse antes de las nueve. Tal vez debería mandarle un mensaje a Natasha para hacerle saber que iba a estar cerca. Las parejitas se fueron marchando una a una y, conforme el camarero le retiraba el plato, se puso a escribir un mensaje, sin llegar a darle a «enviar» aún:

> Todo bien, sí. De hecho, pasaré cerca de ti el viernes

Y entonces Marnie apareció a trompicones en el comedor. Michael se puso de pie de sopetón, con lo que se dio un golpe con la mesa, se metió el móvil en el bolsillo y se alisó la corbata. Parecía tan elegante como frenética, como si fuera corriendo a un bote salvavidas, y se puso a disculparse desde media sala de distancia.

—Perdona, lo siento mucho.

—No pasa nada.

—No he notado la vibración del móvil, de tantos cojines que hay.

—De verdad, no…

—¿Por qué no has venido a buscarme?

—Creía que querrías estar tranquila y…

—¡No! Eso me pasa por beber de día. ¡He caído rendida! —Sacó la silla para sentarse, y Michael se percató de que, aunque estaba magnífica, la barra de labios no encajaba del todo con el borde, como si se lo hubiera puesto mientras bajaba corriendo.

—No pasa nada.

—¡Sí que pasa! Es nuestra última noche —añadió, como si se estuviera corrigiendo—. Además, me muero de hambre. ¿Cómo es la comida?

—Está riquísima, pero las porciones son para hormigas.

—Sí, eso me temía.

Michael le sirvió una copa de vino y se sorprendió de lo poco que pesaba la botella (debía de haberse bebido al menos tres cuartos él solo), en lo que el camarero llegaba con su pudin.

—Hola —lo saludó ella, aferrándolo del brazo—. Perdona, ¿podrías traerme…? ¿Qué es lo más grande que tenéis en el menú?

—Lo siento mucho, la cocina está cerrada.

—¡No! Ay, Dios, ¿en serio? —Miró de reojo el plato de Michael.

—Chocolate a los siete estilos —le dijo, ofreciéndole el plato.

—Voy a necesitar más de siete.

—Podría traerle una selección de quesos.

—Sí, por favor, pero no seleccionéis nada. Si tenéis una rueda entera de lo que sea, genial, que ruede para acá. Y un montón de pan, gracias, lo siento, gracias. —Y se bebió el vino como si se muriera de sed.

—Bueno —dijo él.

—Bueno.

A pesar de que ya había bajado, Michael notaba que la velada se les había escapado: estaba demasiado cansado y nervioso como para ponerse juguetón, borracho pero sin la diversión de antes. Ni siquiera se había percatado de la corbata.

—Bueno —dijo él otra vez—. ¿Qué planes tienes para mañana?

—Ah, me quedaré por aquí y vaciaré el bar del desayuno. Quizás incluso pida un masaje. O sea, nadie me ha tocado las lumbares desde, no sé, las Olimpiadas de Londres, pero si pago por ello… A lo mejor me dejan salir tarde. El taxi pasará a buscarme a las cinco y estaré en Londres para las nueve. Comeré algo precocinado, veré la tele y a zambullirme en el tedio. —Le sirvieron el queso, frío por la nevera, y lograron sacar media hora de conversación más, aunque el camarero no dejaba de pasearse por allí, resentido por aquel lunes lento de temporada baja—. De verdad, se está dando golpecitos en el reloj —comentó Marnie, y cedieron.

Subieron las escaleras, gruñendo por sus dolores compartidos, y se quedaron delante de las puertas de las habitaciones.

—Oye, Keats, siento mucho lo de esta noche —dijo.

—No pasa nada, Shelley.

—Te como el tarro todo el día y cuando llega tu turno voy y…

—De verdad, no te has perdido nada.

—Pero muchas gracias por lo de hoy, ha estado bien, de verdad. No como esos otros días infernales.

—Cuidado, que al final te va a acabar gustando.

—No sé si diría tanto. Bueno, buenas noches.

—Buenas noches. Y, si no te veo por la mañana…, adiós.

—Adiós. Si alguna vez te pasas por Londres…

—O tú por York.

—Ah, y casi se me olvida, me ha gustado esto, por cierto —dijo ella, dando un paso adelante tan de repente que él retrocedió hacia su puerta. Le tiró de la parte de debajo de la corbata.

—Ah, ¿esta tontería? La he pedido prestada.

—¿No es parte del atrezo de la velada? No encaja del todo con la camisa, pero valoro el esfuerzo.

—Es de Prada.

—¡De Prada! Deberías robarla.

—Para usarla de cinturón.

—Bueno, que sepas que te queda bien. —Lo miró para evaluarlo—. Estás muy guapo. ¿Qué has hecho? ¿Te has limpiado los pantalones con una toallita?

—Creo que es lo que los chicos llaman un *glow up* —contestó él, apoyando la barbilla en la palma de la mano. Marnie se echó a reír y le puso una mano en el brazo, lo que lo hizo pensar en lo bien que estaba hacer que alguien se riera.

—Ves, sí que puedes ser gracioso.

—Pareces sorprendida —dijo él, quitándose la corbata por encima de la cabeza, aunque se le enganchó en una oreja.

—Cleo dijo que eres un poco irónico.

—Ay, no, ¿eso dijo?

—Al menos no dijo «extravagante».

—No, nadie quiere eso. —Se estaba atando la corbata en la mano, como un boxeador poniéndose vendas. Transcurrió un momento y dijo, o, mejor dicho, descubrió que decía—: Mañana va a hacer bueno, con sol todo el día y nada de viento. Y es la parte más alta de la caminata, ochocientos metros hasta Kidsty Pike, pero es una subida suave y lenta, y luego hacia el embalse Haweswater, y así habrás caminado todos los Lagos, de oeste a este. Puedes pedir que el taxi te vaya a buscar al pueblo y seguro que llegamos antes de las cinco. Podrás volver en el mismo tren.

Mientras hablaba, ella lo observaba con la cabeza ladeada, y notó que la convicción se le escapaba.

—Bueno, no tienes que decidirlo ahora. Puedes ir a buscarme en recepción si...

—No —lo cortó ella—. Estaría bien.

Y se volvió y abrió la puerta de su habitación.

DÍA CUATRO:

DE GLENRIDDING A SHAP

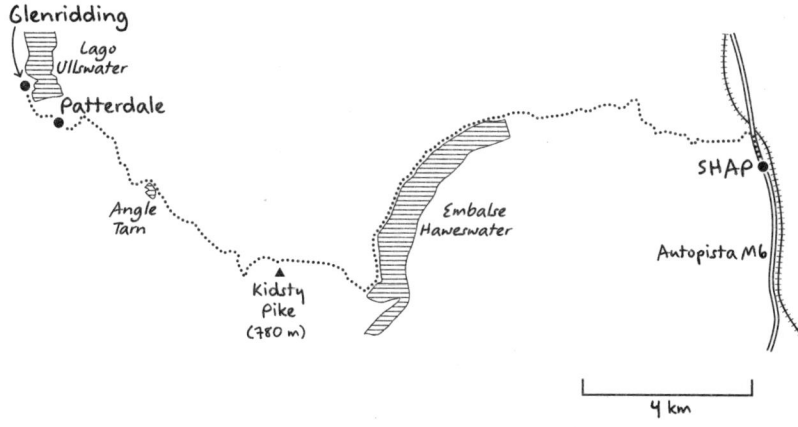

GATO-VACA

Marnie se despertó temprano y en otro país, tal vez en Suiza o en los lagos del norte de Italia. Si bien nunca había estado en ninguno de los dos lugares, sí que había leído novelas en las que los personajes se retiraban a sanatorios en la montaña para recuperarse de amoríos condenados al fracaso o de las penurias de la guerra. El color turquesa brillante y chillón del cielo le daba una claridad al lago que el día anterior había parecido pesado y siniestro, como un mar de un planeta lejano. Aquella mañana relucía y bien se podría pasear en barca o incluso nadar, no aquel mismo día, pero pronto. Quizá debería quedarse en el hotel y hacer realidad sus fantasías en sanatorios.

Sin embargo, ya había pasado demasiado tiempo encerrada en habitaciones y las montañas también parecían acogedoras hasta cierto punto. El dolor ya había remitido y se notaba con ánimos de salir corriendo hasta lo alto, de modo que, para calentar, abrió el portátil y lo apoyó en la cama para seguir una clase de yoga *online*. Se había quedado prendada de su instructora en lo que seguramente era su relación más importante de los últimos dos años. A pesar de que al principio se había puesto cínica, la instructora era tan alegre y animada, tan sincera y alentadora, que había acabado sucumbiendo y había pasado a reírse con sus chistes malos y se preguntaba cómo olería, a citronela y orquídeas, a pasta de dientes, a un desodorante ligero y sin zinc. Le había llevado un tiempo superar los nervios, pero ya hablaban con bastante comodidad y las dos se echaban a reír con las poses más complicadas.

—¡Eso es imposible! —le gritó Marnie a la pantalla.

—*¡Tú puedes! ¡Tres respiraciones más!*

—¡No, no puedo!

—*Dos, uno. Vale, pasemos a perro bocabajo.*

—Vale, allí nos vemos.

A pesar de que saltaban las chispas entre ellas, su relación no iba a funcionar. La instructora de yoga vivía en un mundo de ventanas que cubrían toda la pared, de esterillas caras y velas de cera de abeja del tamaño de un molde de pastel, por lo que, en secreto, se había horrorizado al ver la esterilla de Ikea de Marnie, carcomida por las polillas; los envases de queso que usaba a modo de bloques de yoga, y los leggins a topos sin lavar, con agujeros en la entrepierna y desgastados hasta volverse transparentes en la zona de las nalgas.

—*Inspira el amor* —dijo, aunque, en ocasiones, la serenidad de la instructora podía parecer indiferencia, como si no supiera de la existencia de Marnie. Algo que, por supuesto, era cierto.

No, no estaba para yoga. Tenía demasiada hambre, estaba demasiado tiesa, distraída y animada, por lo que abandonó la sesión. ¿Iba a sentirse así de torcida todo el día, cojeando como una mesa de bar mala? Daba igual. Recogió sus cosas y cojeó a la planta baja, donde se comió un desayuno de sanatorio, cambió el destino del taxi y se fue a esperar a recepción, con las puertas abiertas hacia aquella mañana soleada que iluminaba el exterior con intensidad, como una fotografía con demasiada exposición.

Michael, cuando bajó, parecía tener resaca y estar un poco hinchado. Le sonrió e hizo una mueca de dolor.

—¡Buenos días! —lo saludó ella, y se dieron un pequeño abrazo.

Vaya, esto es nuevo, pensó. Era todo un avance aquel abrazo, aunque también notó que él se encorvaba hacia delante un poco para no rozarle los pechos, como si se inclinara por encima de una chimenea. Él insistió en pagar por la cena, le devolvió la corbata al recepcionista, dieron las gracias, se despidieron con la promesa de que volverían y salieron al brillo de la mañana. En el pueblo, los turistas se preparaban para sumarse a la cola para subir a Helvellyn, pero ella tenía la sensación de que los pioneros de verdad eran ellos, al cruzar el río y seguir un camino despejado en pendiente hacia arriba, aunque no mucho, como una rampa de supermercado. Avanzaron charlando, tan entretenidos que, cuando por fin se acordaron de mirar atrás, el valle parecía un juguete de madera caro, unos bloques pintados sobre fieltro verde alrededor de un lago de celofán. ¿Cómo habían subido tanto sin darse cuenta?

Ahí sí que se dieron cuenta, en cuanto el camino se volvió más escarpado y el sol los abrasaba sin ninguna nube de por medio. No había ido de vacaciones al extranjero ni había notado el sol en la piel como aquel día desde hacía años, por lo que fue maravilloso, pero también agotador. Para media mañana ya estaban racionando el agua, lo cual le parecía demasiado dramático y también emocionante. Otro hito fue cuando Michael se sentó en una roca, se quitó las botas y comenzó a desabrocharse las cremalleras de los pantalones a la altura de las rodillas.

—Creo que estoy viendo cosas que ninguna mujer debería ver.

—¿Es demasiado provocador?

—Es como esos pantalones que se arrancan que llevan los *boys* y algo muy distinto al mismo tiempo.

—¡Tachán! —Se quedó de pie con sus pantalones cortos.

—¡Pero qué sexi!

—¿Es demasiado?

—¿Qué le ha pasado a aquel tipo de los pantalones largos?

—Ah, se ha ido.

Siguieron subiendo y de vez en cuando Marnie les lanzaba una mirada furtiva a las pantorrillas de Michael. No, a los gemelos. ¿Por qué eran los únicos músculos que se llamaban «gemelos» si había otros que también tenían pareja? Fuera como fuere, la distrajeron durante todo el camino ascendente hacia Angle Tarn, donde pararon a descansar. El lago era precioso, con una serie de bahías y penínsulas y hasta un par de islas que parecían de dibujos animados; si bien sabía que debía haber una razón por la que tuvieran aquel aspecto en lugar de ser un círculo sin más, no preguntó por si él se lo contaba. En su lugar, se tumbaron cerca de la orilla, en silencio, con los ojos cerrados y la cabeza apoyada en la mochila para quedarse mirando el sol. *Otro hito*, pensó al reparar en el silencio cómodo, y se paró a cavilar sobre lo mucho que habían recorrido en tan solo tres días. Aquella especie de compañía concentrada también entrañaba ciertos peligros y todavía no estaba segura de qué ocurría entre ellos, una cuestión que la había hecho dormir peor y que era tan desconocida para ella como el sol que notaba en la cara. Por el momento, era agradable estar quieta y en silencio, observando el espectáculo de luces que se le había organizado en los párpados.

—Me duele la cabeza —se quejó él—. No debería beber sin compañía.

—Yo tampoco. Durante el confinamiento fue un problemón. Un caprichito a las seis y tres de un martes. Cuántos caprichitos…

—Ah, yo hacía lo mismo. Se me caía la casa encima. Cuando estaba con Nat tenía sentido, comíamos juntos y nos poníamos una peli, pero emborracharse uno solo…

—Charlando con la radio y dándose porrazos contra los muebles. Siempre se habla de los moretones que salen como por arte de magia, pero seguro que es por la mesita de centro o la cajonera, así que ¿dónde está la magia?

—¿Te preocupa?

—¿El beber sola? Antes sí. Pero lo hago todo sola, así que...

—¿Y no te importa?

—¿Beber? Cuando se me fue de las manos, lo dejé. La mayoría de los martes estoy sobria.

—Muy sensato por tu parte.

—Deberías verme a solas un viernes por la noche.

—Si te viera, no estarías sola —dijo él. Marnie dejó los ojos cerrados.

Volvieron a quedarse en silencio, bajo una luz abrasadora y naranja en sus párpados y un calor que se tornaba siniestro y radiactivo.

—Voy a volver morena —comentó ella—. O quemada.

Pasó un rato, con el sol como una mano cálida que le aplastaba la cara y sudor en el pecho y en la frente. Se quedó dormida hasta que un ruidito de piedras al moverse la asustó.

—¿Mmm? —murmuró—. ¿Ya nos vamos?

—Sigue durmiendo —susurró él—. Voy a nadar un rato.

Eso sí que la despertó.

SALVAJE

—**B**ueno, a nadar nadar no —se corrigió Michael—. A darme un chapuzón.

—¡No lo hagas! —Marnie se había incorporado para mirarlo.

—Es una técnica escandinava, tengo que quitarme la resaca de encima. Vuelve a dormir.

—Pero, si me duermo, ¿quién llamará a la ambulancia? —Michael se echó a reír, aunque también lo había pensado—. En serio, que es nieve derretida.

Todavía había un poco de nieve en las cimas más altas, pero él ya se dirigía al lago.

—¡Creo que puedo! —gritó, quitándose la camiseta. Había leído unos artículos sobre el tema que hablaban de la emoción y el poder purificador de un chapuzón gélido, que era como un desfibrilador líquido para el corazón, la mente, la sangre, la libido. Al estar sudando bajo el sol le había parecido una buena idea. Tenía los pantalones cortos a la altura de la rodilla mientras se desabrochaba las botas y vio los michelines que le salían al encorvarse, por lo que se movió para ocultarlos un poco—. Puede que quieras apartar la mirada —gritó sin volverse, pero, si tensaba todos los músculos y se quedaba de espaldas a Marnie, a lo mejor le iba bien. Cuadró más los hombros, colocó su ropa en una roca, bajo las botas, e intentó caminar con decisión por encima de las briznas de hierba y los juncos. En la orilla con guijarros, metió los dedos de los pies en el agua.

—¿Y para qué la pruebas? —gritó Marnie, riéndose—. ¿Crees que va a estar caliente o qué?

Si bien el sol le quemaba los hombros, no había calor suficiente que fuera a mejorar el chapuzón, y solo metiendo los dedos de los pies la sangre ya le rugía en los oídos y el corazón le latía con fuerza contra el esternón al ritmo de *mala idea, mala idea, mala idea.* El agua estaba teñida de plata y era viscosa, como la ginebra sacada del congelador, y se agachó para agarrar un poco y echársela en el cuello. Notó que le ardía, que se le contraían los intestinos, como si quisieran esconderse en las costillas, seguidos de los genitales. A pique su plan de presumir. Ya sin nada de valentía, era una viñeta perfecta de la crisis de los cuarenta y, aun así, no tenía escapatoria, no podía hacer otra cosa que lanzarse a aquel baño de ácido. Ya no notaba los pies. ¿Y si se le partían a la altura de los tobillos? A sus espaldas, oyó que Marnie se acercaba por la orilla. ¿Acaso iba a empujarlo? Pensó en contar hasta tres y meterse antes de que ella tuviera tiempo. Exhaló unas respiraciones rápidas y breves y se puso a contar hasta tres: *uno, dos, tres, cuatro, cinco, seis, siete...*

—Qué tontería más grande voy a hacer —dijo ella, y Michael se volvió y se echó a reír. Marnie estaba a su lado, en ropa interior negra, con los brazos cruzados en el pecho, encorvada hacia adelante y la piel pálida y con pecas salvo por un poquito de rosa donde le había dado el sol—. No puedo dejar que mueras solo.

Si bien apenas se permitió dar una miradita de nada, creyó que estaba magnífica. Por instinto, se cruzó de brazos también e intentó tensar todos los músculos del cuerpo al mismo tiempo.

—Vale, ¿cómo lo hacemos? —preguntó ella.

—Supongo que contamos hasta tres y nos lanzamos.

—No sé sumergirme.

—Tú cáete hacia delante, como un árbol talado.

—¿Y metemos la cabeza?

—Creo que sí.

—O sea, ¿nos sumergimos del todo?

—Claro, si no, no sirve de nada. Dolerá como una bofetada, pero solo un momento.

—Las bofetadas duelen más de un momento. Además, no quiero que me peguen.

—Pero luego estará muy bien. Será como un colocón, como drogarnos.

—¿Y no podemos ir a comprar drogas y ya está?

—Será como un subidón natural.

—O un bajón, mejor dicho.

—Vamos a comprobarlo.

—Vale.

—Vale.

—Oye, ¿qué pájaro es ese? Allí, el del pico curvado.

—No me cambies de tema, Marnie. ¿Estás lista?

Contaron los dos a la vez:

—¡Uno… dos… y tres!

Y no se movieron.

—Es un zarapito —explicó él.

—Vale, otra vez —dijo ella—. Uno… dos… y tres.

Y, otra vez, no se movieron.

—Ya no noto los pies —dijo ella.

—Avancemos un poco más —propuso Michael, y avanzaron con pies de piedra hasta meter los tobillos también.

—Vale, otra vez. ¿Listo?

—Uno… dos…

—No, cuenta hacia atrás.

—¿Crees que ese es el problema? ¿El orden de los números?

—Es lo único que me impide lanzarme. Tres, dos, uno y ya.

—¿Y vamos en el «ya»?

—Vamos en el «ya».

—Tres, dos, uno, ya —contaron juntos.

Y, aun así, no se movieron.

—Vale, no contemos —propuso ella—. Vamos y ya está. ¡Vamos juntos! Hay que aprovechar el momento. Venga. ¡Hazlo! ¡Aprovéchalo! —Lo tomó de la mano—. ¿Listo? ¡Ya!

—¡Ya!

—No... ¡Ya!

—Vamooooos... ¡Ya!

—Vale, esta vez sin excusas. Vamos... ¡Ya!

—¡Ya!

—Ya. No, ¡ya!

—Creo que estamos siendo demasiado majos —dijo ella tras un rato—. Creo que deberíamos...

E intentó tirar de la mano de él, con lo que le torció la muñeca.

—¡Auch! —soltó él y se tropezó.

Se clavó las piedras del suelo en los pies y la sujetó del otro brazo para tirar de ella, de modo que, por un momento, el cuerpo entero de Marnie estaba apretujado contra el suyo, con una mano apoyada en su cadera, riéndose y gritando. Notó el agua helada que le mojaba los muslos, un hielo puro, por lo que se lanzó hacia delante para llevársela consigo, con una mano en la tira del sujetador de Marnie y luego en la baja espalda, el tiempo suficiente para notar la suavidad que tenía encima de la cadera, húmeda por el sudor, con el muslo de él entre las piernas de ella, y se quedaron así un rato, abrazados, con la barbilla de ella en el hombro de él, como bailarines agotados. Una vez más, tuvo la sensación de estar fuera del momento, de observar y juzgarse y menear la cabeza y ¿acaso no era mejor estar solo dentro? ¿Cómo podía conseguirlo?

—No te resistas, Michael —le susurró ella al oído, en voz baja y sin aliento—. Sabes que es lo que quieres. Estará bien cuando entres, te lo prometo.

Y Michael contempló saltar al agua aunque fuera solo para contener una erección. Tras otro impulso repentino, casi se rindió y se soltó. Casi casi.

Pero se resistió y acabaron entrelazados como ciervos con los cuernos enredados. Pasó un segundo y luego otro, con tan solo el sonido de sus jadeos, de pie en diez centímetros de agua, rozándose con la frente, con las manos apoyadas en los brazos del otro.

—El arte del sumo —comentó ella, y Michael notó su aliento en la cara, el café del desayuno. Al mirar abajo, pensó en la palabra «senos» y eso lo hizo reír. Al mirar arriba, vio que lo estaba mirando a la cara, sonriendo, y…

—¡Buenos días!

Era una voz que salía del camino y los dos alzaron la vista: había dos viajeros de cabello canoso, un hombre y una mujer, la pareja que los había adelantado el día anterior cuando iban borrachos.

—¡Hola! —gritó, soltando a Marnie.

—Hace un poquitín de frío para un chapuzón, ¿no? —preguntó la mujer con su acento escocés.

—Yo sí quiero meterme —dijo ella, encorvándose y cruzando los brazos—, pero él me lo impide.

—Bueno, ¡mejor vosotros que yo! —se rio el hombre, y siguieron avanzando hacia la cima, riéndose de buena gana y despidiéndose con el bastón mientras Marnie y Michael se avergonzaban de repente, como Adán y Eva.

—Creo yo —dijo Marnie— que tenemos que aceptar que ninguno de los dos va a acabar metiéndose.

—Creo yo —dijo él— que deberíamos vestirnos y hacer como que no ha pasado nada.

—¡Es como revivir mi luna de miel! —Marnie esbozó una sonrisa débil mientras Michael arrastraba los pies hasta su ropa. El montón de Marnie estaba un poco más lejos y le dedicó una miradita cuando pasó por su lado y la vio colocarse bien la ropa interior, rozarse la parte trasera de los muslos con los dedos, el tipo de gesto que iba a recordar toda la vida. Le llegó un torrente de algo que le aceleró el corazón, como el agua pero cálido, y, unos minutos más tarde, ya volvían a andar—. Ha sido emocionante.

—Nada anima más a alguien que el no lograr hacer algo.

—Recuerda que a veces lo más valiente que puedes hacer es acobardarte en el último momento.

Y Michael decidió creer que tenía razón.

POR QUÉ NO APRENDER PORTUGUÉS

La espontaneidad de Marnie no solía tener nada de espontáneo. Necesitaba varios cálculos: evaluar la ropa interior que llevaba (negra, a juego, de Kevlar) y cómo se lo podía tomar la otra persona (como algo de mente abierta y atractivo o desquiciado y desesperado). En retrospectiva, le pareció un poco forzado y mal meditado y tal vez él también lo había notado, porque el resto de la mañana transcurrió sin nada reseñable, en el sentido de que ninguno de los dos se volvió a desnudar.

Aun así, estaba segura de que se estaba gestando algo. Ahí estaba la curiosidad que creía haber perdido y quería saberlo todo sobre él y contárselo todo a su vez, o casi todo. Tantas ganas tenía que la noche anterior había buscado otras estaciones de tren en el mapa. Había otra en Kirkby Stephen, adonde iban a llegar el miércoles, y otra en Northallerton si aguantaba hasta el viernes.

«Lo siento, tengo que volver porque...». No tenía una forma sincera de terminar la frase. Ningún ser humano iba a echarla de menos ni ninguna mascota iba a sufrir; su cactus seguiría en su estado zombi, no se iba a perder ninguna reunión, no se iba a saltar ninguna cita ni iba a decepcionar a nadie por nada. Tenía el trabajo, claro, pero todavía le quedaba el finde si trabajaba doce horas ambos días. Aunque sí que le gustaría ir a un baño conocido, su compromiso más urgente era con un envase de queso feta abierto que iba a tener que comerse antes del jueves y no podía permitir tomar una decisión basándose en medio paquete de queso salado. La cuestión era que si desaparecía de la faz de la Tierra no había nadie en Londres que se fuera a dar cuenta hasta transcurridas varias semanas; su mayor razón para quedarse era aquella falta de motivos para marcharse. Solo Michael iba a echarla de menos.

¿Sería cierto? Cada intento de acercarse que notaba en él iba acompañado de un retroceso nervioso, como alguien que devolviera un petardo ya encendido. ¿Su compañía era una sorpresa agradable o era la invitada a una fiesta que nunca se iba a su casa? Ojalá existiera algo que pudieran hacer los humanos, un sistema de sonidos y gestos de comprensión mutua para expresar pensamientos y sentimientos. Recordó un relato que había leído de pequeña, de Roald Dahl, sobre una máquina capaz de captar los gritos de los árboles y las rosas cuando los cortaban, y tal vez era así como iba a ser aquella comunicación sincera y directa: como cortar el césped, demasiado dolorosa. A falta de una conversación directa, iban a tener que sobrevivir a base de ironía, pistas y dobles sentidos; el roce de una mano, las miraditas, las sonrisas y los forcejeos en ropa interior. Un romance de Jane Austen.

Por suerte, estaban rodeados de una gran belleza natural para distraerse y esta agitaba los brazos y les gritaba «¡Por aquí! ¡Miradme!». Las montañas los contemplaban desde todas las direcciones, unas siluetas escarpadas y juntas, como fondos de escenario antiguos. Subieron por una cresta que, a pesar de ser cuesta arriba, no era demasiado ardua, con una superficie transitable cubierta de pasto corto y duro, como una moqueta de oficina, y así hasta que llegaron a un mirador, una corona rocosa con dientes como almenas, un lugar al que se iría a invocar dragones.

—Aquí estamos. Kidsty Pike. Casi ochocientos metros de altura —explicó él, sin aliento—. Es el punto más alto de la caminata.

Su tren salía de Penrith a las 06:23 p.m.

—Increíble —repuso ella, con la esperanza de que con eso bastara, mientras pensaba que, si el Sainsbury's de Euston estaba cerrado, podría ir hasta el Tesco cerca del parque Brockwell, que abría hasta medianoche.

—Por ahí está Helvellyn —seguía diciendo él—. El valle por el que hemos venido.

Podía comprar leche, huevos y pan, un rollo de papel higiénico y sopa de microondas.

—Por ahí está Rampsgill Head, ese es High Street, por allá está Place Fell…

Michael se había puesto a enumerar picos, montañas y acantilados, y Marnie se permitió observarlo. No estaba nada mal así. Incluso si el contenido era aburridísimo, el cómo lo explicaba tenía unos ánimos que no lo hacían poco atractivo. Y allí estaba otra vez: la negación doble. Si lo hubiera visto en un manuscrito, lo habría corregido. Una nota en el margen: «Usa "atractivo"».

—¿Estás bien? —le preguntó él.

—Sí, ya sabes, asimilándolo todo. Es muy atractivo.

—Y todo es cuesta abajo a partir de ahora. Bueno, menos por los Peninos. Al menos te ahorras eso.

—Gracias a Dios. Bueno, ¿ahora para dónde?

—Ahí abajo, hacia el Haweswater, junto al río y por los campos justo a tiempo para que subas al tren. Deberíamos ir yendo. ¿Vas bien?

—Sí. Es que de repente estoy corriendo para ir a otro tren más.

—Hay tiempo de sobra, no hace falta que corramos.

Comenzaron el descenso por una pendiente suave que se volvió más abrupta entre las rocas, como una escalera abandonada, de modo que les costaba caminar y recuperar la cercanía que habían tenido el día anterior mientras se les escapaba el tiempo, hasta que llegaron a la orilla de otro lago.

—Solo que este es un embalse.

—¿Qué diferencia hay?

—Que los embalses son artificiales. Antes había un lago aquí, aunque mucho más pequeño, y también un pueblo, Mardale Green, que destrozó el ejército, junto con un bar y una iglesia. Desenterraron los cadáveres, los trasladaron y lo llenaron todo de agua. Cuando baja el nivel, se ven los restos. Del pueblo, no de los cadáveres. Es un pueblo sumergido.

—Qué mal rollo.

—Es que las ciudades necesitan agua, así que hacen falta los embalses, pero no es lo mismo. No hay orillas ni playas naturales, solo marcas del agua. El nivel de agua sube y baja, así que las plantas no brotan igual.

—¿Puedo preguntarte algo?

—Claro.

—Dime si es demasiado personal. Porque sí que lo es. Lo más personal, de hecho.

—Vale, dime.

—¿Por qué no tienes hijos?

Formuló la pregunta justo cuando el camino se tornaba angosto y ya no podía verle la expresión.

—Perdona si te molesta. Cuando me lo preguntan a mí, me molesta. No hay nada que sea menos asunto de los demás que eso, así que seguro que te ha molestado también, pero es que nos pusimos a hablar de ello y no terminamos.

—No, no me molesta.

—Espera —dijo ella—, deja que… —El camino volvía a ensancharse, de modo que avanzó deprisa para ponerse a su lado—. Dime.

—Vale. Bueno, sí que queríamos. Creo que no hizo falta que habláramos del tema, los dos lo dábamos por sentado y vimos que pasaban los años y nada, y para cuando nos enteramos de cuál era el problema… Voy a tener que hablarte de espermatozoides, no tengo cómo saltármelo.

—No pasa nada.

—Parece que tenía un recuento bajo de espermatozoides, además de movilidad baja, de modo que intentamos solucionarlo y no funcionó, así que estábamos a punto de pasar a la siguiente fase. Capturando a uno, ya sabes. Luego hubo lío de por medio, ella necesitaba un respiro, un descanso para pensar, y aquí estamos. O estábamos. Se fue de casa hace dieciocho meses ya.

—¿Y cómo te sientes al respecto?

—¿Sobre no ser padre?

—De momento.

—De momento, sí. Pues no sé. Bastante triste, si te soy sincero, pero se mezcla con la tristeza de que el matrimonio haya acabado fatal y con otras cosas y eso, que es un lío.

—Un lío, ya te entiendo. Lo siento.

—No pasa nada.

—¿Te molesta que la gente pregunte?

Michael se lo pensó unos segundos.

—Creo que lo que más me molesta es la lástima. Y el cuidado que tienen. Notas esa especie de vergüenza en los padres, algo como «No hables de los críos, escóndelos en el armario», como si esperaran que me echara a llorar al verlos. O eso o no se apartan de ellos ni un momento. A ver, quiero mucho a Cleo…

—Yo también, pero…

—Ya sabes a qué me refiero.

—Pues sí. Me pasa con todo el mundo, o me pasaba, vaya, cuando veía a mis amigos con sus bebés y me miraban en plan «Lo siento mucho, pero ¿a que es una monada?». Todo son sonrisitas tensas y tristes. «Vale, puedes alzarla en brazos, pero no me la secuestres».

—Y entiendo el dilema, porque quieren celebrar lo que tienen…

—Solo están siendo sensibles.

—Y la sensibilidad es lo insensible.

—No quieres que sea un tema tabú.

—Pero tampoco quiere decir que quieras hablar del tema.

—Y eso complica las cosas para todos.

—Pues sí —dijo él—, eso mismo. —Si bien Marnie estaba hablando bastante y se había decidido a escucharlo, lo siguiente que dijo él fue—: ¿Cómo te sientes tú con el tema?

—¿Por no tener hijos?

—De momento.

—Bueno, tengo treinta y ocho años, así que supongo que si me doy prisa... Aunque no sé, la verdad. Está el problema obvio de estar soltera, pero incluso si saliera con alguien, una mujer soltera con treinta y muchos años seguro que se muere de ganas de tener hijos. Soy una bandera roja con patas.

—Seguro que no siempre es el caso.

—¿Ah, no? Le vi el miedo en los ojos a Conrad cuando revolucionaba el motor. ¿En un coche eléctrico también se puede? Pero bueno, que hay que tener esa conversación, ¿no? Es difícil hacer que todo sea despreocupado con el tema flotando por ahí, y todo el mundo siempre se imagina que... —Dejó la frase en el aire y respiró hondo—. A veces me siento triste y otras creo que debería estarlo más. Es algo que quería, y ahora a veces también, pero no es lo único que quiero. O sea, sí que hay desencadenantes... qué palabra más tonta. Y bueno, que me hacen sentir una especie de... arrepentimiento no, no del todo, pero algo así, un apretoncito aquí. —Se puso una mano en el pecho—. Es más una molestia, no un dolor, y no me quedo mirando parques ni toqueteo zapatitos de bebé, solo me pregunto cómo sería. A veces veo a alguien con su hijo y noto un gesto cualquiera, una mano en la cara, ese momento de conexión, y pienso que me habría gustado tenerlo, que debe de estar bien, que es una lástima que lo más seguro sea que no vaya a pasar. Pero entonces veo a un niño malcriado berreando en el bus y pienso que a lo mejor no. A lo mejor ya estoy bien así.

Michael guardó silencio unos instantes.

—A mí siempre me ha gustado la idea de llevar a un niño pequeño en los hombros. Sé que suena raro, pero...

—No, ya te entiendo.

— ... pero tenerlo ahí sentado, encajado, como en una silla para montar, siempre me ha parecido algo cómodo.

—¿Quieres que me suba yo, Michael?

—Quizá más tarde.

—No quiero parecer chistosa...

—No te preocupes.

— ... pero no solo es tristeza. También es un enfado de aquellos por haber desperdiciado tanto tiempo con la persona equivocada. En cuanto nos casamos, hizo todo lo que pudo para evitarlo, pero todo. ¿De qué iba eso? Y lo mismo cuando nuestros amigos decían o dejaban caer que estaban celosos, que qué suerte teníamos, con tanta libertad, tanto tiempo para dormir y esas tonterías. «Tú puedes levantarte tarde, Marnie, puedes pasarte el día de resaca, puedes meterte crack, a nadie le importa». Sí que tengo tiempo y libertad y me encanta, a veces, pero la idea de que tendría que estar «aprovechándolo al máximo», conociendo el mundo o de fiesta cada noche, también es una especie de tiranía. Que la vida tiene que estar colmada, como si fuera un agujero que hay que ir llenando en todo momento, un cubo con goteras, y que no solo tiene que ser plena, sino que tiene que parecerlo. «No tienes hijos, ¿por qué no aprendes portugués?». ¿Es una obligación tener aficiones y proyectos y un montón de parejas? ¿Tengo que ser la mejor en todo? ¿Acaso no puedo ser feliz o infeliz a secas, hacer el tonto y leer y perder el tiempo y no vivir una vida plena yo solita?

—Siempre podrías empezar a hacer senderismo.

—A lo mejor esa es la respuesta. Senderismo y portugués. —Caminaron un rato más—. Antes tenía más amigos. Y me caían muy bien y creo que yo a ellos también.

—Seguro que sí.

—Es posible, pero cada uno se fue a su vida particular, mis amigos varones también, y me empecé a sentir como que yo era la que estaba sola. Como en un grupo, que está el listo, el alocado, el gracioso y el que está solo y nada más. El que no tiene nada. Nadie quiere que se lo defina con lo que no tiene, sea un hijo o una pareja, y la gente está obsesionada con eso, en especial la gente con pareja. Salís un rato y gente que no te conoce de nada te preguntan cosas como «¿Sales con alguien? ¿Quieres pareja? ¿Tienes alguna app para ligar o para acostarte con alguien?». Les encanta hablar de eso, en especial a los hombres casados que quieren vivir a través de mí. «¿Te acuestas con desconocidos? Pásame las olivas, porfa». Es todo muy... intrusivo. En parte lo entiendo, porque estás conociendo a alguien y es eso o preguntarle a qué se dedica. Aun así, acaba siendo... agotador.

—Pero ya sabes cómo solucionarlo, claro.

—No salir de casa jamás de los jamases. Sí, lo he estado intentando, pero tampoco funciona. Es un ciclo, ¿no? Una trampa. No estás con alguien, así que mejor no estar con nadie.

—Y te sientes sola.

—Ahí está. El término tabú, el sentirse solo —dijo, y pensó: *Por Dios, lo he dicho en voz alta.*

—Conozco la sensación —asintió él—, y bastante bien. —Y siguieron adelante.

A Marnie le preocupaba que ella le hubiera hecho la pregunta y la hubiera respondido también, por lo que se decidió a quedarse callada para que él tuviera la oportunidad de hablar. En su lugar, se dedicó a soltar comentarios insulsos sobre las vistas, los pájaros y los árboles, en un tono educado pero con un brillo artificial, como si acabaran de discutir, en vez de lo que fuera que hubiera sido su conversación. Cuando no pudo más con el silencio, dijo:

—Tengo esa sensación del final de las vacaciones. Aún no has vuelto, pero es como estar en casa ya.

—Sé a qué te refieres. —El lago también se estaba terminando, encerrado por una barrera gris burda, como la pared de una cárcel, con coníferas que se asomaban por encima—. ¿Quieres ver algo interesante?

—Me preocupo cada vez que me preguntas eso, porque siempre acaba siendo un muermo.

—Este —dijo, señalando el muro— es el primer contrafuerte de hormigón hueco para una presa del mundo.

—Le presento la Prueba A, su señoría.

—Pero ¡míralo! Es magnífico.

—Sí que es un montón de hormigón.

—Eres como mis alumnos de segundo. Podéis ser muy crueles cuando queréis.

—Lo siento. Tienes razón, es el mejor… ¿qué era?

—Contrafuerte de hormigón…

—El mejor contrafuerte de hormigón hueco para una presa en todo el mundo. —Tras otro silencio, Marnie añadió—: Por supuesto, si tuviéramos hijos, seguro que no tendríamos la oportunidad de ver cosas así.

Tras unos segundos, Michael se echó a reír.

—¿Quieres hacer una foto?

—No, no podría capturar la magia. A menos que… —Sacó el teléfono y pensó en lo íntimo e importante que era hacerle una foto a alguien por primera vez para añadirlo a tu galería, como un cuadro que vas a ver al museo. ¿Por qué si no lo llamaban «galería»? El abrazo para saludarse, el forcejeo desnudos y luego la foto. Si bien el orden no era el correcto, lo importante era que quería verle la cara cuando no estuviera—. Quédate ahí. Y sonríe.

—Pero si me pongo aquí no va a salir la presa.

—Mira para acá. —Le hizo una foto—. Y ahora… —Se puso a su lado, toqueteando las opciones de la pantalla, mientras él le rodeaba los hombros con un brazo tan tieso como un poste para ordeñar, con la cámara demasiado cerca y la imagen demasiado redondeada como para que alguno de los dos fuera a salir favorecido, pero ya era demasiado tarde para abandonar en su empeño—. Vale. Di, no sé… «contrafuerte».

—Contrafuerte.

Le echaron un vistazo a la foto resultante.

—Bueno, al menos estamos vestidos. ¿Quieres que la borre o te la envío y la borras tú?

—No voy a borrar nada —dijo él—. Será mi fondo de pantalla.

—Ay, no tengo tu número.

Intercambiaron el número de teléfono.

—¿Tienes fijo? —preguntó él.

—Sí, el prefijo de West Dulwich y dos cinco dos. ¿Para qué quieres el fijo, abuelito?

—¿Qué tienen de malo?

—No sé, ¿quieres mandarme un telegrama?

—¿Qué pasa, eres demasiado guay y metropolitana para usar el fijo?

Siguieron andando. Un pueblo, un río, un campo y luego otro, pues los Lagos ya habían quedado muy atrás y el cambio de paisaje fue tan abrupto que fue como salir al salón desde la cocina. Su destino, el pueblo de Shap, ya estaba a la vista cuando él dijo:

—Mañana toca un terreno de caliza. Es una superficie totalmente distinta, más fácil de recorrer, y luego Westmorland y el valle Eden. Va a estar muy bien, y el día después también, al cruzar al parque nacional Dales, es mucho más suave y verde.

—Continúa.

—Bueno, si puedes soportarlo, podrías llamar al taxista, perderte este tren y subirte a uno en Kirkby Stephen o incluso en Northallerton. Será un día o dos más. Pero solo si quieres, claro. Piénsatelo.

PARTE TRES

EL PARQUE NACIONAL DALES

———

También estos hombres se hallan dentro de dos categorías: los que no tienen en cuenta las vistas y los que las recuerdan incluso en habitaciones pequeñas.

E. M. FORSTER, *Una habitación con vistas.*

EL PERRO NEGRO

Nada más abrir la boca, a Michael le dio la sensación de que era un error.

Sin habérselo esperado, había pasado tres días en compañía de una persona agradable que no conocía e iba a echarlo todo a perder por querer más. Como una última copa o una taza de café después de la cena, como perder el último autobús de la noche, iba a echar por tierra lo bien que se lo habían pasado por excederse. Casi inmediatamente después de que Marnie hubiera cancelado el taxi, la caminata se había vuelto aburrida y agotadora, con una conversación tímida y torcida, y luego, bajo la penumbra del atardecer en aquel bar de mala muerte, la sensación de que había sido una estupidez no hizo más que agravarse. «El perro negro» era el nombre que Winston Churchill le había dado a su depresión y tal vez era del nombre de aquella posada de donde había sacado la idea: la tele inmensa estaba puesta en un programa de carreras de caballos australiano, todo apestaba a lejía y los urinales se veían desde la barra. «No está mal —presumían las reseñas en internet—, pero no es un sitio en el que quedarse mucho tiempo». ¿Tenían una habitación de más? Pues claro, porque todo el mundo estaba en los dos hostales más acogedores o en la posada de la calle principal. En la barra, esperando a que les dieran las llaves, se sentía como si se estuviera entregando en la comisaría.

—Anoche fue la luna de miel —le susurró Marnie—. Y esto es el desastre del divorcio.

Si hubiera estado solo, el antro no habría estado tan mal, pero hasta el más masoquista querría una toalla limpia, y, al tener compañía, era horrible.

—A lo mejor todavía estás a tiempo de subirte al tren —propuso él.

—No, me gusta. Me gusta cómo suena la moqueta. —Y se puso a darle golpecitos con el pie mientras tarareaba *Hotel California* y el camarero volvía y dejaba las llaves en la barra con fuerza, como si las estuviera apostando. ¿Había wifi? Más quisieran. Michael aceptó la habitación tres y dejó que Marnie se quedara con la uno con la esperanza de que fuera la mejor. Subieron por las escaleras.

—¿Crees que es una posada encantada?

—Asediada por los fantasmas de los inspectores de sanidad.

—No me creo que las habitaciones no tengan un tema.

—Las plagas de Egipto.

—Los cuatro jinetes del apocalipsis.

—Infecciones de hongos. Yo me quedo en la Impétigo y tú, en la Tiña.

Aun así, se preguntó si el buen humor de Marnie sobreviviría a aquella noche. Una bombilla en el techo, un suelo de vinilo con patrón de madera, un edredón negro y grasiento y vistas a las vías del tren.

—Habitación ciento uno —anunció ella.

—¿Quieres que salgamos corriendo? —susurró él, consciente de lo delgadas que eran las paredes.

—No hace falta. Hay una mesa y una silla, puedo ponerme a trabajar. Siempre que tu habitación no sea un lujo, claro.

De lujo no tenía nada. Ya a solas otra vez, se dejó caer en la cama individual, cuyo colchón estaba hecho de trozos de cartón cosidos en un saco. Para matar el tiempo, llamó a sus padres. Su madre había salido para echar una mano en la iglesia, de modo que habló con su padre, una conversación que le iba a permitir deshacer la mochila al mismo tiempo.

— … y por Grisedale hasta Patterdale.

—*Lo conozco bien, sí.*

—Y luego por Angle Tarn hasta Kidsty Pike.

—*Hay un camino mejor.*

—Pero así es como lo he decidido yo, de modo que…

Y así siguió la conversación, con su padre relatándole todas las formas en las que podría haberlo hecho mejor, hasta que Michael dijo:

—Y luego pasaré por Richmond y de allí a los Páramos.

—*Richmond está cerca de donde vive Natasha, ¿no?*

Ahí sí que empezó a prestar atención a lo que decía su padre.

—Bueno, bastante, sí.

—*¿Irás a verla?*

—No sé, papá. Se ha puesto en contacto conmigo, pero imagino que al final no.

—*¿Se ha puesto en contacto contigo?*

—Solo para saludar.

—*¿Para verte?*

—Será mejor que no.

—*Bueno. Pero, si la ves…*

—No hay ninguna razón para verla.

—*Si la ves, dale recuerdos de nuestra parte.*

Se hizo el silencio. Captó el cambio en la voz de su padre, una suavidad nada característica a la que podría haber respondido.

—Se los daré si la veo —contestó, tenso—. Tengo que irme.

—*Y estás solo.*

Era demasiado lío explicárselo, demasiado confuso.

—Sí —respondió.

—*Y estás bien solo.*

No era una pregunta ni buscaba otra respuesta que:

—Sí, me gusta. Dile a mamá que he llamado.

—*Vale.*

Michael colgó cuando su padre todavía tenía el auricular en la oreja. Todas sus llamadas eran iguales, una recreación de las frustraciones de su juventud, de las instrucciones y correcciones, de la incapacidad total de hablar de algo directamente. Esperaba no haber heredado la reticencia de su padre. Si hubiera tenido hijos, se habría dedicado a ser distinto.

Sin embargo, reflexionó sobre la conversación que había tenido con Marnie aquella misma tarde, cuando había optado por el silencio y los tópicos en vez de, por ejemplo, haberle contado lo que era querer tener hijos y ser profesor, que le presentaran a aquel desfile de niños en su mejor y en su peor momento, año tras año, con padres incluidos, autocomplacientes, incompetentes o ausentes, que lo daban todo por sentado. Cuántas ganas tenía de sacudirlos de los hombros y decirles: «¡Mirad, mirad lo que tenéis!». No confiaba en que fuera a expresar nada de aquello en voz alta, pero seguro que había un modo de conversar que fuera el punto medio entre una terapia y una ristra de datos curiosos. Antes lo había encontrado, con Natasha.

Ahí está. Como si hubiera invocado un espectro, la sala empezó a vibrar, la llave del armario traqueteó y la bombilla se agitó en el techo cuando el expreso en dirección sur pasó a toda prisa por la estación. Esperó hasta que todo dejó de temblar y le echó un vistazo al móvil. Ningún mensaje de nadie, pero no debía pensar en aquello, debía volver a meterse en el momento e intentar estar con alguien que estaba allí y en el presente, aunque lo mejor hubiera sido que no estuviera en aquel preciso lugar en aquel preciso instante.

EL CANÍBAL DEL ARMARIO

Nada más abrir la boca, a Marnie le dio la sensación de que era un error.

Había sido demasiado codiciosa, había abarcado demasiado y en aquel momento había llegado a una habitación mucho más desolada que la que la esperaba en Londres. Notó vibraciones, oyó el rugido creciente y el traqueteo de los raíles y, a través de su ventana de uPVC mugrienta, observó a su tren pasar por delante, el de las 06:23 p.m. con rumbo a Euston, vagón H, asiento 23, tan cerca que, si hubiera abierto la ventana, podría haber saltado al techo, colarse entre los vagones, forzar la puerta y buscar su asiento. Sin embargo, la ventana no se abría, por lo que volvió a trabajar en un intento por instaurar el orden y la consistencia en una orgía celebrada en un bungaló del hotel Beverly Hills. Había un número improbable de penes «preciosos», incluso para tratarse de una suite, y de pechos tan «turgentes» que prácticamente les llegaban a los hombros ya. La novela era una fantasía, por supuesto, y un cuerpo normal y corriente habría desentonado tanto como una orquesta en una mina de carbón; aun así, se preguntaba si sería posible erotizar el cuerpo normalucho de quienes ya no eran jóvenes, de quienes tenían pecas y venas visibles, con la flor de la vida que no sabían que habían tenido ya olvidada. Por descontado, pensó en su escenita junto al lago, en lo mucho que le había gustado el aspecto de Michael y en cómo la había mirado él. Era bochornoso, aunque solo en parte, y se preguntó qué habría pasado si se hubieran quedado una segunda noche en aquel hotel tan bonito.

Solo que nada sensual ni romántico había ocurrido jamás en los confines del Perro Negro ni podría ocurrir nunca y, además, tenía la carga de tener que comprar otro billete de tren. De regreso al trabajo. Le dio vueltas a la frase «bungaló fastuoso». Seguro que en Beverly Hills había bungalós, pero su tía Pat también tenía uno. Buscó un sinónimo para «envergadura», soltó un suspiro y cerró el portátil.

La melancolía se estaba apoderando de ella, aquella tristeza destilada y añeja que se podía hallar bajo la estación de autobuses de un pueblo marítimo batido por la lluvia. ¿Cómo podía desprenderse de ella? Una ducha allí le dejaría la sensación de estar más sucia que antes y, si bien una sesión de yoga podría ayudarla a encontrar el equilibrio, no quería acercar mucho la cara al suelo. ¿Qué estaría haciendo Michael? Como si le hubiera leído la mente, oyó que la puerta de la otra habitación se abría y recorrió la suya tan deprisa que tuvo que esperar unos instantes antes de responder cuando él llamó a la puerta.

—No quiero interrumpir el fiestón que te estarás dando —dijo él—, pero ¿te apetece…?

—¡Sí! —exclamó, más agradecida que nunca—. ¡Sí! Sí, por favor.

Y salió de la habitación sin molestarse en cambiarse las botas.

Volvieron hacia la calle principal, contentos por estar de nuevo en el exterior y poder hablar con voz normal.

—Siento lo del hotel.

—Ah, no pasa nada —respondió ella—. Es el primer hotel de temática de *Psicosis* en el que me hospedo, pero ya está. Y la cama está bien, aunque me da la sensación de que alguien que se masturba en el armario me observa en todo momento. Un caníbal, seguro.

—Por eso he pensado que deberíamos cenar en otro sitio.

—Estoy de acuerdo. No quiero encontrarme un pelo de alguien en la tarta.

—Claro, sería muy peliagudo eso —soltó él, y parecía muy contento consigo mismo.

—Muy bueno.

Encontraron una freiduría animada y bien iluminada, con las ventanas empañadas y mesas de formica. Michael dijo que era «notoria entre los excursionistas», aunque Marnie se preguntó si «notoria» sería la palabra adecuada. Había chubasqueros y botas pesadas, así como bastones de senderismo junto a la puerta, como en una cabaña para esquiadores. Se deslizaron en un banco de vinilo rojo, por fin cara a cara, y a ella le recordó al tipo de restaurante barato al que iban los adolescentes para una primera cita, donde les costaba alargar el único plato más de treinta minutos. Como le había ocurrido en la Cafetería Rápida de Nick en la calle Bromley con Sean Hayward en 1998. Una época más inocente, aunque aquel día también se lo parecía. Mientras Michael le echaba un vistazo al menú, ella miraba en derredor. Ya hacía tiempo que se había dado por vencida en el tema de cruzarse a alguien joven o guay por el camino. Los diseñadores web, los cinematógrafos y los corresponsales de guerra estaban en cualquier lugar que no fuera una freiduría durante una noche de entre semana. Allí era donde los jubilados se decidían a seguir activos, donde los viejos compañeros de clase se reunían a la mediana edad, donde las parejas casadas desde hacía años discutían por el itinerario.

—Es demasiado tarde para el especial de media tarde —dijo Michael.

—Muy jóvenes para morir.

—¿Cómo dices?

—Es que estaba pensando que este debe de ser el peor lugar del país para encontrar éxtasis.

—Pero es el mejor para gambas rebozadas y panecillos.

—Y cuántos impermeables… Si encienden los aspersores no se va a enterar nadie.

—¿Te das cuenta de que seguro que somos los más molones de la sala?

—¿Los dos?

—¿Lo dices por lo del teléfono fijo otra vez?

—Pero tienes razón, sí que deben de estar hablando de eso.

—Están animados por el cambio a pavimento de caliza mañana.

—Espera, ¿el camino está pavimentado?

—Es un término geológico, un accidente geográfico natural. Son unas losas distintivas, blancas y expuestas que…

—Y decías que eras el más molón de la sala.

—Pues mira, no, esos molan más. —Señaló con la barbilla a una pareja de ancianos, elegantes y ágiles, él con una corbata de punto y una chaqueta de *tweed* y ella con un cárdigan elegante y un pichi, riéndose y dándose un beso mientras esperaban a que les dieran una mesa—. Parecen divertidos.

—¿Por qué los viejos se dan besos así? —preguntó ella—. Como los peces, sacando mucho morro. —Les imitó el gesto—. Los viejos y los niños con los perritos.

—Yo creo que está bien.

—¿Tú crees, Michael? ¿En serio? Está bien, pero, cuando tenga esa edad, yo voy a dar besos normales. Nada de sacar morritos así, como si estuvieran bebiendo con una pajita.

—Por cierto, puede que te hayas dado cuenta de que…

—¿Me estás cambiando de tema?

—Por supuesto. Además de lo de los calcetines, solo me he traído una camisa.

—Sí que lo he notado, sí.

—Perdona. Pensé que bueno, iba a estar solo, dos horas cada día durante nueve noches, dieciocho horas en total, nadie iba a verme.

—No tienes que justificarme lo bajo que tienes el listón, Michael.

—Nada de listones, es que creía que iba a ser invisible.

—No pasa nada, solo quédate por ahí lejos.

—Ni siquiera es una buena camisa.

—A mí me gusta, destaca mucho. Tengo un paño de cocina hecho de la misma tela.

—Absorción, eso es lo que necesitan las camisas. Y, si miras de cerca… —se tiró de un hombro—, tiene unas líneas negras finísimas entrecruzadas.

—¡Con detalles! Una camisa de papel cuadriculado. Hasta la ropa que tienes son deberes.

—Así puedo trazar el gráfico de la velada.

—¿Dónde estamos ahora?

—Es una curva exponencial.

—Pero ¿subimos o bajamos?

—Ya veremos. Oye, si quieres ir a sentarte a otra mesa…

—Demasiado tarde. Cuidado. —Pasó una mirada fugaz por la pareja de ancianos, los que se besaban y que en aquel momento se acercaban a ellos—. No permitas que nos metan en algún jueguecito depravado.

—¿Os importa que…? —preguntó el hombre.

—Para nada, faltaría más —contestó Michael, y los dos se sentaron en el banco.

Tras unos segundos, la mujer, menuda y con un estilazo, de cabello blanco y ojos brillantes, le puso una mano en el brazo a Michael.

—Me alegro de veros con más ropa —dijo, con acento de Edimburgo, y se echaron a reír.

—Ay, Dios, sí que erais vosotros —respondió Marnie.

—Perdonad el espectáculo —se disculpó Michael.

—No, no pasa nada. Nos hizo mucha gracia.

—¿Llegasteis a meteros en el lago? —preguntó él.

—Yo quería —dijo Michael—, pero esta me lo impidió.

—Conque esas tenemos —soltó Marnie.

—Me temo que al final nos acobardamos.

—Sabia decisión —dijo el hombre—. Creo que os habría matado.

—Seguro que sí.

—¿Vais a hacer todo el camino de costa a costa? —preguntó la mujer.

—Él sí —dijo Marnie—. Yo no.

—Pues te tendremos que echar una carrera —respondió el anciano—. ¿En cuántos días lo harás?

Y Michael se lo explicó. Pidieron la cena y se adentraron en la conversación de siempre, las subidas contra las bajadas, la previsión del tiempo, cómo tenían los pies y la presunción amable del «¿Hasta dónde irás?». Era tanto aburrido como reconfortante, como el sonido de una radio al otro lado de la pared. Les sirvieron la cena, todos estuvieron de acuerdo en que estaba deliciosa y Marnie aceptó que, al final, no iba a poder hablar con Michael. En su lugar, se quedó sentada en silencio y lo observó, encantador y con un interés plausible en temas que seguro que no le interesaban a nadie, de modo que cederlo durante la noche le parecía un gesto generoso, como prestar un paraguas que quería quedarse. Pensó también en la última vez que los cuatro habían estado juntos, con la pierna de él entre las de ella, con una mano en la cadera. Sí, en aquel restaurante era un joven muy agradable, pero ¿y si levantara el pie y se lo apoyara en la entrepierna mientras lo miraba a la cara? Solo que aquello no iba a funcionar con las botas que llevaba puestas, por lo que, con cierto esfuerzo, le prestó atención a la conversación. Estaban hablando de la mejor combinación de calcetines y botas y pensó: *Pues no, ya está bien.*

—Bueno, ¿cómo os llamáis?

Eran Brian y Barbara, de Morningside, y habían quedado con sus dos hijos y su nuera para caminar un día o dos juntos. Llevaban casados cuarenta y dos años, ¡tantos como Michael llevaba en este mundo!

—¿Sois de por aquí? —les preguntó Brian.

—Yo vivo en York y Marnie es de Londres. ¿De arriba o de abajo?

—A mí me parece más abajo —dijo ella.

—Ah, Londres —interpuso Barbara, sombría—. ¿Os lo pone muy difícil?

—Perdona, ¿cómo dices?

—La relación a distancia.

—Solo somos amigos —explicó Michael.

—A mí me parecía un poco más que eso —dejó caer Barbara, alegre.

—Pero ¿no has visto cómo se come el pescado? —preguntó Michael para cambiar de tema, y los tres se mofaron de ella un rato.

No le molestaba, les dejó que se lo pasaran bien, solo que ya se había quedado sin generosidad. Quería que Michael volviera con ella y experimentaba la misma paciencia infantil que cuando era pequeña y su madre se paraba a hablar con gente aburrida en el supermercado.

Le pitó el móvil y, a modo de venganza, se permitió ver qué era. Un mensaje decía:

Hola. Ya deberías haber vuelto a Londres a estas alturas. Espero que fuera mejor. Me siento mal por haberme ido. ¿Quieres que vayamos a tomar algo y

«Me siento mal». Bueno, algo es algo. Esbozó una sonrisa, con cierta esperanza de que Michael se diera cuenta de ello. Y resultó que sí.

—¿Qué pasa?

—Nada, un mensajito. —Se lo mostró a Michael, un vistazo subliminal.

—¿Una cita?

—Ajá. —Era consciente de que Brian y Barbara los observaban.

—Pues ya está. ¿Vas a decirle que sí?

—Ahora no, que todavía estoy molesta. Hay que jugar con él un poco primero, como el gato y el ratón. ¡Que comiencen los juegos!

—Bueno, me alegro entonces —dijo Michael.

Poco después, se despidieron y se marcharon, con el pueblo ya a oscuras y la carretera más siniestra.

—Podríamos ir al bar a tomar algo —propuso ella, pero el momento ya había pasado. Los coches circulaban por delante de los dos. Tras un rato, añadió—: No pasó nada, por cierto. Con Conrad.

—A lo mejor es de eso de lo que quiere hablarte.

—No sé yo.

—Pues yo creo que deberías.

—¿Lanzarme? —Se encogió de hombros. En el exterior del Perro Negro dudó una vez más, con pavor a su habitación, pero Michael se había encerrado en sí mismo—. Debería irme. Tengo al tipo del armario esperándome...

—Claro. Mañana nos aguarda un gran día. ¡Más de treinta kilómetros!

—Y tú todavía tienes que volver a ponerles las perneras a tus pantaloncitos sexis.

—Cierto.

Michael insistió en pagar por la habitación de ella por adelantado y le dijo que iba a tomarse algo, una bebida que llevó a una mesa pequeña, y Marnie lo dejó sentado bajo la luz de la tele gigante, viendo el *snooker* a solas.

DÍA CINCO:

DE SHAP A KIRKBY STEPHEN

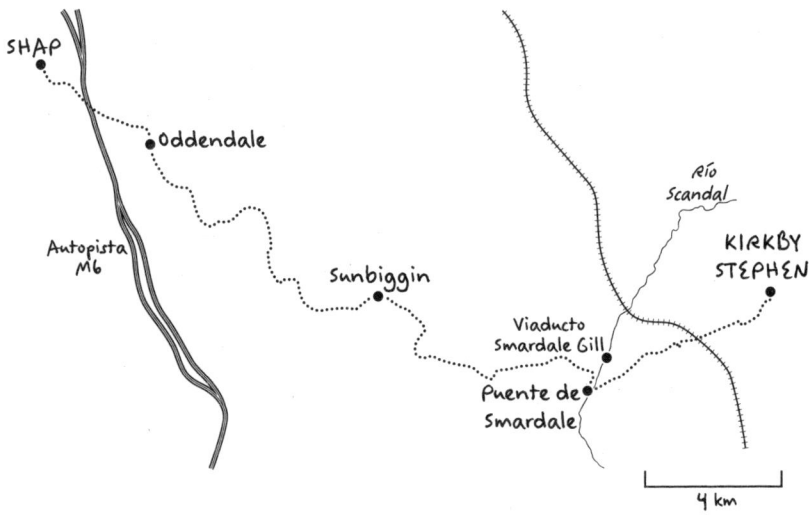

REPRODUCCIÓN ALEATORIA

Huyeron temprano, dejaron las llaves sobre la toalla del bar y se fueron a escondidas como si se estuvieran saltando una clase. El desayuno completo del Perro Negro sonaba siniestro, de modo que compraron algo para picar, fruta y zumo en una tienda cercana y recorrieron las callejuelas hasta llegar al puente que cruzaba las vías, donde se detuvieron a ver el tren de Londres que pasaba a un ritmo atronador bajo ellos.

—Te prometo que valdrá la pena —dijo Michael.

—No me preocupa. —Aceptó el brik de zumo de naranja y limpió la parte de arriba con la mano.

—¿Acabas de limpiarlo con la mano?

Marnie se echó a reír, sorprendida por lo que había hecho.

—¡Pues sí!

—¿Por qué?

—No sé, creo que estar contigo me hace sentir como que estoy de excursión con el cole. Y, además, no quiero tus gérmenes.

—¿Mis gérmenes?

—Es cosa de la ciencia, Michael. Búscalo.

—Ah, así que tienes la mano más limpia que yo la boca.

—Sí, hasta que me la he llenado de tus gérmenes. Oye, ¿los críos siguen diciendo eso?

—Eh… No. Siempre podrías beber a gallete.

—¿Eso qué es?

—Beber del chorro, sin tocar el envase. Así no se contamina.

—Eso es imposible.

—Pruébalo.

—Vale, voy a beber a gallete para que no se contamine.

—Venga.

—Allá voy.

Cuadró los hombros, se lamió los labios, alzó el brik y, por un momento, la técnica fue bien y el zumo le cayó en la boca, hasta que se puso a reír al ver que le salía bien, salpicó el suelo y se tuvo que limpiar la barbilla con el dorso de la mano.

Pasaron junto a las vías del tren y luego la autopista, con sus seis carriles de tráfico de hora punta. Durante los meses posteriores a la agresión, le solían dar ataques de pánico en las carreteras ajetreadas, tenía la convicción de que iba a ocurrir algo horrible. En su peor momento, aunque fuera absurdo, no había sido capaz de montar en bici, porque ya no creía que el impulso hacia delante fuera a bastar para mantenerlo erguido. ¿Por qué no iba a caerse a la carretera? Si bien aquellas sensaciones ya eran menos frecuentes, notó un recuerdo de los ataques al pasar por encima de la autopista, con aquellas náuseas y la tensión entre los hombros, como si el suelo no bastara. Era esa sensación de estar demasiado lejos de la orilla, de buscar el suelo con el pie, e intentó desprenderse de ella. Sí que estaba melancólico aquella mañana (según lo habría descrito Nat) y les esperaba un largo día, pero no tardaron en volver a una zona más silvestre: cruzaron un páramo con unas montañas distintas por delante, a una distancia imposible, los Peninos.

—¿Qué es eso? —quiso saber Marnie.

Unas líneas de roca blanca interrumpían la hierba y la maleza, como vértebras expuestas.

—¡Esa es la caliza que te decía! Mira cómo se erosiona hasta formar cuadrados, con esas líneas que…

—La caliza, ya veo.

Se la quedaron mirando y, tras un rato, Michael dijo:

—¿Crees que le di demasiados bombos y platillos?

Marnie se echó a reír, con lo que le devolvió la esperanza.

—No, está muy bien. Es como una rocalla.

—Exacto, es la rocalla de la naturaleza.

Le preocupaba que Marnie se arrepintiera de haberse quedado. El paisaje, según lo veía él, era encantador, pero sí que era menos variado que los Lagos y siete horas era demasiado tiempo que pasar hablando con alguien, incluso si le gustaba mucho.

—Puedes ponerte un pódcast si quieres.

—No, no hace falta.

—O música. Es mucho camino, no me molesta.

Marnie se lo pensó unos instantes.

—Tengo una idea —dijo—. ¿Tienes auriculares inalámbricos? —Sí que tenía—. ¿Y el móvil?

Le entraron los nervios por un momento («Espero que todo vaya bien»), pero se volvió para que ella pudiera sacárselo de la mochila.

—¿Por qué lo llevas ahí metido?

—Para no tenerlo a mano.

—Pero entonces, ¿cómo lo miras?

—Eso no es problema.

—¿Es que te pasas el día pegado a la pantalla, Michael?

—¿Tú qué crees, Marnie?

—No sé yo. A lo mejor estás enganchado a la web oscura. Pero da igual. ¿Cuál es tu PIN? Te prometo que no voy a mirar tus fotos guarras.

—1981.

—¿El año en que naciste? ¿En serio?

—Más uno.

—Qué listo. Vale, te digo lo que vamos a hacer. Vamos a escuchar las canciones del otro, todas las canciones en reproducción aleatoria, y yo me quedaré con tu móvil y tú con el mío, así no nos saltamos ni censuramos nada. Así será tu yo real. —Le entregó uno de sus auriculares y él lo aceptó y le echó un breve vistazo—. ¿Te preocupan mis gérmenes?

—Me preocupan más los míos.

—No me importa, mira... —Se puso el auricular de él con un gesto muy exagerado y muy hondo y Michael se preguntó si aquello también sería otra forma de tontear—. Ya está. Vale, empecemos. Tú primero, escoge una buena. Aleatoria, claro.

Miró la pantalla del móvil de Marnie. Música. Canciones. Reproducción aleatoria. Reproducir. Unas voces de mujer que hablaban a todas las chicas del barrio.

BLACK *MAGIC* DE LITTLE MIX (2015)

—¿En serio? —Michael puso mala cara.

—¡No vale quitarse el auricular!

—¡Pero es la canción de las fiestas cutres!

—Es una canción pop clásica, seguro que la conoces.

—Sí, de las fiestas del instituto. No la tengo en mi lista.

—Pero ¿no quieres saber qué es lo que hace que los chicos quieran más?

—¿Es una especie de pócima secreta?

—¡Sí! Sí que es eso. Como en *El sueño de una noche de verano.*

—Pero... si la pócima es el único motivo por el que están enamorados...

—¿Te preocupa que no sea amor de verdad porque no se basa en charlar?

—Desde luego, me sentiría incómodo en una relación...

— ... con una de las de Little Mix...

— ... con cualquiera, si se basara en un engaño.

—A lo mejor eso es el subtexto...

—El subtexto.

—¡Shhh! Esta parte me encanta, cuando la canción se desvanece y se pone a cantar así rápido y agudo. —Entonó un pequeño ejemplo—. ¿Estás nervioso porque no podrás mejorarlo?

—No me avergüenza ninguna de las canciones que tengo.

—Eso ya lo decidiré yo —respondió ella—. Vamos a girar la ruleta.

Y le dio a «reproducir». Unas guitarras, una melodía, el sonido de las flautas...

EL CÓNDOR PASA (IF I COULD) DE SIMON & GARFUNKEL (1970)

—Hala, qué deprimente.

—No es mi favorita de las suyas —dijo él.

—Un gorrión o un caracol. Difícil decisión, ¿no? O sea, si tienes que decidir entre martillo y clavo, mejor el martillo, por supuesto.

—Supongo que se refieren a si es mejor ser pasivo o agresivo.

—¿Por qué no los dos?

—Mucho mejor así, sí. Llevo veinte años sin escuchar esa canción. O sea, la tengo por ahí, pero no recuerdo haberla escuchado. En las reuniones del colegio, ahí la escuchábamos. Uno de los profesores tenía un recopilatorio de Simon & Garfunkel y cada día salíamos con una de esas canciones. Niños de nueve años haciendo fila al ritmo de *Bridge Over Troubled Water*.

—¿Va a haber mucho rock clásico?

—Un poquito, lo siento.

—No, me gusta. Esta ha sido muy corta, ¿no? Me tocará salvar la fiesta. Dale a la siguiente.

Se hizo el silencio. Fruncieron el ceño por la concentración para escuchar.

—¿Qué es eso? —susurró él.

—Ni idea. Dale volumen. —Entonces les llegó un ruido similar al rugido de una cascada—. Ah, ya sé lo que es —dijo ella—. Es mi ruido marrón.

—¿Tu qué?

—Es como el ruido blanco, pero marrón. Me ayuda a dormir a veces.

—Perturbador es lo que es.

—¿Verdad? Me gusta esta parte... ya llega...

—¿Cómo puedes dormirte con eso? Es como el apocalipsis.

—Me resulta reconfortante. Pero creo que te puedes saltar el resto.

—Has dicho que no nos podíamos saltar nada.

—Como quieras, dura ocho horas.

—Vale, nos saltamos esta.

—¿Crees que debería quitarla de mi lista de reproducción para fiestones?

—Creo que no deberías volver a escucharla.

Le dio a la siguiente canción y les llegó el rasgar de una guitarra eléctrica.

DON'T SPEAK, DE NO DOUBT (1996)

—**A**y, Dios —dijo ella—. Esta canción…

—Tu colección es como muy de altibajos, ¿no?

—Si me pongo a llorar ahora mismo…

—Con claroscuros, parece una montaña rusa.

—Que te lo digo en serio. Fue mi primera canción de ruptura, en segundo de ESO, con Sean Hayward. La escuchaba en bucle y eso que solo habíamos salido una vez. A la Gran Cafetería Rápida de Nick.

—La Cafetería Rápida del Gran Nick.

—La Gran Cafetería de Nick el Rápido. Solo que de «gran» no tenía nada.

—¿Qué os pedisteis?

—Sean se pidió costillas con salsa y patata asada. Y yo el cóctel de gambas XXL, porque quería impresionarlo.

—Marisco.

—Ya lo sé, una decisión muy atrevida en un lugar sin mar. Luego fuimos a ver *Deep Impact*. Me llené de fantasías de que íbamos a sobrevivir a una ola enorme juntos y, cuando salimos del cine, me dejó.

—Lo siento.

—No pasa nada.

—¿De verdad te sentiste como si estuvieras perdiendo a un mejor amigo?

—Como en la canción, sí. Creía que me estaba muriendo. Claro que a todo el mundo le parecía muy gracioso, pero a los catorce años, uf, no sabes tú lo que es eso. ¿No te pasó?

—Con Paula Mattis. Aunque fue después, cuando tenía diecisiete. Me rompió el corazón de todos modos.

—Ojalá hubiéramos tenido una pócima mágica.

—Exacto.

—Las rupturas a esa edad son distintas, como si lo hubieras aprendido de una canción. Claro que preferirías morirte a admitirlo y es una agonía, pero también la impresión de la agonía. La vida se ha ido a la mierda, pero bueno, dale un par de semanas. Me gustaba la inocencia de todo eso. Con Neil, todo fue papeleo, dinero y la vergüenza de contárselo a los demás. Ningún corazón roto, solo vergüenza. ¿Así fue para ti?

—No. Para mí sí que fue el corazón roto.

—¿Ah, sí? Vaya, lo siento.

—Me gusta este solo de guitarra.

—Me estás cambiando de tema.

—Ajá.

—Vale. Si quieres pedirme que no hable, como en la canción...

—¡No hables! No, sí que puedes.

—La canción ha bajado de volumen, pero que no te engañe, que ahora sube.

—¿Crees que, cuando el tipo ese como se llame escucha la canción...?

—¿Sean Hayward?

—Ese. ¿Crees que cuando la escucha en la radio o en casa de alguien se para, alza la mirada al cielo y piensa...? —Michael se frotó la barbilla con la mirada en alto—. ¿Dónde estarás, Marnie Walsh?

Marnie se echó a reír.

—Te puedo asegurar que no, cien por cien no.

—Seguro que sí. Seguro que cree que eras la mejor.

—Vale, te toca. Espero que esta nos anime un poco.

PULL UP TO THE BUMPER, DE GRACE JONES (1981)

—Señor Bradshaw, es usted un misterio. Me esperaba una canción de marineros...

—Esta me encanta. Está en mi lista de las cinco mejores canciones sobre conducir.

—Sobre conducir mal, diría yo.

—Sí, no hay ninguna justificación para acercarse tanto al coche de delante, incluso en un atasco.

—Aunque, si lees entre líneas, no va sobre conducir.

—¿No?

—No, es sobre aparcar.

—Ah, es la canción de aparcar.

—De ir marcha atrás por una esquina.

—Es la canción de los aparcamientos de las tiendas grandes.

—Exacto. Aun así, me sorprende encontrarla por aquí.

—De hecho, creo que es de Natasha.

—No te va a hacer llorar, ¿no? Porque es una canción muy rara con la que echarse a llorar.

—No, está en una lista llamada «Para barbacoas de domingo por la tarde» o algo así.

—Pues ¿sabes qué? Creo que justo es eso lo que pretendía transmitir Grace Jones con la canción: el jardín trasero de un profe de Geografía durante un lunes de puente.

Caminaron un poco más.

—No tenemos que usar la canción como excusa para ponernos a hablar de sexo si no quieres.

—Menos mal, porque no tengo tan buena memoria.

Siguieron andando.

—Pero ¿ha pasado mucho tiempo desde tu última vez? —preguntó ella.

—Pues sí.

—Ya, yo también.

—¿Cuánto?

—No, tú primero.

—No, no, tú.

—Vale —dijo Marnie—. A la de tres, contamos con los dedos sin decirlo.

—Vale. Uno… dos… tres y…

Michael alzó dos dedos y Marnie, cuatro.

—¿Solo dos? —soltó ella—. ¡Serás ninfómano!

—No tengo autocontrol, lo sé.

—Lo echo de menos.

—Por Dios, y yo.

Y caminaron un poco más…

—Pero dime… ¿Cómo se te da conducir, Michael?

—¿No toca poner otra canción ya?

—O sea, ¿dejas dos coches de distancia o…?

—Creo que es muy difícil ponerte nota a ti mismo.

—Pero imagina que tienes que hacerlo.

—Creo que las personas con las que he conducido dirían que respondo bien a la carretera, pero que no voy con más cuidado de la cuenta.

—Mmm. Se me suben los calores. Pon el ruido marrón otra vez, anda.

—Esta ya se está acabando. ¿Ponemos otra?

—Vale, toca una de las mías. A ver qué sale. ¡Gira la ruleta!

NO LIMIT, DE 2 UNLIMITED (1993)

—¡Ay, Dios, no! —gritó Marnie—. ¡Quítala!

—Lo siento, me temo que no puedo. Las normas así lo dictan.

—¡Ni siquiera es mía! En serio, Michael, quítala.

—A mí me gusta. Es pegadiza.

Marnie hizo el ademán de arrebatarle el móvil.

—¡Esta no cuenta!

—Tiene buen ritmo.

—Mira, me quito el auricular. Me niego a escucharla.

—¡Si está en tu móvil!

—¡Es de Neil! Ni siquiera es mía, es de Neil.

Michael paró la canción de inmediato y siguieron adelante, con lo que captaron su entorno una vez más, el gran páramo, no en silencio sino lleno de cantos de pájaros y del crujido de sus pasos.

—Perdona —se disculpó ella—, puede que me haya pasado con la reacción. Es que creía que había borrado todas sus canciones de mierda. Me puse a buscarlas y las purgué todas, pero seguro que una anduvo de vuelta. *¿Andó?* Anduvo.

—¿Es la música que le gustaba a él?

—Ni siquiera tecno o house del bueno, solo tonterías más pop, para chicos hiperactivos. Por Dios, qué mal gusto tenía. Pregúntale por su letra favorita y seguro que te dice «tecno, tecno, tecno». Si se hubiera salido con la suya, nuestro primer baile en la boda habría sido con *Pump Up the Jam*. —Michael se echó a reír y ella logró esbozar una sonrisa—. Perdona, ¿puedes hacerme un favor? ¿Puedes borrarla?

—Vale. —Se paró un momento para toquetear el móvil y borrarla de la memoria—. Ya está, se fue. ¿Crees que la siguiente debería ser tuya también?

—Si no te molesta —dijo ella, y Michael volvió a darle a «reproducir». Tras unos instantes, les llegó un piano que entonaba una canción de Navidad.

—Joni Mitchell, eso está mejor.

—Esta la conozco.

—Es un poco cliché tener *Blue* ahí.

—Me gusta.

—Pues claro, es rock clásico.

—La parte que más me gusta es cuando se pone a gritar «tecno, tecno, tecno» —dijo Michael.

Y siguieron andando durante el resto de la canción.

HERE COMES THE SUN, DE LOS BEATLES (1969)

—Es que lo sabía —dijo ella—. Sabía que ibas a tener alguna de los Beatles.

—A todo el mundo le gustan los Beatles.

—A los hombres más que a las mujeres, creo.

—¿De verdad?

—Los Beatles, George Orwell y *Cadena perpetua*.

—Pues mira, me gustan los tres.

—Y no pasa nada. Es como una fantasía, ¿no? Tocar en un grupo de música, ser uno de los cuatro tipos de personalidad básicos. Todos sois John, George, Paul o Ringo. Es música, pero también es el sueño de la amistad masculina.

—Puede ser.

—¿Tienes amigos así?

Michael se lo pensó unos instantes.

—Pues no, la verdad. Antes sí, ahora ya menos.

—Separaste el grupo.

—No fue nada formal, solo algo más... —Hizo una pausa momentánea y tomó una decisión—. No sé si Cleo te lo habrá contado. Estuve en... Bueno, no puedo decir que fuera una pelea. Me dieron una paliza, bastante dura, en la calle.

—Me contó que habías estado ingresado.

—Pues sí, un tiempo. No quiero entrar en detalles, pero cuando me dieron el alta estaba un poco... tocado. No solo en el sentido físico, sino que me ponía nervioso entre la gente, en medio de las multitudes, hasta con los críos en el instituto. Todavía me pasa a veces. Ahora mismo no...

—Me alegra saberlo.

— … pero viene y va. A lo que voy es a que tenía amigos, todos hombres, algunos compañeros del trabajo, y cada semana íbamos a jugar al fútbol un rato, hombres de mediana edad que se reían unos de otros. Y, cuando mejoré, volví. Y todos me trataron muy bien. «¿Estás bien? Tienes buena pinta». Y no había entradas ni gritos y me daban palmaditas en la espalda cada vez que tocaba el balón, «bien hecho, chico, bien hecho». Y fue muy considerado, la verdad, todos fueron muy amables conmigo. Pero no me parecía bien, así que dejé de ir.

—Te molestó que no fueran más bordes.

—No, es que… —Dudó un instante porque se acordó de otra escena, inmediatamente después de aquel partido, en la que se había quedado sentado en el parking, con la cara tapada con las manos mientras se le sacudían los hombros, sin saber muy bien por qué—. Es que ya no era lo mismo.

—¿Crees que volverás?

—A lo mejor. Pero como colega, no como un… paciente de un puto manicomio. Así que ya veremos.

La palabrota había sido un error. El profesor que llevaba dentro le dijo: *Oye, no hacía falta.* Era melodramático y autocompasivo y estaba ansioso por cambiar de tema. Ella también debió de notarlo, porque le preguntó:

—Entonces, ¿estás con tu disco en solitario?

—He vuelto al estudio de grabación, sí.

—¿Vas a formar Wings ahora?

—Ah, no sé yo si soy Paul.

—¿Cuál eres, entonces? De los cuatro tipos de personalidad básicos.

—No sé, tú me dirás.

Marnie lo miró a la cara, como si así le fuera a ir mejor.

—Eres George, creo.

—¿En serio? ¿El que quieren ser todos no es John?

—Todos los Paul quieren ser John y los John son insoportables, así en general. Los Ringo son buena gente, entretenidos. Pero un George es la opción más elegante, hazme caso —dijo ella—. Un George es lo mejor. —Michael se quedó satisfecho con la respuesta—. Vale, ¿ahora qué?

ACHÍS

El jueguecito los acompañó por Westmorland, por pueblos con nombres largos y pintorescos, como Ravenstonedale, Nettle Hill y Orton Scar, mientras cada canción les proporcionaba algo de lo que hablar, de modo que, para cuando el paisaje empezó a cambiar, ella ya sabía de sus clases de catequesis, su comida favorita y su peor resaca, los primos de Dublín, las clases de piano, su primer cuelgue y su historial de votaciones. Eran historias inconsecuentes por sí mismas, pero aportaban detalles, como si se aumentara la resolución de una fotografía. Aquellas conversaciones siempre implicaban el peligro de descarrilarse de repente (incluso cuando ya llevaban tiempo casados, Neil la había sorprendido con su contundente opinión sobre los castigos físicos o con alguna anécdota cruel de su infancia), aunque vio que la imagen de Michael le gustaba más conforme más detalles acumulaba. No había ningún lío político, tenía sus principios pero no era pomposo y hasta le gustaban la mayoría de las canciones que escuchaba él, aunque no podía separarlas de su pasado doméstico: era la banda sonora de su vida con Natasha y le sorprendió la intimidad extraña de oír la música de otra pareja, las canciones con las que habían cocinado, comido y hecho el amor, como si les estuviera fisgoneando los cajones. Debía de haber ciertas asociaciones que Michael prefería no desvelar. Desde luego, ella estaba editando su historia según la contaba (*Seis años son muchos, dile que han sido cuatro*). En general, la conversación era frívola y tímida, como un episodio de un pódcast

263

que duró muy poco en emisión, pero se dijo que no pasaba nada, que las conversaciones, al igual que la música, podían tener propósitos distintos, en aquel caso distraerlos del tramo que estaban recorriendo.

Con el paso del día, los Páramos comenzaron a suavizarse y hundirse hasta que de repente descendían a un valle, como un pliegue en un libro. Se estaban acercando a Eden, según Michael, y sí que era un paisaje paradisíaco visto desde Smardale Gill, un viaducto de patas largas que cruzaba el valle, un cuadro idealizado del siglo dieciocho.

—Venga, va —dijo ella—. Sé que lo estás deseando.

—¿El qué?

—Háblame de los viaductos.

Michael se echó a reír.

—Es un puente para las vías del tren. —Y entonces, sin mirarla, añadió—: Oye, ¿vas a abordar el de esta noche?

—¿Un día más? —propuso ella, mirándolo—. Si no te molesta.

—No, me encantaría. Así podrás cruzar los Peninos y ver los Dales. Y ya que te has traído doce pares de bragas…

—¿Podré volver a ver esa camisa hoy?

—¿Qué otra opción tengo?

—Vale. Un día más y te dejo.

Subieron por la ladera del valle y ella pensó que habían encontrado el ritmo apropiado en todos los sentidos. Los pies, las rodillas y los hombros ya no se le quejaban de dolor, sonreír ya no le parecía un gesto antinatural y, además, había abandonado su idioma privado con palabras como *fua*, *petá*, *fluá* y *chajá*. Ya no se ponía nerviosa si se quedaban en silencio, aunque también le venía la idea de que había una conversación que debían mantener. Notaba la presión creciente y, con ella, cierto placer, como el cosquilleo de un estornudo contenido. El truco iba a ser no estornudarle en la cara.

Campos, granjas, la fachada trasera de las casas y la calle principal. Después del páramo, aquel pueblo parecía una metrópolis de iglesias metodistas, panaderías y cooperativas. La posada en la que se iba a quedar Michael estaba llena o tal vez le quería ahorrar otra experiencia como la del Perro Negro, pero una serie de llamadas telefónicas le ganó una habitación muy codiciada en «el mejor *bed and breakfast* del valle Eden». Temía que un establecimiento como aquel fuera como quedarse con una tía abuela a la que no había visto nunca, pero resultó que la Posada Soleada era grande y encantadora, con un jardín de ligustros ordenado y vitrales con dintel. Además, había algo elegante y anticuado en el que la dejara en la puerta.

—Me siento como una refugiada de guerra —dijo ella—. Con mi modo de vida londinense.

—¿Quieres que te pase a buscar a las siete?

La iba a pasar a buscar: sí que era elegante y anticuado, y por un momento se preocupó de que no fuera correcto que una joven saliera con un caballero pasado el anochecer. Aquel ambiente de drama de época persistió cuando la acompañaron a su habitación: «Quítese las botas, si no le importa». La encargada, una señora con una permanente que parecía un casco de moto malva, la trató con cariño de inmediato y pasó a llamarla «cielo» y «cariño». Había un comedor con mapas y guías, un desayuno inglés completo, cómo no, y, en la Suite Lavanda, una hoguera, una ropa de cama de tela afelpada rosa claro y un marco de hierro forjado que debió de haberse librado de que lo fundieran para fabricar cazas durante la Segunda Guerra Mundial.

—Nada de invitados —le dijo la propietaria, aunque la habitación venía con una botella de pacharán casero con un lacito, galletas recién horneadas en una latita, una selección de tés…

Y de repente se halló a solas en 1942. Solo el rugido de los camiones por la carretera principal le quitaba peso a la ilusión. Puso a hervir la tetera, cargó sus dispositivos, se tumbó en la cama y oyó el chirrido de los muelles mientras revisaba *Noche retorcida*, que le parecía más prohibido que nunca, tan ilícito como un ejemplar de *El amante de Lady Chatterley*.

EL AULD SHILLELAGH

Era noche del club de curri en el Auld Shillelagh.

—Qué emocionante —dijo ella—. Un club privado.

—Me sorprende que hayamos podido entrar —contestó Michael.

Y era cierto. El bar ya estaba bastante lleno, de modo que los únicos asientos que encontraron fueron al fondo, en un banco de madera acogedor e iluminado por unas velas, lejos del escenario principal. La habitación de Michael estaba justo encima de ellos, un pasillo largo y anodino que habían convertido en estancia, pero estaba lo bastante bien y, según se acomodaban, le dio la sensación de que estaban donde debían estar.

—Es como si hubiéramos conseguido entrar en Studio 54 —dijo Marnie, quien le había echado un vistazo a las tres opciones de vestido que tenía y se había puesto el favorito de Michael, el de las rosas, el de la segunda noche. El favorito de Michael. Por Dios.

Por confuso que fuera, también era noche de Country y Western, y un grupo de música del lugar tocaba la guitarra, el piano y el violín mientras que, apoyada contra el piano, tenían una tabla de lavar para más adelante. Con la melena teñida y en punta, un chaleco y maquillaje, el cantante gruñía *Walkin' After Midnight* ante un semicírculo de clientes habituales que se daban palmadas en la cadera al ritmo de la canción, en el uno y en el tres. Rogan Josh y Patsy Cline en un bar irlandés de Cumbria: Michael se sentía como en casa, aunque no sabía cómo estaría ella. Nunca había vivido en Londres ni tenía ganas de hacerlo y sabía que no todo eran cajas *bento* en rascacielos, pero quería que estuviera contenta allí. Al mirarla de reojo desde la barra, la vio entornar los ojos para leer *Cumbres borrascosas* a la luz de las velas y lo guapa que estaba, con un poco de maquillaje, el pelo recién lavado y rosas en el vestido. ¿Qué pensaría alguien que los viera allí? Que estaban en una cita, que estaban casados. Una pareja en su noche libre, con los críos con la canguro. ¿Era plausible?

¿Y dónde estaría sin ella? Se imaginó una velada paralela en la que iba a buscar un rincón tranquilo para beber a solas, con su libro, su móvil y sus pensamientos. Si bien tampoco estaba mal y todavía notaba el atractivo de la soledad, se había vuelto escéptico ante su habilidad de hablar consigo mismo, porque no se sorprendía, se entretenía ni se retaba, se quedaba atrapado en el ritmo de siempre, como hacer rebotar una pelota de tenis contra la pared. Las conversaciones tenían sus desafíos y sus riesgos, pero por el momento lo prefería a estar solo. Ya tendría muchas oportunidades para eso.

Marnie lo estaba mirando a la cara. Le sonreía.

Y entonces miró a un lado, se puso de pie, se echó a reír y señaló hacia la barra. Era la pareja de la freiduría, Brian y Barbara, que se volvieron para saludarlo. Les devolvió la sonrisa, señaló una copa y articuló «¿Queréis algo?», aunque ellos negaron con la cabeza y señalaron a otros, un grupo de familiares que se estaban sumando a ellos, colocaban sillas y le estrechaban la mano a Marnie. Ella lo miró por encima del hombro de Brian, con los ojos muy abiertos, una rehén de la situación.

Y así la perdió otra vez y pasaron la noche con los dos hijos de Brian y Barbara, Stewart y Donald, además de su nuera Amelia, nueva en la familia, de modo que les hablaron de la luna de miel y de cómo se habían conocido, de dónde se estaban hospedando, del tiempo, de la comida, de dónde servían el mejor curri de Edimburgo, Leeds y York, de las hipotecas, de los dichosos conservadores, del nacionalismo escocés y de las patatas asadas y los comederos de pájaros a prueba de ardillas. De vez en cuando, miraba a Marnie de reojo, con la barbilla en la mano, iluminada por las velas, una buena invitada en la boda de unos desconocidos. Y otras veces intercambiaban una mirada y ella parecía decirle con los ojos: «Quédate, espera, solo espera».

Pasaron las horas y la música fue subiendo de volumen y volviéndose más escandalosa. Fue solo cuando le llegó el turno de ir a la barra que se dio cuenta de lo borracho que estaba, mucho más de lo que lo había estado en cuestión de años, tal vez en toda la vida. Pero ¿y qué? Se lo estaba pasando bien otra vez y no estaba tan mal como recordaba. Se abrió paso entre el gentío, desconocidos que le sonreían y le daban una palmada en el hombro como si fuera a recoger una medalla en lugar de la siguiente ronda. En la barra, acabó experimentando con cómo centrar la vista, y la iba fijando y dejándola perdida mientras miraba las botellas de alcohol (ya habían pasado al whisky, que Dios los sorprenda confesados). Por su parte, el grupo tocaba ahora una vieja canción de Hank Williams, *Hey, Good Looking*, una que se sabía sin haberla escuchado de forma consciente. Era el tipo de cancioncita simple y absurda que le gustaba a su padre y tenía un recuerdo muy sentimental de él entonándola cuando sonaba por la radio durante una tarde de domingo de finales de los ochenta. Una mano, cálida y un poco húmeda, apareció en la suya.

—Hola, guapo —dijo Marnie, repitiendo la letra de la canción—. He pensado que debía venir a ayudarte.

—Perdona, creía que íbamos a estar los dos solos.

—No me molesta. Bueno, solo un poco.

Michael se quedó confuso unos instantes.

—Me está costando que me atiendan.

—No hay prisa. Esperemos.

Y fue divertido quedarse allí de pie, dándole la mano a un lado, como si fuera un secreto, con la vista al frente, pero notando la sonrisa de Marnie. Pidió la siguiente ronda y el grupo de música anunció su última canción. Y fue divertido, más aún, hacer un brindis y notar el ardor del whisky, tras lo cual se volvieron hacia la banda conforme tocaban *Crazy*, aquella vieja canción de Patsy Cline. Era lo que debería ser una fiesta de Nochevieja y nunca llegaba a ser, sentimental y espléndida, llena de esperanza y de amor generalizado. Marnie le había dado la mano una vez más y se rozaban con el antebrazo mientras el gentío bailaba delante de ellos, parejas de ancianos más que nada, los hombres con camisa a cuadros y corbata de bolo, y le pareció de lo más natural colarse entre ellos, con Marnie abrazándolo por la cintura y él apoyándole la barbilla en la cabeza, imitando el baile a modo de broma, pero tomándoselo en serio al mismo tiempo. «Me siento loco por estar tan solo...», entonaba la banda.

Sin embargo, la canción no duraba nada y todavía tenían que llevar las bebidas, de modo que alzaron los vasos, con los dedos metidos de cualquier manera en el líquido, y volvieron a abrirse paso entre la clientela, que vitoreaba tanto por la banda como por ellos dos.

—Ah, que Dios os bendiga —dijo Brian, con una sonrisa de oreja a oreja en aquel rostro colorado que tenía, alzando el vaso para brindar.

—A los dos, sí —asintió Barbara—. Que sois encantadores.

Y Marnie se puso a susurrarle al oído, con su aliento a whisky.

—Llévame a casa, Mikey.

—Nadie me llama Mikey —respondió él, con una carcajada.

—¿Te molesta?

—Para nada.

—Pues llévame a casa, Mikey.

—Vale —dijo—. Eso haré.

SALUDOS DESDE LOS VIADUCTOS

El aire helado no bastó para que se les pasara la borrachera mientras volvían por el pueblo, con los brazos entrelazados. Marnie era consciente de que el vestido se le pegaba a la espalda por el sudor y la humedad la enfrió de repente, por lo que de verdad que no tuvo otra opción que aferrarse a Michael, y él se tropezó y se echó a reír y tampoco le quedó otra que aferrarse a ella. Y así fueron dando tumbos de vuelta a la posada de ella, como borrachos de una película muda. Le parecía muy importante poder pensar y hablar con claridad, aunque también imposible, y «¡Me ha encantado el club del curri!» fue lo único que supo decir.

—¡A mí también! —contestó él, de modo que al menos estaba tan mal como ella.

Y entonces llegaron a la posada y, de alguna parte desconocida, le vino el deseo sobrecogedor e innegable de empujarlo a un seto.

—¡Empujón! —gritó, y él pareció sorprenderse un poco, pero rebotó e intentó hacer lo propio con ella, por lo que acabaron forcejeando otra vez, la segunda en dos días—. ¡Shh! —lo calló ella.

—¡Si has empezado tú! —siseó él—. ¡Me has tirado al seto! —Y ella le dio otro empujón y llegó la hora de Jane Austen otra vez.

Hasta que llegaron a la puerta.

—Debería ir yéndome —dijo Michael—. Es tarde ya.

Marnie le echó un vistazo al reloj.

—Mikey —lo llamó—, son exactamente las diez menos cuarto. —Se echaron a reír y, antes de que él parara, añadió—: Hay una tetera en mi habitación. ¡Y pacharán!

—Pacharán y whisky —contestó él.

—Me siento atrevida —dijo Marnie, y, a pesar de ello, Michael la siguió.

—¡Shh!

Marnie abrió la puerta con tanto sigilo como pudo. Desde el comedor les llegaba el sonido de la tele, y le pidió que fuera a las escaleras, por donde subieron sin hacer ruido, como si estuviera colando a un chico en su habitación, aunque sí que era aquello lo que hacía, era el acto que estaba cometiendo: era lo que estaba haciendo, sí. A medio camino, se dieron por vencidos con el silencio y subieron a toda prisa, desprendiéndose de trocitos de seto, y se metieron en la Suite Lavanda, donde ella cerró la puerta y, por alguna razón, echó el pestillo, aunque él no pareció darse cuenta, por suerte.

—¡Está muy bien! —exclamó Michael mientras ella se daba prisa por recoger prendas y ropa interior tiradas por doquier y las metía en la mochila. La luz principal estaba encendida, una bombilla de cien vatios, una lámpara con borlas, pero parecía un poco atrevido encender las luces de las mesitas de noche, de modo que, para distraerlo…

—Mira qué lata de galletas —dijo, y él le hizo caso y levantó la tapa en lo que ella se encargaba de las luces.

—Muy elegante. Seguro que con esto se conservan las galletas.

Y se echaron a reír otra vez y se acordó de aquellas veces en las que trabajaba con otros seres humanos que le caían bien y con los que congeniaba, y en ocasiones iban de viaje o al fin de semana para fomentar el espíritu de equipo, una vez al año, y volvía corriendo a la habitación de hotel de alguien. Recordó lo ilícito y divertido que era aquello, con todos apretujados en una habitación en la que solo se podían sentar en la cama, donde asaltaban el minibar, fumaban por la ventana y recibían quejas de recepción. Era así como había empezado con Neil, pero qué más daba Neil, Michael no era Neil.

—¡Necesitamos musiquita! —gritó ella, pero la radiogramola estaba sintonizada a la emisora Radio 4, donde debatían sobre los manuscritos del mar Muerto—. ¡Que pare la fiesta! —dijo, aunque Michael movía la cabeza y se mordía el labio—. No se puede bailar al ritmo de los manuscritos. ¡Otra emisora! —Y, mientras él toqueteaba el aparato sin saber muy bien cómo funcionaba, ella fue a por el pacharán en su botella verde y alta con una cinta—. ¡Una pócima secreta! —gritó Marnie, antes de ponerse a cantar *Black Magic* mientras la radio pasaba por una canción de jazz, otra de música clásica y la previsión meteorológica, que anunciaba otro día despejado en el noreste, pero debían aprovecharlo al máximo porque... Abrió la botella con los dientes y escupió el corcho diminuto al otro lado de la habitación, como una pirata, bebió a morro, estaba delicioso, como el jarabe para la tos, y se dejó caer en la cama, donde los muelles chirriaron como un camión de la basura—. ¿Quieres que te acerque una copa? —le dijo ella, ofreciéndole aquella pócima mágica—. ¿O prefieres una taza?

—No hace falta —repuso él, y le dio un trago, se estremeció y dejó la botella en la mesita.

Y los dos pasaron a estar en la cama. Había demasiados cojines. Tenían la cabeza torcida noventa grados, de cara al bastidor de la cama, y Marnie se quitó los zapatos, encogió los dedos, suspiró y se frotó un pie contra el otro, con sus medias negras, mientras él le daba golpecitos con las botas embarradas que llevaba, una vez y luego otra.

—¡Oye! —lo regañó ella—. Que tenías que quitarte las botas antes de entrar.

Y se besaron y, aunque les iba a costar decir quién había empezado, no cabía duda de que el entusiasmo era mutuo. Nunca había besado a un hombre con barba, se había imaginado que iba a ser como frotar la cara contra un coco, pero no, fue suave, igual que la boca de él, todavía pegajosa y dulce por el pacharán, con un ligero rastro a whisky y al curri del bar, algo adormecedor de por sí, o tal vez era el sabor que tenía ella en la boca, pero, fuera como fuere, estaba delicioso y lo notó y lo recordó: el deseo. *Ahí asoma otra vez. ¡Hola, deseo! No sabes cuánto te he echado de menos.*

Otro chirrido de muelles cuando bajaron por la cama para poder tumbarse bien, uno de cara al otro, ella apoyándole una mano en el cuello, él, en la cintura, y Marnie se preocupó por un momento, por si tenía comida en los dientes, un grano de arroz o un trozo de nuez que pudiera despegársele y ponerse a dar vueltas en pleno beso. También pensó si debía cambiar la emisora, porque se había quedado en Radio 3, donde emitían un programa de arte que criticaba una nueva producción de *Las brujas de Salem* que, por suerte, a todos los críticos les había encantado y les parecía «intensa», «oportuna» y «cautivadora», solo que Michael le había puesto una mano en las costillas, con el índice y el pulgar en el aro del sujetador, y se preguntó cómo devolverle el gesto, si debía quitarle la parte de abajo de los pantalones. A lo mejor podía bromear con ello, aunque significaría apartarse del beso y era algo que no quería hacer, porque le parecía intenso, oportuno y cautivador. Quería echarse a reír, no con sorna sino de alegría, una carcajada de montaña rusa cuando se volvieron a mover, con el sonido de acordeón de los muelles, y él acabó con una pierna entre las de ella, le subió el vestido y posó una mano en su cadera, en lo alto de las medias, una prenda de la que se avergonzó de repente, por Dios, como si fuera una gira de *The Rocky*

Horror Show. También era consciente de su erección que le rozaba la cadera, aunque tal vez fuera su GPS, y le tiró de la camisa, aquella camisa famosa, y él le susurró algo como «Oye, cuidado, que es delicada» y se echaron a reír otra vez hasta que oyó un ruido que provenía de otra parte, alguien que llamaba a la puerta. Él también debió de haberlo oído, porque se apartó y se quedaron mirando, muy quietos.

—¿Qué ha sido eso?

Entonces oyeron un roce en el rellano, como si alguien hubiera pegado la oreja a la puerta.

—Espera —le pidió ella, y se desenganchó, bajó al suelo, se puso bien el vestido y caminó con sigilo hacia la puerta.

Una postal, una foto brillante del valle precioso que habían visto aquella tarde, con la frase «¡Saludos desde los viaductos!» en cursiva en la parte de abajo. Le dio la vuelta y vio, escrito con un rotulador negro y grueso: «No se permiten invitados pasadas las 10, gracias».

—Ay, Dios, no.

—¿Qué pasa?

—Te está echando.

—¿En serio? —se rio Michael.

—Nada de invitados. —Le mostró la postal y él se frotó el pelo con las dos manos, hizo una mueca y se sentó en el borde de la cama—. Imagino que no se puede discutir con eso. Son las normas de la posada.

Michael le dio la mano y se la sostuvo.

—Podrías venir a la mía. Es una cama individual, pero…

—No, creo que no.

Pasaron un rato sentados, mirando la lata de galletas, la tetera pequeña, dándose la mano. Creyó notar la sangre que le pulsaba en la mano, aunque puede que fuera la suya o la de los dos. Michael soltó un suspiro.

—¿Mañana, entonces?

—Nos vemos mañana, sí.

—Estoy bastante borracho —dijo, y se dio prisa en añadir—: Aunque no ha sido por eso.

—Yo igual —respondió ella—. O sea, que tampoco ha sido por eso. —Y se besaron una vez más, un beso más dudoso y suave que duró hasta que Marnie se apartó—. Creo que ha ido a escribirnos otra postal.

—Ya me voy —dijo él—. Saldré como alma que lleva el diablo.

—Si intenta detenerte, empújala, es vieja y pequeñita.

—Vale, trato hecho —respondió, ya con la mano en la puerta—. La tiraré por las escaleras. —Y Marnie pensó en lo guapo que estaba y en cuánto lo deseaba—. Ha estado bien —dijo, y podrían haber sido sus palabras de despedida si ella no hubiera echado el cerrojo.

Hubo cierta confusión en la que tiró e hizo traquetear el pestillo hasta que logró abrir el cerrojo, sonreírle y marcharse. Lo oyó bajar por las escaleras y que la puerta principal se cerraba en el vestíbulo.

Y entonces se quedó allí tumbada, muy quieta para que no sonaran los muelles, mientras la habitación le daba vueltas un poco y cambiaba de dimensiones, sonriendo para sí misma, confusa y contenta, aunque no tanto como para no quedarse dormida como un tronco encima de la sábana, con su segundo mejor vestido puesto y una media por debajo de la rodilla, un poco después de las 10:10 p.m.

MENSAJES NOCTURNOS

Y Michael se despertó a las tres de la madrugada con una jaqueca horrible y la lengua como un trapo de bar estrujado. Se tambaleó sobre sus ampollas hasta el lavabo diminuto en el que se encorvó para beber y se dio un golpe en la frente con el grifo del agua caliente, luego meó sin que le importara el ruido y volvió a la cama. Tocó la pantalla del móvil para ver qué hora era y vio un mensaje que supuso que era de Marnie. O eso esperaba.

Vale, estaría bien. Hagamos planes.

Era de Natasha. Confuso, abrió el mensaje y vio que había completado y enviado el borrador que había preparado antes aquella misma noche:

Todo bien, sí. De hecho, pasaré cerca de ti el viernes si quieres que quedemos.

Seguro que era un error. Se preguntó si aquello le impediría conciliar el sueño, pero él también durmió como un tronco, con sueños salvajes y brillantes.

DÍA SEIS

DE KIRKBY STEPHEN A IVELET

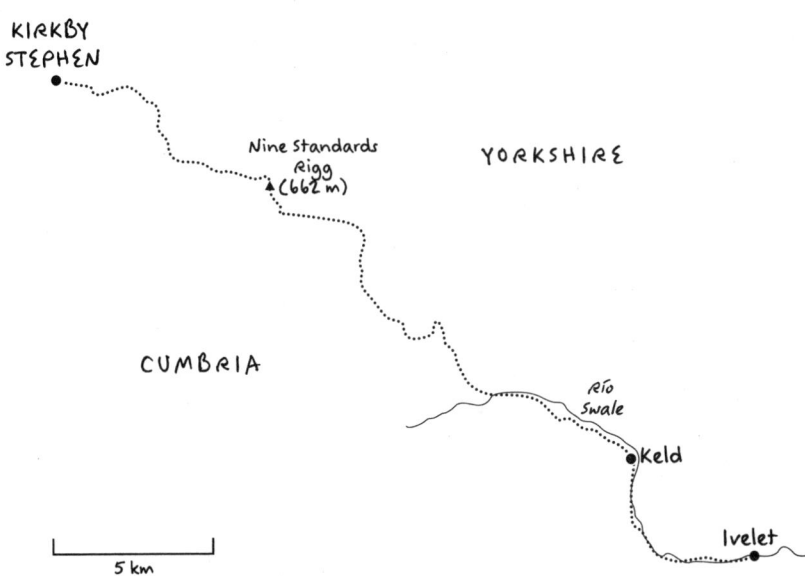

KIRKBY
STEPHEN

Nine Standards
Rigg
(662 m)

YORKSHIRE

CUMBRIA

Río
Swale

Keld

Ivelet

5 km

LA DIVISORIA DE AGUAS

Marnie se guardó la postal. «No se permiten invitados pasadas las 10, gracias». Era un recuerdo gracioso, pero también tenía la idea secreta y sentimental de que en el futuro cobrara otro significado, de que pasara a ser una reliquia. Más a corto plazo, iba a tener que hacerle frente a la encargada. En el comedor no hubo mención alguna al escándalo, sino tan solo una sonrisa forzada mientras pedía una tostada con café, sin nada de fritanga, y no tardó en salir de allí con la encargada observándola desde la entrada. Avanzó con unos aires insolentes al encuentro de Michael, quien la esperaba a una distancia segura: el maleante del barrio. Estaba pálido y un poco tímido. No se saludaron con un beso, aunque sí se chocaron con un hombro, como si fuera un brindis, y se echaron a reír.

—Me siento como la mujerzuela de la zona. Creo que debería masticar un chicle.

—Súbete a mi Harley.

—¿Y qué pasará con mis pretendientes? Ningún hombre decente querrá casarse conmigo ya.

Se colocaron bien la mochila y emprendieron la marcha, cruzaron el río Eden y las callejuelas pintorescas se transformaron en caminos que ascendían hacia la cordillera de los Peninos.

Le daba la sensación de que no solo caminaban de una punta a otra del país, sino de que iban pasando de estación en estación. El cielo la hizo pensar en el color azul del huevo del petirrojo, por mucho que nunca hubiera visto uno en persona. Quizá debería describirlo como el azul claro de un sobre de correo aéreo, y poco después llegaron a ver flores de espino blancas como un folio A4 y tojo de color amarillo post-it, además de un verde marcador que lo cubría todo, tan intenso que parecía espuma. Pasaron por un charco negro y poco profundo que burbujeaba como un caldero y, al verlo desde más cerca, resultó estar repleto de renacuajos que se retorcían en el agua, pero no le dio asco. Incluso si le dolían los ojos y tenía una jaqueca que le daba hasta calor, sentía que el tiempo pasaba deprisa y con tranquilidad y que un verano de verdad, el primero desde hacía muchos años, la esperaba más adelante. Durante los años de su gran reclusión, había acabado deseando que se hiciera de noche para poder justificar que se iba a la cama. Sin embargo, entonces quiso prolongar los días, que fueran más soleados para poder ocuparlos del todo. A pesar de que iba a ser un error darle nombre, ¿qué era aquella sensación de optimismo y ganas de vivir?

Acabaron dejando atrás el camino despejado y subieron en dirección al horizonte y a nueve cumbres de piedra, cada una de ellas de tamaño distinto, como una dentadura torcida.

—Esa montaña es Nine Standards Rigg —anunció Michael con su voz de profesor, aunque no le molestaba—. Marca la frontera antigua entre Cumbria y Yorkshire.

—¿Y tienes algún dato curioso sobre ella?

—Pues mira, sí. Es importante porque… ¿Me estás escuchando?

—¡Claro! Cuéntame.

—Cuando lleguemos. Ese será tu incentivo, el interés por haber llegado.

A pesar de aquellos últimos días secos, el suelo seguía embarrado y el camino, muy erosionado, por lo que se decidió a caminar con cuidado, como si fuera por un suelo recién fregado. Poco después ya le faltaba el aliento y la cubría una capa de sudor que olía amarga y a alcohol mientras subían sin mirar atrás, hasta llegar a la cresta en sí. Los dientes resultaron ser túmulos, de diseño complicado y resistentes, aunque parecían siniestros incluso en aquel día soleado y tranquilo. El ambiente estaba despejado como en el vacío del espacio, con vistas al infinito, y solo los páramos altos del este les impedían ver el mar del Norte y luego… ¿Holanda? ¿Noruega? Se quedaron allí un rato, contemplando lo mucho que habían viajado y el tramo que aún les quedaba, mirando a todas partes menos al otro.

—Vale, dime.

—Pues esto es una divisoria de aguas, que en términos geográficos significa que, si llueve por allí —señaló al oeste, más cuesta abajo—, el agua acabará en el mar de Irlanda, mientras que, si llueve donde estamos, acabará en el mar del Norte.

—¿Y dónde hay que ponerse para terminar en Londres?

—Ahí, supongo —dijo él, señalándole los pies.

Tras un momento, volvieron a abrazarse, él con la barbilla apoyada en la cabeza de Marnie, tal como habían bailado la noche anterior, y, por su parte, ella le dio palmaditas en los costados de la mochila, como si fuera un tambor. Un abrazo de cerca, sobrios y a plena luz del día. Supuso que se trataba de otro hito.

—¿Te parece si seguimos? —preguntó él, y se separaron.

Se volvieron para seguir la cresta y comenzaron a descender hacia Swaledale, caminando sobre losas de piedra clavadas en el barro, por un paisaje que era una serie de terraplenes y hondonadas pantanosas. En la siguiente cresta, vieron a un grupo de cuatro viajeros cabizbajos, un poco separados, como si esperaran que pasara el bus a recogerlos, y se preparó para la cháchara insulsa. «Qué buen día hace. ¿A dónde vais? ¡A lo mejor nos vemos por allí!».

Sin embargo, conforme se acercaban, vio algo en el suelo, una quinta persona tumbada bajo una manta plateada, la típica manta isotérmica que se ponían los atletas después de un maratón. Casi parecía algo cómico allí, como un trozo de carne después de haber pasado por el horno. Tal vez un miembro del grupo se había cansado de más. Aun así, le parecía raro que le hubieran tapado la cara también.

Al acercarse más, los reconoció: Barbara estaba aturdida y sin expresión y lo mismo le ocurría a su familia. Tenían el rostro fijo, los ojos rojos y cambiaban el peso de un pie a otro como si los hubieran sorprendido haciendo algo ilícito. Ya se había acercado lo bastante como para ver la mano pálida de Brian que sobresalía de la manta, con la palma hacia arriba.

—Ay, no —dijo, y miró a Michael, pero él ya había salido corriendo en dirección a la familia, y, mientras hablaban en voz baja, ella se quedó a solas en el brillo del sol.

PONER DISTANCIA

Tuvieron que avanzar un tramo hasta que alguno de los dos pudo volver a hablar, y, aun así:

—No sé qué decir —dijo Marnie.

—Ya.

—¿Crees que deberíamos habernos quedado con ellos?

—Se lo he preguntado y me han dicho que no. Y mira...

Se volvieron y vieron a más personas que llegaban: una ambulancia en la carretera de más abajo y un Land Rover también, inclinado un poco en la pendiente según subía por el terreno. Se quedaron observando la escena un rato antes de seguir adelante.

—¿Cómo ha sido?

Todos parecían estar en shock, nadie lloraba. Ya les llegaría la pena, porque por el momento estaban demasiado aturdidos, demasiado sorprendidos como para hacer algo más que permanecer allí y esperar. Le avergonzaba darse cuenta de que no se acordaba de cómo se llamaban, pero la nuera de Brian, la única que parecía capaz de hablar, le había contado que había sido muy rápido. Brian se había sentado para luego tumbarse en el suelo, y ellos se habían reído de él al principio, por la resaca. «¡Venga, papá, que te dejamos atrás!». Y entonces se dieron cuenta de que había fallecido. Habían hecho lo que habían podido, pero...

—Lo siento mucho —les había dicho Michael—. Parecía muy buena gente.

Y la nuera le había dado las gracias y le había dicho que sí, sí que lo era, y que no hacía falta que esperaran, que ya iba a ir gente a ayudarlos, que estaban bien, que eran muy amables y que había sido un placer conocerlos y que no podían hacer nada.

Por un momento, mientras corría hacia ellos, había creído que iba a poder salvarlo. Estaba entrenado para actuar en esos casos, contaba con estrategias y procedimientos, pero, al igual que Marnie, había visto la mano pálida hacia arriba, con los dedos un poco encorvados y, aunque se avergonzara de ello, se dio cuenta de que el instinto de apoyarlos y ayudarlos estaba perdiendo el pulso contra las ganas de irse muy lejos y hacer descender a aquellas personas con las que había pasado tiempo, a las que la noche anterior habría llamado «amigos», a desconocidos de nuevo. Tal vez la nuera lo había notado.

—De verdad, no podéis hacer nada —le había dicho.

Los dos hijos de Brian estaban inmóviles, separados por unos pocos metros, con la mirada en el suelo, como si no quisieran que los molestaran. Había mirado a Barbara, pero esta estaba de espaldas, con la vista al este, al horizonte, tranquila por el momento, aunque el dolor que se dirigía hacia ella era palpable.

—Muchas gracias, de verdad, pero podéis marcharos —le había dicho el hijo mayor, de modo que había asentido, se había dado media vuelta y allí estaban, poniendo distancia.

No hablaron mucho durante el resto de la mañana. El día se había vuelto violento y perdido, con la promesa de la mañana ya descartada y la belleza del paisaje, poco sincera. Comentar las vistas como si fueran de algún consuelo habría sido demasiado trivial, de modo que descendieron por un terreno pantanoso hasta llegar a un camino y luego a un río, el Swale.

—Ahora que lo pienso —dijo ella—, es la primera vez que veo eso. ¿Y tú?

—Sí, también, mis padres siguen vivos. Mi padre está más débil ya y tuvo un buen susto con el cáncer, pero ya está bien.

—¿Y tu madre?

—Está bien. Tiene su piano y su iglesia. No los veo tan a menudo como debería.

—¿Quién sí?

—¿Qué tal los tuyos?

—No se mueven mucho, pero siguen vivos. Los llamo por teléfono, aunque solo cuando hay otra cosa que debería hacer. ¿Tengo que limpiar la nevera? Pues mejor llamo a mi madre mientras.

—Es lo que hago yo.

—Aun así, no me imagino el día que… —Ladeó la cabeza hacia la colina que tenían atrás—. Me da pavor. Me aterra. ¿Sois muy cercanos?

—¿Con mi padre? No, pero no creo que le moleste. Es… tradicional. No hablamos mucho así.

—¿Así cómo?

Buscó la palabra más adecuada.

—Con normalidad.

—¿Y a ti te molesta?

—Un poco, sí. Lo intenté una o dos veces, ponernos a hablar de… yo qué sé, de amor o de sentimientos, como si fuera un reto, y se le notaba el pánico en la mirada. «No me vuelvas a hacer eso». De hecho, mi padre se lleva mejor con Natasha, la adora. O sea, era bochornoso cómo se ponía con ella, se le trababa la lengua y todo. La única vez que lo he visto llorar fue cuando nos casamos. Odió que se fuera de casa, los dos, pero no hablamos del tema. Y mi madre es bastante religiosa, conservadora, de modo que no lo entendía y, no sé, es un lío todo. —Ya habían llegado al fondo del valle, una llanura amplia y exuberante, con el río Swale como una cinta amplia y negra que lo acompañaba—. ¿Te preocupa estar sola? —soltó Michael de repente.

—¿En la vida? ¿En general o cuando me muera?

—Ambos.

—Ya estoy sola y no pasa nada. En general, me gusta. No tengo que complacer a nadie más que a mí. Trabajo y leo. Y me aterra que alguien venga a casa, así que, comparado con eso, es una bendición.

—¿Antes te daba miedo?

—Al final sí. —Marnie se encogió de hombros—. Sé que suena como si me estuviera haciendo la valiente, pero es que creo que hacemos que estar solos parezca horrible. La gente no está hecha para pasar toda la vida de adultos con una sola persona. De hecho, muy pocos lo consiguen. Bueno, no muy pocos, pero tus padres y los míos no son la mayoría. Y hay mucha gente sin pareja de por vida. No sé por qué algo tan normal se ve como algo raro o triste.

—Sí, ya te entiendo. Pero el vivir sola el resto de la vida, estar sola cuando mueras…, ¿piensas en eso?

—No, claro que no. —Avanzaron un poco más—. Bueno, de vez en cuando.

EL TROFEO

*E*n algún momento vamos a tener que dejar de hablar de
la muerte, pensó Marnie. No era como se suponía
que debía ir el día y, aunque no le molestaba, no
del todo, también había esperado mantener una conversación sobre... no sobre el amor, no, pero sobre lo que
había ocurrido la noche anterior, y no solo aquella noche,
sino durante los últimos días, algún reconocimiento, una
charla amable y sincera sobre lo que podría pasar después. En la Suite Lavanda se había sentido como una
adolescente, pero también como una persona de su edad,
y aquella combinación era tan emocionante como poco
común; la pasión y la experiencia, juntas al fin. ¿Qué podría haber sucedido en otra habitación, sin botas y en una
cama menos ruidosa? Estaba segura de que él también
había querido seguir, solo que ya no tenían cómo pasar
de la escena que habían presenciado a la conversación de
si se iban a besar otra vez. ¿Tal vez podría decir algo sobre aprovechar el tiempo que tenían? «La vida es breve y
dolorosa, así que vamos a aprovecharla y, con eso en
mente...».

Sin embargo, era una transición complicada, y más aún
después de que él le preguntara si creía que iba a morir sola.
Pues bueno. No le molestaba, no demasiado, y tal vez era la
especie de conversación que mantenían los chicos a las tantas, en una habitación a la luz de las velas. *¿Moriré sola? Pues
a lo mejor, pero como todos, ¿no?* «Tener compañía cuando estire
la pata» es un motivo horrible para tener una relación con alguien

288

y uno peor aún para tener hijos, ya verán a dónde los lleva eso.
Además, mira dónde estamos ahora mismo. No estamos solos,
¿por qué no podemos hablar del presente?

La caminata se alargó hasta últimas horas de la tarde,
por delante de graneros de piedra antiquísimos con ventanas altas y diminutas, siempre cerca del río. Era un sendero
sencillo, interrumpido solo por los muros de piedra seca
que abarcaban el valle, como los trastes de una guitarra, y
cada cien metros o así se apretujaban para pasar por unos
escalones hasta llegar a otro prado poblado por corderitos
recién nacidos, de tal vez una semana o unos días de edad,
con la lana pintada con números, de modo que parecían un
equipo de fútbol infantil. Sin tacto por su juventud inocente, eran encantadores pero también un poco demasiado,
con sus brincos y balidos de crías, como si se estuvieran
esforzando más de la cuenta por caer bien. ¿Así habría sido
ella con Conrad?

Aunque con Michael no era así, no. Hablaron de su infancia y del matrimonio de sus padres, similares por su cons-
tancia y lo que se contenían. Michael fue el que más habló de
los dos y Marnie pensó, y no por primera vez, que, si una
quería que un hombre hablara con emoción de verdad, debía
preguntarle por su padre.

Aun así, no es como si fuera un camino fácil a pasárselo
bien. Estaba claro que lo había trastocado la escena en la
colina y, con eso, algo se había soltado. Por su parte, Marnie
tenía dos ideas de consuelo sobre lo que habían visto y ambas eran tan cliché que se había decidido a no darles voz. La
primera, «Al menos ha muerto haciendo lo que le gustaba»,
siempre le había parecido un mal consuelo. Le gustaba ir al
cine por la tarde, pero también le gustaba salir de allí. Sin
embargo, estaba con personas que lo querían, en un lugar
bello, y todo había sido, según esperaba ella, relativamente
rápido… Había peores formas de morir.

La segunda idea tenía algo que ver con la primera y era que, en el poco tiempo que había pasado con Brian y Barbara, le habían parecido muy felices. La frase «amor de tu vida» se le pasó por la cabeza, una frase que siempre la había hecho estremecerse un poco. Era de lo más melodramático; aquella idea de que era un premio que le otorgaban a uno en el lecho de muerte, el trofeo para la persona que había hecho que todo valiera la pena. Marnie no tenía un amor de su vida, desde luego, ni tampoco esperaba ser el de nadie. Y no pasaba nada. Muchas personas vivían una vida plena y feliz sin causar esa impresión en otra y, aunque alguien lo dijera sobre ella, lo más seguro es que ella se extrañara y le preguntara: «¿En serio? ¿Estás seguro? Piénsatelo bien, anda».

Tal vez la idea le parecería menos confusa y opresiva si el galardón se pudiera compartir a partes iguales, de modo que todos se llevaran un trofeo, como en una fiesta de cumpleaños infantil. Sin embargo, no le salían las cuentas. Unas pocas almas selectas podrían acumular trofeos, mientras que muchas personas no iban a llegar a ser el amor de la vida de nadie y era tonto y absurdo preocuparse por ello. ¿Qué se podía hacer al respecto? Lo que ella esperaba era gustarle mucho a alguien durante cierto periodo. Eso sí le parecía algo que podía conseguir.

Aun así, la pareja con la que habían pasado unas horas le había dado la impresión de estar muy enamorada y era natural tenerles un poco de envidia. Lo que no envidiaba para nada era la mirada de la que Michael había hablado en la colina, la sorpresa de la viuda ante la ausencia repentina. Tal vez la soledad dé más miedo cuando te arrebatan algo de golpe.

YURTA

—La reserva es para una persona —dijo la encargada en la puerta.

—Sí, ha sido un cambio de última hora.

La mujer hinchó las mejillas.

—Hay dos camas individuales, si no os importa compartir la misma yurta. —Estaba cansada, con el cabello grasiento recogido en un moño práctico, y en algún lugar de la casa lloraba un bebé—. Os dejaré para que os lo penséis —añadió y desapareció en el interior.

Se trataba de una granja pintada de blanco que hacía mucho tiempo que había dejado de ser una granja y el poco terreno que le quedaba estaba ocupado por cuatro estructuras con forma de tambor cubiertas de tela roja, como circos en miniatura en lo alto de la ladera septentrional de la montaña.

—Podríamos probar en el siguiente pueblo… —empezó a decir él.

El firmamento se estaba tiñendo de rojo y el camino del río estaba lejos de ellos.

—No, no me molesta.

— … sé lo que opinas de las tiendas de campaña.

—No es una tienda, es una yurta. Además, está bien dormir al raso. Será como una de tus excursiones. Me emborracharé con un Cinzano y me morrearé con un muchachito de por aquí.

El comentario quedó flotando en el aire un rato.

—Entonces, ¿le digo que sí? —preguntó él.

—Vámonos al circo —dijo ella.

Michael entró a buscar a la encargada, confuso y sin saber muy bien qué ocurría y cómo podía explicarse: «Marnie, ¿podemos esperar? Es por lo que ha pasado hoy y que he quedado con Natasha y necesito pensar; además es mal momento, dame un día, treinta y seis... no, cuarenta y ocho horas, pero sí que quiero volver a besarte en algún momento». Sí, pensaba decirle eso, solo que sin el «en algún momento», que le quitaba pasión.

En la granja, encontró a la encargada dándole un plátano a un niño de cara pegajosa sentado en una trona, y esta le explicó cómo funcionaban las duchas y el tema de la comida, y cómo podían pedir algo de beber y el desayuno. No había muy buena conexión allí, y él asintió distraído ante el palabreo de siempre sobre que era algo positivo, que así desconectaba un rato y cosas así, aunque, a decir verdad, necesitaba internet para hacer sus planes.

La tienda de campaña, la yurta, venía a ser una sala circular con el suelo de madera rugosa escondido bajo una alfombra oriental maltrecha. La luz rojiza le daba unos aires a habitación de la realeza y se quedaron un rato sentados en la punta de sus respectivas camas.

—¿Prefieres izquierda o derecha? —preguntó ella.

—Cualquiera me viene bien —respondió él, y eso también quedó flotando, todos aquellos comentarios que formaban un andamio que les daba golpes en la frente.

Ella ocupó la de la izquierda, el lado en el que solía dormir, y él prefería el derecho, de modo que estaba bien, les servía. Y luego Marnie se fue a la ducha.

Por primera vez desde el incidente en la colina, se quedó a solas. Y, en su ausencia, notó que la depresión volvía a clavarle las garras, como si fuera una criatura corpórea, con síntomas tan tangibles como el principio de un catarro: le dolían los ojos, se le tensaban el cuello y los hombros y le llegaba una sensación de desesperación y agotamiento repentino que hizo que se tumbara en la cama. Se apoyó un brazo en los ojos, como una compresa, y experimentó la dura punzada de la vergüenza, de odio, a decir verdad, por haber huido, y, por irracional que fuera, bastó para que se le acelerara la respiración. En aquellos casos, su médico le había aconsejado que inspirara durante cinco segundos y espirara durante siete, pero siempre se descompensaba por el desequilibrio, porque, si soltaba más aire del que inspiraba, debía ser que se estaba asfixiando y...

—¿Estás bien?

Se incorporó y se llevó las palmas de la mano a los ojos como coartada.

—Perdona, me estaba quedando dormido. —Y parpadeó y bostezó y se volvió para sonreír.

Marnie estaba en la entrada, con su ropa de antes hecha un gurruño en los brazos, con el cabello mojado y echado hacia atrás de una forma que no le sonaba, con el rostro reluciente, y parecía tan brillante, cálida y nueva y tan genial que no quería nada más que verla cruzar la sala para abrazarlo. O tal vez él podría acercarse a ella, no estaba seguro, y, en lo que se lo pensaba, Marnie le preguntó:

—Bueno, ¿y qué haces para pasar el rato en estas excursiones tan famosas?

LA HOGUERA

Se sentaron fuera, en el aire con olor a humo, y jugaron a Gin Rummy. Ya habían jugado al Whist y al solitario doble y a juegos absurdos como al mentiroso o a memoria. Al igual que ver cómo alguien trataba a los camareros, ver cómo jugaba a las cartas era la prueba del algodón para Marnie. En ambos casos, Neil se había transformado en Calígula, caprichoso y rencoroso, y su sonrisita cuando desplegaba sus cartas ganadoras le había dado ganas de clavarle la mano en la mesa con un cuchillo. Michael no se pavoneaba ni presumía cuando ganaba, no lloriqueaba ni cuestionaba la baraja cuando perdía y era lo bastante competitivo como para que fuera entretenido. Aun así, debía recordar que «mejor que Neil» era el listón más bajo de la historia.

El campo en el que se erigían las tiendas de campaña era una especie de mantel (sabía que no era el término más preciso) que cubría el valle y, entre partida y partida, observaban la puesta de sol, las luces que se iban encendiendo en las casitas desperdigadas más abajo. Los perros ladraban, la madera echaba humo. La noche llegó acompañada del frío y Marnie se vio obligada a ponerse su última muda limpia y alguna prenda sucia también. Michael preparó y encendió la hoguera y se sentaron en sillas plegables, abrigados contra el aire nocturno, bebiendo el vino de garrafón que le habían comprado a la encargada y comiendo patatas asadas, suavecitas, con sabor a mantequilla y deliciosas. Notaba el calor de la hoguera en la cara y, si bien la tristeza del día seguía presente, aquella sensación de alegría no le parecía poco apropiada. Alguien de una tienda cercana fue a por una guitarra acústica.

—¿Os molesta? —gritó a través de la oscuridad, y Marnie, que le tenía fobia a la música folk, dijo que no.

Se acabó haciendo demasiado oscuro como para ver las cartas y, como tenía sus dispositivos cargando en la cocina, pudo vivir la experiencia nueva de estar en el exterior, de noche, lejos de la ciudad. ¿Debía ponerse a mirar las estrellas? Suponía que brillaban y eran encantadoras, pero tenía ganas de ponerse a bailar o a disparar o algo. Al menos la luz de la hoguera le quedaba bien, lo notaba al mirar de reojo a Michael, quien, según le parecía, se estaba dando unos aires a Gabriel Oak y en cualquier momento iba a llevarse un dedo a la oreja para ponerse a cantar sobre orillas preciosas y seres queridos al otro lado del mar con su acento escocés. Como si le hubiera leído la mente, Michael se volvió hacia ella. *Corre, dile algo.*

—Creo —dijo— que sería una cavernícola pésima. Aparte del frío y la brutalidad, una vez que has ido a recolectar frutos y bayas, ¿qué haces el resto de la noche?

—Cuentas historias junto a la hoguera.

—Yo revisaría las de los demás. «Acabas de decir "cinco mamuts", pero antes has dicho que eran tres». Tú sí que encajarías.

—Gracias por lo que me toca. ¿Lo dices por esto? —Se rascó la barba.

—Puede ser. ¿Desde cuándo te la dejas?

—Hace un par de años solo. Tengo esta cicatriz. —Se pasó un dedo por la mandíbula—. Seguro que ya la has notado.

—Pues sí. Pero las cicatrices molan.

—En aquel entonces no me pareció que molara mucho, la verdad.

—¿Qué te pasó? —quiso saber ella—. A menos que no quieras hablar del tema.

—Me temo que la historia no me deja bien parado —dijo él con el ceño fruncido.

—Seguro que no es verdad.

—Bueno, ya verás. Pues…

LA TAPA DEL BOLÍGRAFO

Michael guardó silencio unos segundos.

—La historia es de lo más ordinaria, en el sentido de que ocurre mucho, pero siempre me cuesta describirla. Porque si lo llamo «accidente» parece que no fue algo deliberado, y sí que lo fue, y si lo llamo «pelea» parece que hubo un toma y daca, un combate, y no es el caso. Y decir «Ah, me pegaron una paliza» es un poco patético.

—A mí no me lo parece.

—En cualquier caso, era un viernes por la noche y volvíamos de la ciudad, Nat y yo, y había unos chicos en el bus, de diecisiete o dieciocho años, que estaban incordiando a la gente, ya sabes, tirando patatas y eso, para ver si le arrancaban una reacción a alguien. Tonterías de gamberros, pero también cosas más violentas, más sexuales, a unas chicas que había por ahí. Esas ya no eran tonterías, sino que parecía algo más. Y yo, profesor hasta la médula, me acerqué y les dije algo y pararon un rato.

—Fue lo correcto.

—En teoría, sí. Y oí el murmullo de aprobación de los demás pasajeros y volví a sentarme, muy orgulloso yo, y Nat me dio un apretoncito y el corazón me iba a mil por hora, pero bueno, era el héroe del momento. Vi que me vigilaban, que nos miraban a los dos, y pensé que, aunque siguiéramos en el bus hasta que fueran a meterlo en la cochera, íbamos a tener que bajarnos en algún momento. Y los veía, los oía reírse y cuchichear, los cinco que eran. Lo dejamos hasta el último momento, salimos corriendo hacia la puerta, y creía que nos habíamos librado, pero ellos también se bajaron y se dedicaron a seguirnos, esperando hasta que hubiera menos gente. Eso fue lo peor, caminar con Nat. Ella es valiente, ¿sabes? No le aguanta pulgas a nadie, pero ese día estaba aterrada. Había oído lo que les habían estado diciendo a las chicas y se me había pegado al brazo. Yo le decía que no se preocupara, que era a mí al que querían, que íbamos a esperar hasta ver a alguien o que ella podía salir corriendo a la puerta de alguien, que llamara a la policía y les dijera que ya estaban en camino. Aquella conversación pareció durar una eternidad, sobre si debíamos salir corriendo, si ella iba a poder correr con aquellos zapatos, si debíamos llamar a la policía ya o buscar una tienda o un bar en el que meternos. Vi lo asustada que la tenían y... me enfadé, me llené de ira y me asusté también, por lo que podría ser capaz de hacer, pensando si debía llevarme las llaves al puño, o qué pasaría si le sacaba un ojo a alguien, si me meterían en la cárcel. ¿Y un boli? Tengo un boli, puedo apuñalar a alguien con él, ¿tengo lo que hay que tener? Un boli, por el amor de Dios. Pero bueno, decidimos llamar a la puerta de alguien y, justo cuando doblamos la esquina, oí que corrían, los pasos en la acera.

»Solté a Nat. Le estaba dando la mano y la solté de golpe. Ella salió corriendo a la entrada de alguien y los chicos la dejaron tranquila, gracias a Dios. Supongo que pensé que iba a entretenerlos yo, esa es la forma generosa de verlo. Pero bueno, eran jóvenes y yo no y me hicieron tropezar, me caí de rodillas, con los codos en el suelo y me tiraron de cara, y toda esa furia que me había estado guardando, esa ira... Ni pude destapar el boli. Para cuando terminaron, me dejaron con la clavícula rota, perdí estos dientes, los que ves son implantes, me rompieron varios dedos, tenía unos cortes profundos aquí y aquí y por dentro de la boca y una cicatriz en la cabeza, ya verás que de vez en cuando me la rasco, muy encantador yo. Y un corte enorme en la mandíbula, del zapato de uno de esos vándalos.

—Ay, Dios, Michael...

—Duró muchísimo, eso fue lo más raro. O sea, muchísimo, tanto que me dio tiempo a pensar: *Ah, mira qué interesante, una experiencia nueva, me están dando una paliza. Noto la clavícula, ahí me la han partido.*

—¿Quieres que cambiemos de tema?

—No hace falta. Bueno, que Nat se puso a llamar a la puerta de la gente y acabaron saliendo los suficientes como para que les diera vergüenza, porque los miraban y grababan, y acabaron huyendo.

—¿Los llegaron a atrapar?

—Pues no. En ese sentido, fue el crimen perfecto.

—Y te ingresaron en el hospital.

—Un par de semanas, luego volví a casa estando todavía de baja y eso se acabó convirtiendo en el confinamiento, así que te podrás imaginar que fue un ambiente muy relajado. Luego cuando volví al trabajo vi que me esperaba una aventura nueva y emocionante: ataques de pánico, falta de aire, echarme a llorar en el parking, ansiedad con los ruidos y la gente, y en un instituto todo es ruido y gente, claro. Me encantaba dar clase, siempre me ha gustado, y los críos a veces te lo hacen pasar canutas, pero siempre he creído que en el fondo son buenas personas. Aun así, estaba en clase, en especial con los mayores, y veía cualquier cosita, una risita de alguno..., y me... me venía abajo. Así que tuve que solicitar la baja otra vez. Por depresión. Pasaba mucho tiempo en la cama. Pasé una época en la que no podía ni ir en bici, porque ya no creía en la física, no dejaba de imaginarme catástrofes y me sentía culpable por todo. Y con la pandemia de por medio, pensaba... ¿Lo ves?

—Deja que te tranquilice —dijo Marnie—. Estoy casi segura de que la pandemia no fue culpa tuya.

—Eso solo lo dices por decir.

—Estabas traumatizado.

—Creo que ese es un término que se usa demasiado.

—Es el término adecuado para cuando ocurre algo traumático.

—Pero no es como si hubiera ido a la guerra. A la gente le dan palizas cada viernes por la noche.

—Y se traumatizan.

—Puede ser.

—¿Y crees que…?

—¿Que qué?

—¿Crees que eso influyó en tu separación?

—¿Lo de Nat? No sé. No creo que se pusiera a pensar: *Menuda nenaza, me voy de casa.* Y, si te soy sincero, ya no nos iba muy bien antes, con todo el estrés y las pruebas y pensar qué hacer, que si la inseminación intrauterina o la fertilización *in vitro.* Cuando pasa algo así, uno es muy consciente de que te arrebatan la dignidad de una forma muy metódica, con cada minuto que pasas allí, y desde luego fue muy… Es una palabra tonta, pero fue castrante. Que es lo que es, y sí que da vergüenza, y, aunque tu pareja te diga: «No digas tonterías, no me pareces menos por eso», es un peso que llevas encima. Así que sí me alejé de ella un tiempo y después fue ella la que se alejó.

»Y me dolía el contacto físico, e incluso después de que me dejara de doler… Dormía en la habitación de invitados porque sufría de insomnio y me daban pesadillas, y, aunque no sepas mucho sobre la falta de fertilidad, sí que sabes que lo más básico es estar en la misma habitación.

»Y de repente llegaron un montón de bebés, por todas partes, todos los profes estaban de baja por paternidad. Estaba en el ambiente, o ni eso, los teníamos en la cara. Y la casa se nos caía encima. Discutíamos o no hablábamos nunca o solo charlábamos con esa voz rara y formal, la de compañeros de piso: «Parece que va a llover, hay que comprar leche». No es forma de vivir, ¿no? Así que hablamos del tema y ella se fue a casa de sus padres. Ahora está bien.

FIESTA DE PIJAMAS

El valle estaba oscuro, ya hacía rato que se habían ido los campistas y la hoguera se estaba quedando sin fuelle.

—Me parece una lástima.

Michael se encogió de hombros.

—No tanto como haber seguido juntos. Veía a mis padres y no... no es que estuvieran todo el día haciéndose carantoñas, al menos mi padre, pero de vez en cuando veía algo, un roce o una mirada, y era muy tranquilizador. Para mí, de pequeño, me bastaba. Y recuerdo haber pensado que era lo que quería.

—Pues yo no pensaba eso con los míos. Los miraba y pensaba que quería algo mejor. Más pasión, algo... volcánico. Y mira tú cómo salió todo.

—A lo mejor eso era lo que quería Nat. Quizá no fue suficiente, pero me gustaba ser marido, igual que ser profesor. Las cuatro cosas que quería ser: un buen hijo, un buen marido, un buen profesor y un buen padre. Y soy un buen profe.

—Seguro que eres más que eso. —Marnie dudó antes de añadir algo, porque no sabía si la oscuridad la cubría lo suficiente como para preguntar algo así en voz alta—: ¿Crees que era el amor de tu vida?

Michael se lo pensó un rato.

—Hasta el momento. Pero vuelve a preguntármelo en mi lecho de muerte.

—«Michael, ¿me oyes? Ha venido alguien a verte».

—«Dice que quiere preguntarte algo. Es muy insistente».

—¡Hola! Seguro que no te acuerdas de mí, pero...

—Claro que me acordaré.

—Ah, qué majo. —Marnie le puso una mano en la de él para darle una palmadita y la apartó deprisa, porque necesitaba algún lugar en el que deshacerse de la mano absurda que tenía, como si fuera una bolsa de patatas vacía.

Michael se la volvió a dar y, tras unos segundos, le dijo:

—Eso que pasó anoche...

—Quieres decir... ¿Lo del club del curri?

—Por supuesto, pero lo de despés también.

—Ah, vale, el magreo.

Michael se echó a reír.

—¿Así lo vamos a llamar?

—Es lo que fue, ¿no? Dos amigos que se pasaron de copas.

—No sé, puede ser. Pero ¿podemos...?

—¿Qué?

—Ponerlo en pausa por esta noche. Hoy estoy un poco, no sé, deprimido.

—Claro, debe ser por toda esta charla tan sexi sobre los lechos de muerte.

—Sí, a lo mejor mañana deberíamos hablar menos sobre morir solos.

—Como regalo del último día. ¿Es mucho tramo mañana?

—Veinticuatro kilómetros, un par de montañas. Estarás en el tren hacia Londres para las siete.

Se quedaron en silencio un rato.

—Estoy agotada —dijo ella—. ¿Qué hora es?

—¡Las diez menos cuarto!

—Nuestra hora de acostarnos de siempre.

El brillo del interior de la tienda de campaña había sido sustituido por la luz intensa de los led con batería y se les veía el aliento en aquel aire gélido. Llegó el proceso recatado y demasiado caballeroso en el que Michael pasó mucho rato lavándose los dientes para que ella pudiera cambiarse y meterse en la cama, envuelta en mantas térmicas pesadas, una monja de pijamada con un cura.

—Oye, no te has puesto tu camisa de arpillera.

—Es que hace demasiado frío para una prenda tan impúdica —dijo él—. Además, me quedan tres días de ponerme esa cosa. No quiero que se impregne de olor a humo.

Marnie se olisqueó un hombro.

—Pues yo huelo como un jamón de Navidad.

—A mí me gusta. Es un buen olor.

Y Marnie aceptó que aquello, el que le dijera que olía a jamón, iba a ser el momento más íntimo del día. Si no se hubiera quedado dormida cuando se había puesto la alarma, si la posadera hubiera sido más liberal, si aquel día hubiera sido distinto, si hubieran hablado de cualquier otro tema, si no hiciera tanto frío en la tienda de campaña... Las circunstancias precisas que hacían falta para que se juntaran eran tan concretas que parecía tan poco probable como ver una estrella fugaz. Aun así, sí que se veían de vez en cuando, y tal vez al día siguiente, o en Londres o en York en algún momento...

Todos los cambios importantes de su vida estaban en el futuro salvo aquel, el conocer a Michael. Le parecía un golpe de suerte maravilloso y, por el momento, le bastaba.

—¿Apago la luz? —propuso ella.

—Vale.

No obstante, hacía años que no dormía tan cerca de alguien, que no oía el sonido de su respiración ni notaba los cambios que la presencia de otro cuerpo llevaba a una estancia. Tendría que reconocerlo de algún modo, por lo que sacó un brazo de la manta y él también estiró el suyo y, por un momento, se rozaron la mano, ella moviendo los dedos un poco, como si le rascara la barbilla a un gato.

Hasta que se le cansó el brazo y se le enfrió la mano. Entonces pensó: *Por el amor de Dios*, y lo retiró, se dio media vuelta y se fue a dormir.

OMISIONES

Michael no se quedó dormido de inmediato, sino que permaneció allí tumbado, pensando en todo lo que no había dicho.

No había mencionado su absoluta falta de valentía. Cuando se había dado cuenta de que iban a llegar a las manos, se había preguntado si tal vez le iba a salir una habilidad de pelea innata, desatada por la furia justiciera. Es lo que ocurría en las películas, según lo había visto él, a los hombres que se veían obligados a defender a un ser querido. Sin embargo, ningún poder semejante se había acabado manifestando y, si bien no había nada de vergonzoso en que cinco jóvenes en forma le dieran una paliza, la había experimentado de todos modos. En la versión que le había contado a Marnie, había hecho parecer que se había limitado a hacerse una bolita en el suelo y aceptar su destino, de modo que era una historia que hablaba de la resistencia, que no mencionaba las súplicas que Nat había presenciado.

Había hecho parecer que perdonaba a sus agresores, cuando la verdad era que a menudo pensaba en matarlos, al chico de la sonrisita en concreto, uno no mucho mayor que los alumnos a los que les daba clase, el que le dio un pisotón con todas sus fuerzas. La sonrisita, la alegría, le parecía algo horrible, y el rostro del chico era la figura insigne de sus pensamientos intrusivos, una imagen de la que no iba a poder desprenderse nunca, por muy lejos que caminara. Aunque nunca había llamado «hijo de puta» a nadie, en aquellos momentos de pánico, cuando se despertaba en plena noche, se imaginaba la cara de aquel hijo de puta y la furia que experimentaba, tan violenta, le aceleraba el corazón otra vez. No iba a dejar de odiar a aquel chico por el tiempo y la paz mental que le había arrebatado ni tampoco iba a dejar de tenerle miedo.

Aquel odio también lo avergonzaba de otro modo. Un principio básico de la enseñanza que impartía siempre había sido que todos sus alumnos valían lo mismo, que todos poseían una cualidad o un talento que podía sonsacar y nutrir; sin embargo, sus atacantes le parecían inútiles y le daban ganas de decírselo a la cara, de susurrarlo, de hacer que fuera en lo último que pensaran cada noche, de contarles que solo les deseaba penurias, enfermedades y fracasos en la vida. Un odio semejante era una carga muy pesada, pero, aun así, no cabía duda de que también era emocionante por las fantasías de venganza que contenía. Y eso también lo avergonzaba.

Había algo más que no había dicho. ¿Todavía quería a Natasha? Sí, aunque había pasado muchísimo tiempo desde que habían estado en la misma sala. No esperaba volver con ella, si bien sí que lo pensaba. Ya no era el desastre que ella había abandonado y, tal vez si se ponían a hablar, a hablar de verdad, ¿quién sabía lo que podía llegar a ocurrir? En cuanto a si era el amor de su vida, sí que lo parecía, desde luego. Y, pese a que no era lo ideal, tampoco podía hacer nada al respecto. Con la excepción de la mujer que dormía a pocos metros de él, llevaba años sin sentir nada por nadie y se había imaginado que así iba a ser para siempre.

Con una excepción. Marnie era extraordinaria y no dudaba de que era más feliz con ella. Y ser más feliz con la presencia de alguien que a solas le parecía toda una hazaña. Quizá debería decírselo. «No te quiero aún pero voy a ver si lo consigo». Eso no, pero algo similar. En la oscuridad, el rostro de Marnie no era nada más que unas manchitas, con el pelo tapándole los ojos y el aliento que se evaporaba en el aire frío.

—Marnie —susurró—. ¿Sigues despierta?

Y, a modo de respuesta, ella se dio media vuelta.

Por último, tendría que haberle contado que había quedado con Natasha la noche siguiente. Ella le había escrito aquella misma tarde para decirle que sí, que podían verse a las cinco y media. Para entonces, Marnie ya iba a estar en el tren rumbo a Londres y, como lo más probable era que no fuera a ocurrir nada, tampoco tenía por qué saberlo.

DÍA SIETE:

DE IVELET A RICHMOND

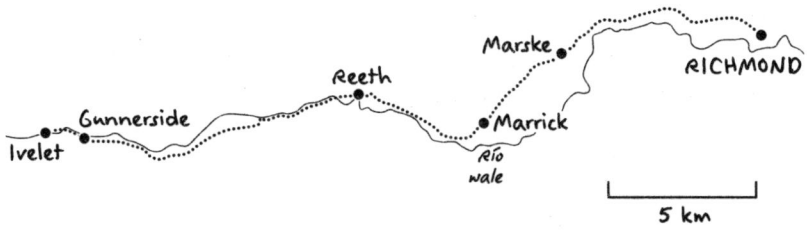

USTED ESTÁ AQUÍ

Si bien le habría costado situarlo en un mapa, debió de haber algún lugar concreto en el que Marnie creyó estar enamorándose, tal vez entre Marrick y Marske, en una zona boscosa, oscura, húmeda y con olor a ajo, donde el sendero empezaba a ser en pendiente otra vez, por encima del río. No había ningún paisaje majestuoso, sino solo una subida escarpada y embarrada, en penumbra y con frío por el día nublado que los acompañaba.

Toda la mañana había sido igual, caminando en fila india e incómodos junto a carreteras secundarias y luego abriéndose paso a través de un bosque de abedules lleno de basura, más allá de carteles que prohibían verter residuos ilegales. La solemnidad del día anterior se había disipado, pero la tristeza pareció permanecer en sus alrededores, en el cielo gris y cargado que tenían encima, como un techo de yeso viejo que no iba a tardar en venirse abajo.

—Lástima que no haga mejor tiempo —dijo Michael—. Ya que es tu último día.

—No me molesta —contestó ella.

Y lo dijo en serio: en compañía de él, no le molestaba. No tardaron en dejar atrás el río y las carreteras y se pusieron a subir por el bosque Steps, cuyo nombre tenía su origen en...

—¿Es por el grupo de música Steps? ¿Se juntaron en este bosque?

—Si no quieres saberlo...

—Vale, ¿es por todos los peldaños estos?

—Por las losas, sí, que eran para que las monjas pudieran ir de la abadía a Richmond. Los llaman los Peldaños de las Monjas.

—Y resulta que ese era el nombre original de la banda Steps —dijo ella, con lo que le arrancó una sonrisa. *Mira tú, qué bien nos compenetramos*, pensó—. ¿Podemos parar un momento?

Se quedaron allí un rato, ella apoyándole una mano en el hombro y él haciendo lo propio. Era justo el lugar en el que se podrían dar un beso, de modo que alzó la mirada y esperó.

—¿Cómo estás? —preguntó él.

—Como una monja sudorosa.

—Todo será cuesta abajo a partir de aquí.

—Eso dices siempre y luego no es verdad.

—Bueno, hay un par de pendientes hacia arriba, pero te prometo que llegaremos para la hora del té y podrás ir a tu tren.

—¡Te mueres de ganas de librarte de mí! —dijo ella, con una frase obvia para que él le siguiera el rollo, pero continuaron avanzando.

Cada vez era más consciente de la hora que era, de que descendía junto a los kilómetros restantes, de lo que quedaba por decir. En lugar de hablar de ello, bajaron hacia un valle y volvieron a sumirse en un silencio amigable. *Nota mental: «amigable» suena a golden retriever. ¿«Silencio cómodo» sonaba mejor?* Durante las largas horas muertas que había pasado con Neil, desayunando, delante de la tele o en restaurantes, a veces intentaba persuadirse de que el silencio era algo normal, porque ¿de qué iban a hablar? Ni siquiera era un silencio de verdad, sino una especie de zumbido, el ruidito de una torre de alta tensión o de una nevera, y se preguntaba cómo romperlo, qué podía decir. Sin embargo, durante aquellos días que había pasado con Michael, los silencios no eran más alarmantes que la pausa entre una canción y la siguiente, algo sencillo y ordinario porque la próxima no tardaba en reproducirse.

A medio camino por un prado, Michael se detuvo y alzó un dedo.

—¿Oyes eso? —Era el canto de un pájaro, una especie de escala ascendente seguida de un resoplido—. ¿Sabes qué es?

—¿Un pinzón?

—No.

—Un herrerillo. Un estornino. Un cernícalo.

—Estás diciendo nombres de pájaros por decir.

—Vale, dime qué es, sabelotodo.

—Es el canto de un escribano cerillo. Es muy peculiar, gorjea como si quisiera decir algo. Escucha bien. ¿Qué es lo que dice?

Marnie le hizo caso.

—¿Es «Me gustas, pero solo como amiga»?

—Es «Un poquitín de popurrí».

—Y yo me lo creo —se rio ella.

—¿Verdad?

—El pájaro no puede decir nada sobre el popurrí. No entiende el concepto del popurrí.

—Lo sé. Es… sabiduría popular, ya sabes.

—¡Ah, sabiduría popular!

Por supuesto, las conversaciones no lo eran todo y la pasión iba a tener que formar parte de la ecuación también. Y era cierto que, si la obligaran a describir su tipo, no habría dicho «profe de Geografía cuarentón» como primera opción. No había sido amor a primera vista, ni siquiera a la cuarta, y, cuando intentaba recordar el rostro de Michael en el tren, tenía una cualidad borrosa, como algo visto a través de una ventana empañada. Sin embargo, ya podía verlo con los ojos cerrados (lo había intentado), y tal vez el rostro de alguien fuera como uno de aquellos autoestereogramas que volvían locos a los niños, hechos de formas y patrones abstractos, y el truco era concentrarse y relajarse al mismo tiempo hasta que la imagen quedaba clara y una pensaba: *Ah, ahí está.* Tenía que concentrarse y relajarse. Desde luego, entonces sí que le gustaba mirarlo, a la boca, a los ojos y al cuerpo también, que podía imaginarse a retales, no uno musculoso, liso y absurdo, sino como debía ser: el cuerpo de un futbolista aficionado al que se le daba muy bien en otros tiempos y que se había pasado al bádminton de vez en cuando. Volvió a pensar en la Suite Lavanda, con la pierna de él entre las suyas, en la mano que le metió bajo el vestido. ¿Se suponía que tenía que quedarse mirando aquel árbol? *Mira el árbol, Marnie. El árbol. Concéntrate y relájate.*

O tal vez se había enamorado del paisaje y él iba incorporado en las montañas y en los bosques. Si bien nunca había conocido a nadie de vacaciones, sabía que aquellas relaciones no siempre sobrevivían a un cambio de lugar. Intentó imaginárselo lejos de las llanuras y las montañas, soltarlo en su mundo como un muñequito en el modelo de un arquitecto. Allí estaba Michael fuera de la estación de metro de Brixton y luego fuera del cine Ritzy. El parque Brockwell le parecía un poco agobiante, aunque tal vez podía llevarlo a los jardines Kensington para que correteara un rato. En el restaurante italiano que tenía cerca de casa, se lo imaginaba asustándose por el precio sin decir nada. Y ahí estaba, subiendo por las escaleras de su piso por detrás de ella. Parecía más grande en una sala pequeña, pero, al verlo reír en su mesa y luego en la habitación, besándola y quitándole el vestido, sí, todo funcionaba, todo tenía sentido.

Podía hacerle algún que otro retoque, claro. Para ella las barbas no eran ni fu ni fa, pero el gris le quedaba bien y tal vez si se la recortaba y se echaba un poquitín de aceite… Por Dios, ¿de verdad estaba dándole vueltas a la idea de acicalarlo? Pues sí, igual que quería acomodarle el pelo, que carecía de estilo y solo tenía unos aires exasperados permanentes. Sería un golpe muy duro descubrir que todos los pantalones que tenía contaban con una cremallera en la rodilla para hacerlos cortos y asumía que iba a tener dos o tres camisas más en su haber, aunque todo aquello era algo que se podía solucionar.

Solucionar. Era un error pensar en un adulto como si fuera una cajonera vieja que vaciar y a la que echarle aceite, y seguro que él también tendría sus propias notas sobre ella, pero también le había captado las miraditas, incluso en el tren, cuando no se conocían. Si bien nadie la habría tildado de vanidosa, había algo muy atractivo en ser atractiva para otra persona, y tal vez la atracción fuera como el sonido y el más ínfimo de los susurros podía ir rebotando y amplificándose en bucle hasta que se tornaba insoportable y alguien tenía que quejarse de tanto ruido.

En la entrada a Richmond, pasaron por delante de un cartel, un tablero grande con un mapa del camino que estaban siguiendo, la línea roja dibujada entre la costa oeste y la este y una flecha situada a dos tercios del camino que indicaba: «Usted está aquí».

—Mira lo que hemos conseguido juntos —dijo ella.

—¿Verdad? Es impresionante.

—Y esto... —Midió el resto del camino y solo ocupaba una mano—. Esto no es nada.

Y se preguntó qué pasaría si Michael le pidiera que se quedara con él y completara la ruta. *¿Es lo que quiere? Si me lo pide, solo si me lo pide, me quedaré. Lo acompañaré y caminaremos hasta el mar.*

DESLIZA PARA CONTESTAR

Marnie iba a marcharse a las cuatro y media, con lo que iba a tener una hora para arreglarse. Aquella mañana, en lo que ella se duchaba, había ido un poco colina arriba en busca de cobertura, había buscado «mejor restaurante richmond yorkshire» y había visto fotografías diminutas de bistecs jugosos y asados gigantescos y curri brillante mientras se preguntaba qué plato acompañaría mejor al arrepentimiento, el análisis y la reflexión. Se decantó por un restaurante italiano que parecía bastante íntimo sin que resultara suplicante y comprobó el menú para asegurarse de que sirvieran algo más que pizza, para evitar todo aquel cortar y doblar y los hilillos de queso. Nat iba a pedirse la ensalada Caprese y el pargo, pero, más allá de eso, no sabía qué esperarse.

Estaba haciendo la reserva cuando le sonó el móvil en la mano. Era Natasha. Llevaba cuatro meses sin oír su voz y, por un momento, se le olvidó cómo funcionaba un móvil. Al parecer, tenía que deslizar para contestar.

—Hola —dijo, dándole la espalda al valle, como si este fuera a cotillear.

—¡Hola! ¿Cómo estás? —La voz de Natasha, el ligero acento del noreste.

—Bien, bien. Justo iba a escribirte.

—Vale. ¿Por dónde vas ya?

—Swaledale, ahora mismo estoy mirando el valle. Es precioso.

—¿Y qué tal se está portando el tiempo?

—Está bien, un poco nublado. —Ya se habían puesto a hablar del tiempo—. Bueno...

—*¿Y qué tal la caminata?*

—Preciosa. —¿Por qué todo era precioso?—. Y agotadora.

—*¿Sigue en pie lo de esta noche?*

—Sí, sí, claro.

—*Porque Cleo me dijo que ibas con una amiga y no he querido...*

—Ah, ¿eh? No, Marnie ya se ha ido, se fue hace un par de días.

—*Entonces... ¿No hay problema? ¿Nos vemos esta noche?*

—Claro. Me muero de ganas.

Hicieron sus planes: Michael le mandaría un mensaje con la dirección del hotel. No podía pasar nada entre ellos porque Natasha estaba saliendo con un tipo (daba igual porque acababan de empezar), todavía iban a seguir con el divorcio (daba igual porque también acababan de empezar) e insistió en que tenían que vender la casa (daba igual porque nadie la quería aún, no iba a costar dar marcha atrás). Sí, ella había sido la que había dado pie a que se vieran, pero seguramente era por obligación, como si fuera a verlo al hospital. Aun así, Michael reservó una habitación en un hotel mejor, una habitación doble, porque no iba a pasar nada entre ellos.

A lo largo de Reeth y Grinton, por Marrick y Marske, todo aquello era lo que le preocupaba, y el día pasó sumido en largos silencios incómodos, aunque a Marnie no parecía molestarle.

—Mira lo que hemos conseguido juntos —le dijo ella, midiendo la distancia que habían viajado en el mapa con la mano. La costa todavía quedaba lejos, a unos cuatro días de distancia por lo menos.

No tardaron en recorrer bosques municipales, junto a personas que salían a correr y a caminar y bancos dedicados a los difuntos a los que les había encantado ese lugar. Y, poco después, ya alcanzaron a ver Richmond, con sus casoplones e iglesias, y el río Swale volvió a asomarse desde el valle allá abajo. Lo que parecía un campanario resultaba ser un castillo en lo alto del pueblo.

—Richmond, de «riche-mont» —dijo él—, que significa «montaña fuerte». —Y Marnie le dio un empujón—. Creo que lo vas a echar de menos.

—No echaré de menos nada —contestó ella, y él entró en pánico al pensar en su ausencia.

Richmond los dejó anonadados. ¡Había semáforos! Y tiendas y bares de madera y viviendas elegantes de estilo georgiano y, poco después, el mercado, un coliseo grande con forma ovalada, pintoresco incluso si tenía el aparcamiento a rebosar de coches. Caminaron por el borde hasta el hotel y llegó el momento de despedirse.

—Bueno —dijo ella.

—Bueno. ¡Aquí estamos! El final del camino.

EL DÍA DESPUÉS DE NAVIDAD

—Anda, qué lujo de hotel. Muy pijo. —Se trataba de una casa georgiana imponente y elegante—. A mí me toca el Perro Negro y ahora te metes en un hotelazo de cuatro estrellas.

—Era una habitación barata de última hora. —Se hizo el silencio—. Pueden pedirte un taxi si quieres…

—Aún falta una hora y media para el tren, así que iba a dar una vuelta por ahí. Hay una tienda de lana que parecía trepidante.

—Vale. Vale, voy contigo.

—No, no, tú enciende tu jacuzzi…

—O podemos ir a tomar algo o…

Marnie dudó.

—No, despidámonos ya. Aunque creo que dejaré la mochila ahí un rato.

El vestíbulo tenía una luz tenue y paneles de madera, además de olor a puros. No encajaba en aquel lugar y estaba claro. Michael, tenso y furtivo, también lo creía. ¿Era timidez? Ya nadie se despedía en los aeropuertos porque no había ningún amor lo bastante bueno como para que valiera la pena viajar hasta allí, pero seguro que debían reconocer lo que había ocurrido, aunque fuera con un «Seamos amigos y ya está».

En su lugar, fue a recepción a preguntar si podía dejar la mochila una hora y pidió el taxi mientras Michael solicitaba la habitación, los dos avergonzados y sin saber qué decir. Tenía la llave de la habitación en la mano.

—¿Y qué temática tiene el hotel?

—Variedades de uva, no sé por qué.

—Qué elegante. ¿Cuál te ha tocado?

—Iré a la… —Le mostró la etiqueta de la llave—. ¿Cómo pronunciarías esto?

—¿Gewürztraminer?

—Gewürztraminer.

Habitaciones con nombres de variedades de uva. Por instinto, se puso a pensar en bromas que podía hacer al respecto, pero ¿para qué? Estaba agotada y le dolían los pies, de modo que estar de pie le dolía más que caminar. Había llegado el momento de volver a casa. Aunque no quería, tampoco podía ir a ningún otro lado.

—¿Seguro que no quieres que te acompañe por el pueblo? —preguntó Michael, con la mirada en las escaleras.

—No, no, tú métete en la Gewürz como se llame, ya me voy a dar un paseo. ¡He oído que hay una montaña fuerte!

—Vale.

—Te dejaré en paz.

—¡Por fin! —Michael dio un paso adelante y se abrazaron, tensos y un poco formales, el tipo de abrazo que se veía en un funeral. Él volvió a inclinarse hacia atrás como si estuviera delante de una hoguera—. Nos lo hemos pasado bien, ¿verdad?

—Ah, no sé yo.

—Yo no esperaba divertirme nada, la verdad.

—Siento haberte estropeado los planes.

—Ya nos veremos la próxima vez que te pases por York.

—O cuando tú vengas a Londres. Sé que da mucho miedo, con esos autobuses rojos y grandes que hay.

—Si me atrevo, sí.

—Ya nos veremos.

—Adiós.

—Adiós.

—Nos vemos.

—Adiós.

Y se marchó hacia la tarde gris de aquel pueblo que no conocía. Paseó por la zona, pero ni siquiera el célebre mercado interior, con sus queserías y tiendas de dulces, pudo aliviarle la decepción. Se compró un canapé de salchicha y se lo comió de la bolsa, con lo que se quemó el paladar con aquella pasta rosa hirviente y luego con la taza de té. Y después se fue tocando la quemadura con la lengua mientras esperaba que pasara el tiempo hasta que llegara el taxi, con la misma sensación que un niño pequeño tras la Navidad, no solo triste por que hubiera acabado, sino decepcionada por cómo había ido, con la sensación de que le quedaba algo por conseguir. Aun así, suponía que la diferencia era que siempre iba a haber otra Navidad.

No, no podía terminar así. Si de veras había terminado, si todo había sido un error o imaginaciones suyas, quería que él se lo dijera. El taxi iba a pasar a buscarla en quince minutos. Tiró el envase grasiento a una papelera y volvió al hotel a toda prisa, pasó por delante del mostrador de recepción y se dirigió directamente a las escaleras. Había un sistema establecido: variedades de uva francesas en la primera planta, italianas en la segunda, españolas y portuguesas en la tercera y alemanas en la cuarta, por lo que se indignó un momento en nombre de la Riesling y se dispuso a subir por las escaleras. Un pasillo la llevó por delante de Cabernet Franc, Merlot y Shiraz, luego por Chianti y Valpolicella, seguidas de Rioja, Tempranillo, Garnacha y Albariño y, por fin, a un pasillo en lo más alto del hotel, donde estaba la Gewürztraminer. Junto al ascensor que no había visto había un espejo, ante el cual se paró un segundo para recobrar el aliento, se enjugó el sudor de la frente y la grasa de los labios. El canapé había sido un error. Le iba a oler el aliento a cerdo y a té. ¿Acaso importaba? Cruzó el pasillo y llamó a la puerta.

Y una persona totalmente distinta le abrió.

—Ay, perdona, ¿está tu padre en casa?

—Marnie...

—Venía a buscar al señor Bradshaw, pero... ¿Qué te has hecho?

Afeitado y apuesto, recién salido de la ducha, y ya se había puesto la famosa camisa. Incluso parecía como nueva, como si la hubiera planchado.

—He pensado que mejor me... arreglaba un poco.

—Espero que te hayas afeitado por fases: las patillas, que te hayas dejado unas a la Souvarov, un bigote cepillo de dientes...

Si bien había parecido muy contento al abrir la puerta, pasó a verlo estresado, casi irritado. Al echar un vistazo a la habitación, vio una botella de champán en un cubo de hielo y se preguntó: *¿Cómo sabía que iba a volver?*

Más tarde, en el tren de vuelta a Londres, le iba a costar recordar las palabras exactas que había empleado. La cuestión fue que, en cuestión de segundos, ya se había marchado, había apuñalado el botón del ascensor con el dedo y se había subido a aquella plataforma que parecía estar esperándola para acompañarla fuera del recinto, abajo y más abajo, a través de los viñedos de España, Italia y Francia.

En recepción, fue a por su mochila que la esperaba detrás del mostrador justo cuando llegaba su taxi, seguido de una mujer de su edad, pulcra, bien vestida y embarazada.

La mujer le sonrió y ella se las arregló para devolverle el gesto. Luego siguió al taxista hasta el vehículo y continuó, en un silencio confuso, hasta la estación y el tren que prometía llevarla a casa.

EL DOMINGUERO ROMÁNTICO

El champán había sido un error. Aunque creía que iba a resultar encantador, luego le pareció cursi, tal vez un poco sórdido y todo. Pero daba igual, ya era demasiado tarde. Vació el neceser en la cama: unas tijeras pequeñas, una cuchilla y crema de afeitar. Para evitar cruzarse con Marnie, había tenido que ir a la farmacia de hurtadillas, como un espía tras líneas enemigas, y aquello también le había parecido sórdido. Se duchó y se recortó la barba tanto como pudo, quitó los pelos del lavabo con los dedos y se afeitó el resto con cuidado, dos pasadas hacia arriba y dos hacia abajo, intentando no darle demasiado simbolismo al gesto. Parecía haber algo expuesto y desenmascarado en el hecho de ir sin barba, de revelar un rostro más joven, de antes de que todo se fuera al garete. Con algo de nervios, se estiró la piel y le echó un vistazo a la línea elevada que era la cicatriz, pálida y sin poros ni folículos. Si bien nunca le iba a parecer algo pícaro ni molón, ya no le daba asco. Tal vez se estuviera desvaneciendo un poco. Se puso la camisa, recién planchada. Era la primera vez que usaba una plancha en una habitación de hotel, además de la primera vez que la usaba desde hacía varios meses, y el olor del algodón caliente le transmitió una sensación nostálgica y doméstica, aunque albergaba la esperanza de que Nat no se diera cuenta de que se había molestado en arreglarse mucho.

Más le iba a costar hacer ver que el champán era algo informal. Un impulso lo había llevado a comprarlo, al ver una oferta especial en la página web del hotel, el «dominguero romántico», y allí estaba, en un cubo con su propio expositor, acompañado de un par de copas bocabajo en el agua derretida, presuntuoso e intrusivo, como si un niño pequeño y callado hiciera de centinela junto a la cama. ¿Podría esconderlo detrás de una cortina o sería más siniestro aún? Al final lo dejó en un rincón.

Se sentía agotado y emocionado al mismo tiempo. ¿Así era tener un amorío, una aventura, si es que podía llamarlo de ese modo? Con el champán calentándose, a la espera de que lo llamaran desde recepción. Si bien no podía considerarse una aventura porque había quedado con su mujer, se preguntó a quién estaría traicionando de todos modos.

Alguien llamó a la puerta: tal vez se había colado sin que la vieran en recepción. Se pasó las manos por la boca y la barbilla y abrió.

—Ay, perdona, ¿está tu padre en casa?

—Marnie...

—Venía a buscar al señor Bradshaw, pero... ¿Qué te has hecho?

—He pensado que mejor me... arreglaba un poco.

—Espero que te hayas afeitado por fases...

Y ahí seguía, bromeando, aunque él no lo asimilaba.

—No, no, todo de una vez. —Se hizo el silencio—. Creía que te habías ido.

—Ya, perdona —dijo Marnie—. Sé que nos hemos despedido, y sí que me voy a ir... —Pasó la mirada por la habitación—. ¿Estás ocupado?

—No, para nada, pero tu taxi...

—Está en camino, pero quería decirte, antes de irme... Es raro, ¿verdad? Que me vaya así sin más. Porque creía que había algo entre nosotros. O sea, me gustas de verdad, y no he sentido eso desde... Iba a decir que desde hace décadas y luego he pensado que no, pero sí que hace más de una década, y no te hablo solo de amistad ni de que hayamos congeniado, sino de atracción. De que me atraes. O sea, me muero de ganas por besarte en todo momento. Es lo más raro que...

—Yo también me moría de ganas.

—¿Ya no?

—También, también quiero, de verdad —dijo él y, aun así, no se movió.

—Entonces, ¿por qué no seguimos hasta el mar? Cien kilómetros más no es nada, es solo esto. —Alzó una mano y le mostró cuánto abarcaba—. Un paseíto de nada, y creo que pasa algo entre nosotros y me parece absurdo irme a casa. Te echaría de menos y creo que tú a mí también. Así que ¿por qué no...?

—¿Por qué no seguimos? Sí, vale.

Marnie se echó a reír.

—¿Qué? ¿No dices nada más?

—No, creo que podemos seguir caminando y charlando y... ver qué pasa.

—Vale, vale. —Marnie parecía confusa—. Entonces, ¿cancelo el taxi?

—Sí, sí, eso. Cancélalo. Bien.

—Vale, vale. —Marnie seguía estando perpleja y él acabó echando un vistazo por el pasillo, por encima del hombro de ella. Y lo notó—. Perdona, no es asunto mío, pero ¿has llamado a una chica de compañía?

—No. —Michael esbozó una sonrisa tensa—. No, he quedado con Natasha.

—Ah. Vale. ¿Ahora mismo?

—Estará al caer, sí.

—Vale. Vale, no lo sabía.

—No.

—Parece algo que deberías haberme contado.

—No es un buen momento para hablar del tema, Marnie.

Marnie echó la cabeza atrás.

—Ah, ¿esa es tu voz de profe?

—No, es que…

—Que te den. O sea, tienes todo el derecho del mundo, pero ¿por qué no…?

—Porque lo más seguro es que no vaya a pasar nada y tú no ibas a estar. Y eso.

—Ya veo, ya veo. —Se estaba mordiendo el labio, lista para irse de allí—. Y, aun así, ¿crees que deberíamos seguir hasta el mar?

—¡Me parece muy buena idea!

—Vale. Pero, si me permites la pregunta, ¿todavía la quieres?

No siempre había sido sincero con Marnie y le parecía muy importante serlo en aquel momento.

—Sí que la quiero —contestó—. Aquí y ahora.

Ante eso, Marnie esbozó una sonrisa, aunque una nada agradable.

—Pero, Michael, aquí y ahora es donde estamos nosotros.

PARTE CUATRO

LOS PÁRAMOS

———

El bufón — Temo que esta noche gélida nos vuelva locos a todos.

Shakespeare, *El rey Lear.*

NARCISOS

Menuda estupidez todo, menuda estupidez haberse enamorado, menuda estupidez haber albergado esperanzas, menuda estupidez haber cambiado cómo iban las cosas.

El tren de la noche del viernes que partía de Northallerton estaba lleno a rebosar antes de que se subiera incluso, con despedidas de solteras y de solteros, aficionados al fútbol y turistas, todos borrachos y haciendo jaleo, yendo de un asiento a otro y cambiando de vagón. Marnie se sentó en el suelo, con la mochila puesta, y se quedó mirando las rodillas de los pasajeros que abrían la puerta de los servicios y se echaban atrás.

Aunque necesitaba distraerse, *Cumbres borrascosas* no le iba a servir de nada. También le iba a ser imposible trabajar, así como no preocuparse por el trabajo. Si hubiera seguido andando, tal vez podría haber suplicado que le aplazaran la fecha de entrega, pero ya no tenía excusa y tenía que acabar la revisión para el lunes. Tal vez lo podría solucionar si se pasaba el fin de semana entero trabajando (¿qué más podía hacer?), aunque podría haberse ahorrado el problema si hubiera regresado a casa el martes, tal como había planeado. Se habría vuelto a acostumbrar a su casa, al ritmo de siempre, y habría cumplido con la fecha, de lo más serena. Bueno, serena serena tampoco, pero al menos no enfadada por su propia estupidez. Porque había sido una estupidez como una catedral haberse dejado engañar por la esperanza, por la interacción humana. En

York, la parada de Michael, se puso de pie para evitar caerse de espaldas por la puerta automática y luego volvió a dejarse caer en el suelo y a seguir con el móvil, leyendo por encima los correos electrónicos a los que no les había hecho ni caso: facturas telefónicas que ya estaban disponibles y una actualización de la política de privacidad de a saber quién. El hotel de Ullswater quería que puntuara su estancia, pero ¿dónde estaba la casilla de «engaño» o «ilusa»? Le dio hambre otra vez y se comió una barrita energética pegajosa y rellena que encontró en uno de los bolsillos, un trocito tan dulce y denso que le dio el tembleque de inmediato. Con la mandíbula apretada, temblorosa y con náuseas, se preguntó si sería la misma sensación que al meterse un chute de cocaína y heroína. ¿Cómo podía ser legal? Cruzaban las Tierras Medias Orientales a toda prisa, a ciento noventa kilómetros por hora, con ella colocada por los cincuenta gramos de glucosa pura, y, aun así, le parecía que estaba tardando demasiado, por la fiesta de karaoke del vagón H cada vez más estridente, a lo cual se sumó el maquinista por los altavoces para felicitar a Pete y a Claire del vagón E porque se iban a casar aquel finde. Vítores, aplausos, Marnie hecha polvo y llena de energía al mismo tiempo. ¿Debería ir a buscar a la tal Claire para decirle que no se casara, que era un error descomunal?

Aquella última semana la había cambiado e iba a tener que volver a cambiar. Como había pasado la mayor parte del tiempo desconectada, se dispuso a restaurar su configuración por defecto, es decir, navegar por las páginas web de siempre y las redes sociales. Los submarinistas que volvían a la superficie tenían que ir aclimatándose a su entorno de antes, y así le parecía internet según absorbía las peleas y rencillas que se había perdido, la furia y las predicciones del apocalipsis, hasta que recobró la sensación habitual, se le tensaban los hombros y se le iba disipando el bienestar rural. Se había imaginado que habría subido una foto o dos, un paisaje o un selfi con un comentario para reírse de sí misma. Si hubiera llegado al mar del Norte, tal vez habría subido una foto de sus botas en la orilla: «Me fui a pasear y me llevó la corriente». Aquella misma mañana había estado aprendiendo cantos de pájaros y todo. Pues no, que les dieran al escribano cerillo y a su popurrí. En el parque Finsbury, se puso de pie con dificultad, en lo que pasaban por las luces como de nave espacial del campo de fútbol y llegaban a la estación King's Cross.

El gentío se apretujó contra las puertas hasta salir, turistas y parejitas que iban corriendo a sus restaurantes y habitaciones de hotel de Shoreditch y Soho. Cargando con la mochila, le daba la sensación de que estaba llegando a una ciudad en otro país, confusa y desorientada, solo que sin la emoción propia de los turistas. Bajo el cielo absolutamente oscuro, rodeada del olor a gasolina y frituras, cruzó el patio delantero y descendió, plantada junto a los fiesteros al final de la línea de metro Victoria, con un aspecto absurdo por las botas y la ropa impermeable. Fuera de la estación de Brixton seguían predicando la buena nueva del Señor, pero ella no tenía tiempo para buenas nada, porque iba corriendo a la línea 3: había vuelto a ser una londinense. En el supermercado que abría hasta tarde compró un poquititín de popurrí (*Chúpate esa, pajarraco*), además de pan, queso, leche, huevos, zumo, un plátano duro como una porra y una ensalada metida en un envase transparente y a rebosar de cloro, la suficiente comida como para no tener que salir de casa. También compró vino y chocolate y ginebra en lata: el retorno de los premios. Había narcisos baratos porque estaban de temporada y, en un acto insensato, compró unos cuantos para animar la casa. *Y el corazón se me llena de placer y baila con los narcisos del supermercado.*

Tenía las llaves enterradas en el fondo de la mochila; en la escalera de su piso, se vio obligada a abrirla entera y a rebuscar entre la maraña de ropa interior sucia y los cargadores. En el estante del vestíbulo común había facturas y anuncios de restaurantes a domicilio y agentes inmobiliarios, nada amistoso ni manuscrito. Le dolían las piernas y le gritaban las rodillas según subía los seis pisos, por delante del ruido de la tele del 2B, de una discusión en el 3A y de alguien que jugaba en el 4B, hasta que abrió la puerta del 5A.

Fue como abrir una tumba olvidada, con el aire frío y cargado. Tiró la mochila al suelo, con la intención de lidiar con ella al día siguiente, y se quitó las botas para no perturbar a los vecinos de abajo. Notaba las suelas de los pies en carne viva según caminaba por el piso y encendía luces hasta que lo iluminó todo demasiado, acostumbrándose a los sonidos de su mundo: el chasquido del termostato, el zumbido del hervidor al encenderse, el traqueteo de los radiadores, la succión de la puerta de la nevera. Guardó la compra y dejó los narcisos en un jarrón pequeño, solo que no habían florecido aún, de modo que parecía una muestra de cinco cebollines. *Y el corazón se me llena de placer...*

En la habitación, le llegó el olor de las sábanas, del cesto de ropa sucia, del polvo que se calentaba en los radiadores. Mugrienta y pegajosa, amoratada y agotada, ansiaba estar calentita y limpia en sábanas recién cambiadas, con la manta de peso como una mano que la presionaba hacia abajo con tranquilidad.

Sin embargo, el agua iba a tardar una hora en calentarse lo suficiente para darse un baño y cambiar las sábanas le parecía una tarea inalcanzable. En su lugar, se tumbó en la cama con los pies en el suelo y se quedó mirando el techo, con su topografía de manchas y burbujas y grietas que tanto conocía. Se sintió más sola que nunca, aunque no pasaba nada y solo era un problema si se había estado esperando una situación distinta.

DÍA OCHO, PARTE UNO:

DE RICHMOND A OSMOTHERLEY

RICHMOND

Autopista A1

Bolton-
on-Swale

Streetlam

Danby
Wiske

Ingleby
Arncliffe

Osmotherley

6 km

ARENQUE AHUMADO

*L*a soledad era lo que querías, que no se te olvide. En el restaurante de paneles de madera que había en el hotel, lo saludó una camarera que lo acompañó a una mesa para uno junto a la ventana. Un mantel limpio y blanco y cubiertos pesados. Al ser tan temprano y sábado, las parejitas seguían en la cama, por lo que se quedó a solas con un desayuno de arenque ahumado, zumo de naranja y café, un rey sin la obligación de decirle nada a nadie ni de hacer nada más que comprobar la ruta y decirse: *No te me vengas abajo, tú puedes.*

Había llegado la hora de recoger la habitación. El arenque lo había dejado con sed, de modo que bebió un vaso de agua y luego un poco más, hasta que se dio cuenta de que quedaban unos dos dedos del champán de la noche anterior. Cuando estaba frío y recién abierto, tampoco era que le encantara el champán, pero iba a ser deprimente echarlo por el desagüe, por lo que alzó la botella para probar, dio un sorbo, hizo una mueca de asco y volvió a dejarlo en el cubo. Hizo la cama a medias (le gustaba dejar la habitación de los hoteles ordenada antes de marcharse), bajó, devolvió la llave y salió al mercado, todavía tranquilo a aquella hora del sábado. Era un día nublado, aunque no estaba mal, porque era buen tiempo para caminar. Bajó por la montaña, pasó junto al castillo y siguió el río. Por delante le esperaba el tramo más largo de la ruta, cuarenta y un kilómetros en llano seguidos de un último ascenso hacia las montañas Hambleton. Un día de campos y caminos de carro y llovizna cuyo mayor desafío iba a ser el aburrimiento, el aburrimiento y tal vez la desesperación. *Tú, tranquilo. Ya pasará, tú sigue.*

Y fue así que recorrió el perímetro de las casas de campo, cruzó zonas de pícnic y pasó por delante de plantas de tratamiento de aguas residuales: el típico extrarradio caótico de cualquier población. Todo iría mejor cuando cruzara la autopista y se alejara unos kilómetros de lo que había sucedido la noche anterior. *Ay, Dios, anoche, hay que ser tonto, tonto y tonto.* Por el momento, recorrió caminos embarrados y batidos por el paso de los todoterrenos y senderos aburridos más pequeños cerca del ruido marrón que salía de la autopista A1. Cerca del paso por el que podía cruzar, giró por donde no era y acabó en una granja desierta, perdido entre graneros y chozas y demás edificios, con el olor a amoníaco del ensilaje haciéndole picar la nariz, todavía solo pero sintiéndose observado, como si lo apuntaran con la mira de un rifle. Recorrió la circunferencia de un silo y llegó a un tractor amarillo lleno de lodo, con el cadáver de un ternero colgando en un cubo, con las patas tiesas, el estómago tenso y un ojo amarillento en blanco. Se echó a reír y pensó: *Ah, venga ya, que ya lo capto.*

Tú tranquilo. Mira el mapa y vuelve por donde has venido. Recorrió el margen de la autopista hasta encontrar el río, un camino, un túnel. Todo iba a mejorar pronto, seguro que sí. Mientras tanto, pensó: *Me alegro de que Marnie no haya estado aquí para ver esto,* al tiempo que la echaba de menos.

DE LA HABITACIÓN A LA COCINA
Y LUEGO AL SALÓN

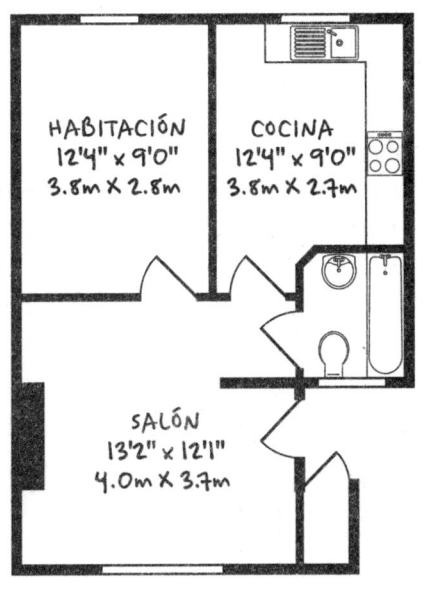

HABITACIÓN
12'4" x 9'0"
3.8m X 2.8m

COCINA
12'4" x 9'0"
3.8m X 2.7m

SALÓN
13'2" x 12'1"
4.0m X 3.7m

TRABAJO

Y qué bien sentaba volver al trabajo, ¿verdad? Echar el cerrojo en la puerta y llenar la tetera, que todo fuera acogedor y seguro. Le dolían los muslos y las rodillas y los pies, pero no iba a sumar ningún dolor nuevo, porque su misión era mantener el contador de pasos en menos de una centena. El dolor se le acabaría pasando, como el moreno después de unas vacaciones normales. Se duchó y desayunó lo de siempre, preparó una taza de café, limpió las miguitas de la mesa y se puso al lío.

Apenas había revisado un cuarto de *Noche retorcida* y la fecha de entrega era el lunes, pero todo empezó a fluir y acabó deprisa con cada capítulo: escena de sexo, de asesinato, de sexo, de asesinato, adivinó el asesino (resultó ser el agente) y encontró cierta comodidad en el ritmo, al entrar en un estado de revisión puro y enaltecido, como un crío con un videojuego, disparando a «cómo» para cambiarlo por «como» y viceversa, a «haber» por «a ver», para repintar los ojos azules que antes eran grises. El erotismo no osaba ni rozarla y las horas transcurrieron casi sin que pensara en Michael, en dónde estaría y en qué estaría haciendo, en qué habría ocurrido la noche anterior y en qué había salido mal entre ellos, en si pensaría en ella y en si iba a mandarle un mensaje o a llamarla, en lo enfadada que estaba con él y en lo triste y tonta que se sentía y en si iba a volver a verlo algún día y en qué tiempo haría en Yorkshire y en cómo sería el paisaje y en si a él también le dolían los pies y en cuánto le faltaba por recorrer. Tuvo la gran suerte de no pensar en nada de aquello. No, señor.

LA CINTA DE CORRER

Las vacas fueron las únicas que lo vieron comer. Si bien no era la parte más remota de la caminata, no se había cruzado con nadie desde que había salido de Richmond. Sabía que un paisaje no cambiaba por la ausencia de alguien, pero los bosques y senderos le parecían más apagados, con unos campos que parecían hechos de parches. Si Marnie estuviera allí, ya se habría puesto a buscar rutas de autobús, solo que no estaba, así que...

Siguió adelante, aunque bien podría haber estado en una cinta de correr. Lo simple que era la ruta le dio tiempo para ponerse a pensar, que era lo último que quería, y acabó apartando la mente de lo que había ocurrido la noche anterior con las mismas ansias con las que daría un volantazo para evitar un accidente. En su lugar, intentó centrarse en el acto físico de caminar, el uno-dos, uno-dos de los pasos que daba hacia la cordillera alta de las Hambleton y, más allá, las montañas Cleveland que viraban hacia el norte. En lo más alto, invisible, estaba el parque nacional North York Moors, por lo que se sentía como un niño pequeño que no llegaba a ver lo que había encima de una mesa. En los mapas, parecían desprovistos de todo y sin marcas, como leer un libro que se quedaba con las páginas en blanco, y hasta la propia palabra *páramo* parecía cargada con un ambiente lúgubre. Claro que no tenía por qué ser así, seguro que era posible pasárselo bien en un páramo. Aun así, lo invadía la aprensión por lo que le quedaba por delante.

Por el momento, caminaba a través de Danby Wiske y Oaktree Hill, por Harlsey e Ingleby y, al fin, por el borde de la llanura, por un sendero que se alzaba de pronto hacia un bosque que le proporcionó cierto cobijo de la lluvia constante. *Típico de la primavera*, se dijo a sí mismo. Ascendió y volvió a descender hasta llegar a un pueblo pintoresco cuyas casas eran elegantes y resistentes, hechas de ladrillos, todo rodeado de verde y sumido en un silencio perturbador. En la posada, habló con otro ser humano, aunque solo para que le diera la llave de la habitación. Le tocó la habitación Espino y la contraseña del wifi era wainwright2c.

Una cama individual de estilo militar. *La carreta de heno* en un marco sencillo en la pared. Galletas, leche UHT y una tetera pequeña. Eran las cinco de la tarde y no tenía ni idea de cómo matar el tiempo hasta la hora de dormir. Le echó un vistazo al móvil sin ninguna expectativa: cualquier comunicación posterior con Marnie iba a tener que ser de parte de él y no sabía qué decirle. En su lugar, leyó tres mensajes de Nat.

Espero que estés bien

Contesta, por favor

Todo bien?

Recordó la noche anterior en Richmond. *Por Dios*, pensó, *si compré champán y todo.*

FETA

Se pasó la mañana dando el callo, casi sin apartar la vista del portátil. Para comer, encontró aquel envase de queso feta abierto, con los bordes reblandecidos y un tono tirando a malva, y se lo comió de un plato con una cucharilla como si fuera una tarrina de helado. Le hacía burbujitas en la lengua, aunque no la puso enferma y, si bien era lo mínimo que se le podía pedir a un plato de comida, aquello implicó que no tuvo que dejar de trabajar.

Para media tarde, con la necesidad de darle un puñetazo a algo, se acordó de su exmarido. Abrió el correo electrónico y escribió:

Querido Neil:

¿Cómo estás? Espero que todo te vaya bien a ti y a tu familia y que te esté sentando bien la paternidad.

Yo también estoy bien. De hecho, acabo de volver de unas vacaciones en las que he podido pensar y en las que he recibido algunos consejos.

Te escribo para decirte que ya va siendo hora de que me devuelvas el dinero que me debes. Lo ideal sería que me lo desembolsaras todo de golpe, pero entiendo que tienes obligaciones económicas, así que, si eso no es posible, aceptaré un pago mensual. Por favor, propón una cifra. Estoy dispuesta a olvidarme de los intereses, pero tienes que

pagarme lo que me corresponde. Yo también tengo
obligaciones económicas.

De verdad, te deseo lo mejor para el futuro y espero que
podamos resolver el problema por las buenas. Creo que los
dos nos sentiremos mejor cuando todo esto acabe y
podamos seguir con nuestras respectivas vidas.

Que vaya bien,
Marnie

Lo releyó y cambió la frase «recibido algunos consejos»
por «recibido algunos consejos legales», le dio a «enviar», se
puso de pie y paseó tanto tramo como le permitía la cocina.
Había esperado emocionarse, experimentar la típica satisfacción de plantarle cara a un matón, pero le costaba imaginarse que el Neil que conocía fuera a aceptar su exigencia.
Lo único que iba a conseguir era volver a dar el pistoletazo
de salida a la hostilidad.

Y sí, el sonidito de un mensaje que le llegaba la hizo
pegar un bote. *Debe ser la venganza*, pensó. O tal vez fuera
Michael. El día anterior se había decidido a borrar sus
mensajes sin leerlos. Agarró el móvil.

¡Hola! ¿Ya has vuelto? ¿Aviso a los rescatistas? He
estado pensando en ti. Si estás ahí, ¿te parece que
vayamos a tomar algo? Te prometo que nada de
caminar. Ya me dirás. Conrad. Bss

Leyó el mensaje dos veces y luego una más, pasando
entre la molestia y la alegría por la insistencia del hombre.
Tal vez sería divertido o, al menos, le daría una oportunidad
de vengarse. ¿La diversión y la venganza eran compatibles?
No veía por qué no podían serlo.

Las normas dictadas en los libros que había editado exigían que esperara un par de días antes de contestar, pero ¿quién tenía tanto tiempo? Volvió a leer el mensaje y respondió en dos palabras:

Vale. ¿Mañana?

LA NOCHE ANTERIOR
EN RICHMOND

—**M**ike —lo saludó Natasha—. ¡Si has comprado champán!

—Sí, pero no tenemos por qué beberlo —dijo él, y le indicó la butaca junto a la ventana. ¿Por qué no se quitaba el abrigo?

—Qué buen hotel. Más pijo que de costumbre.

—Bueno, ya sabes. Oye, ¿no quieres...?

—Vale. Allá voy.

Y allí estaba, el vientre ligeramente hinchado bajo la tira de la falda, lo que tanto había ansiado ver año tras año, y notó que se quedaba sin oxígeno con un largo suspiro. *Aguanta, intenta sonreír.*

—Por eso no puedo beber champán, claro.

Michael inspiró.

—Lo entiendo.

—Pero si tú quieres...

—No hace falta, ya me lo beberé. A lo mejor me... Pero bueno, felicidades, Nat.

—Gracias.

—¿De cuánto estás? —Eso preguntaba la gente, ¿no? El cerebro no le funcionaba como debía.

—De diecisiete semanas ya.

—Vaya —dijo, una respuesta insignificante ante unas palabras insignificantes. Añadió—: ¡Entonces supongo que no es mío!

Natasha pareció sorprenderse, aunque solo por un momento, y sonrió.

—Pues no —dijo, con el abrigo doblado sobre el brazo, como si estuviera a punto de marcharse—. No lo es, no.

—Siéntate, por favor. Así descansas.

Natasha dejó el abrigo en la cama y se sentó, mientras que él ocupó la otra butaca, ambas dispuestas a cuarenta y cinco grados de cara a la cama, como si fuera a ocurrir algo en ella, como si fuera un escenario. Estaba claro que aquello era intolerable.

—¿Quieres que salgamos un rato? —preguntó él.

—Vale —dijo ella y se puso de pie con una mano en el vientre.

—Nos he reservado una mesa en el restaurante. ¿Tienes hambre?

—Más tarde sí.

—La he reservado para las ocho. —Se miró el reloj: eran las seis menos cuarto—. Pero podemos ir a dar una vuelta y presentarnos un poco antes.

—Vale. Vale, hagamos eso.

En el ascensor, se captaron la mirada y sonrieron, tras lo cual él se quedó con la vista en el suelo y las manos entrelazadas por delante, como un cura. Se preguntó si Marnie estaría todavía en el vestíbulo, si querría lanzarle un jarrón al verlo pasar, pero no, no estaba.

Salieron al mercado y le vino un recuerdo muy intenso de su primera cita, no cuando comían en la sala de profesores, sino la primera cita formal, en el centro de la ciudad un sábado por la noche, en lo nervioso que había estado y en que ella le había dado la mano según iban al restaurante y, antes de entrar, se había dado media vuelta para darle un beso. Ella siempre había sido la directa de los dos. «Ya está, así nos podemos concentrar», le había dicho ella, y recordó lo difícil que le había resultado, sentado al otro lado de la mesa, en un restaurante tailandés elegante, nada del otro mundo, hablando con alegría pero sin dejar de pensar: *Ahí está, la he encontrado, la tengo aquí delante.* Por absurdo que fuera, también recordó cómo habían recibido la noticia en el instituto, la alegría la siguiente vez que habían ido todos a la discoteca y los habían visto bailar juntos, las preguntas burlonas de unos niños que bien podrían ser padres ya. A los niños les encantaba que dos profesores fueran pareja, como si ellos fueran los responsables de que hubiera sucedido así, aunque no sabían muy bien cómo reaccionar cuando cortaban. En la tranquilidad de aquellas callejuelas, se avergonzaba de los pisotones que daba con las botas, del roce de la ropa que llevaba. Había mucho que quería decirle, solo que no se fiaba de su voz aún, y Natasha acabó tomando las riendas, como siempre.

—¿Qué tal las piernas?

—Ah, bien, bien. No es una ruta difícil, solo es larga. Es para turistas, vaya.

—Pero son diez días. Te sienta bien.

—¿Ah, sí?

—Te veo más moreno.

—Es que he tomado mucho la lluvia.

—Pero no ha llovido todos los días.

—No, es verdad. Ha sido una mezcla, típico de la primavera, ya sabes.

Si bien le parecía absurdo haberse puesto a hablar del tiempo otra vez, es que era incapaz de algo más que una cháchara insulsa sobre dónde se había hospedado, qué ruta había seguido y cuántos kilómetros había recorrido. Caminaron por las calles y callejuelas según las tiendas iban cerrando y la gente se iba a casa. El restaurante todavía no había abierto, de modo que dieron otra vuelta mientras Michael respondía a sus preguntas con una voz forzada y cantarina. Como empezó a chispear, regresaron al restaurante y llamaron al cristal hasta que un camarero los dejó pasar con cierto recelo. Era un recinto más iluminado y moderno y menos íntimo de lo que había esperado, más como una cafetería, con la mesa todavía húmeda y un olor cítrico en el ambiente. Como el chef no había llegado, les preguntaron si les molestaría tomarse algo mientras esperaban. Michael pidió una cerveza y Nat, un agua con gas con hielo y lima. Pasó un rato y de repente se volvió muy consciente de los puños de la camisa, de los bordes desgastados, de un hilo suelto que era lo único que sujetaba el botón.

—Cleo me dijo que estabas caminando con alguien.

—Sí, con su amiga. Se quedó un día más o así.

Si tiraba del hilo, adiós botón.

—¿Y qué tal ha sido? El caminar con compañía.

—Ha estado… bien. La conoces, de hecho. Marnie.

—¿Ah, sí?

—Del bautizo.

—Ah, claro. La amiga de Cleo que vivía en Londres.

—Exacto.

—La que estaba casada con aquel patán. Cleo lo odiaba.

—Se divorciaron.

—Ah, pues mejor. ¿Os llevabais bien o…?

Michael sabía lo que se traía entre manos. Le estaba intentando sonsacar información, para ver si había algo más que amistad. Qué alivio habría sido para ella, como conseguir vender una casa que se estaba hundiendo, y le llegó una punzada de molestia; no, de enfado. ¿Qué pasaría si volcara la mesa? No serviría de nada, claro, era la furia de un hombre en el fondo de un abismo. En su lugar, preguntó:

—¿Qué tal todo con Frank?

Natasha echó la cabeza atrás antes de contestar.

—Bien. La cosa se ha puesto más seria —dijo, echando una mirada abajo—. Evidentemente.

—Ya.

—Me he ido de casa de mis padres, ahora vivo con él.

—Claro.

—Y está contento por... lo del bebé.

—Todas buenas noticias, entonces.

Natasha soltó un suspiro y miró la puerta.

—Michael, no te...

—¿Qué?

—Nos llevamos bien. Los dos lo queríamos, parecía lo correcto. Es algo positivo.

Volvió a mirar hacia la puerta, como si estuviera pensando en salir corriendo. Tal vez debería permitírselo. No podía hacer nada por remediar aquella situación y ella también debió de imaginárselo, porque tenía las mejillas sonrosadas y los ojos un poco húmedos. No era justo torturarla con aquella tristeza enorme e incoherente, aunque se le pasó por la cabeza que, si se marchaba entonces, lo más seguro era que no la volviera a ver. ¿Estaba siendo demasiado dramático? ¿Exageraba? Porque ¿qué conseguirían viéndose en persona? La burocracia del divorcio podía resolverse a distancia, podía ir mandándole las pocas cartas que seguía recibiendo en la casa que habían compartido, y ella podía ir a buscar sus pertenencias cuando él no estuviera. A lo mejor sí que debería irse y ya está. Aun así, si se marchaba, Michael sabía que se le iba a romper el corazón, lo tenía por seguro.

—Si te soy sincera, con Frank... —decía ella, dándole la mano—. No tenemos lo que tenía contigo.

—No me hagas eso, por favor.

—Solo digo que...

—Porque a mí se me ocurre una cosa que no teníamos.

—Ya. Lo sé.

—Y me alegro por ti. O sea, me alegraré en algún momento, por ti, por los dos. Sé... Sé las muchas ganas que tenías.

—Sí que tenía ganas —dijo ella, y pareció detenerse a media frase. «De tenerlo contigo», ¿era eso lo que había estado a punto de decir? Todos los consuelos le sentaban como otro puñetazo en la cara y, por un momento horrible, pensó: *Ay, Dios, ¿y si me pide que sea el padrino?*

Se abrió la puerta y entró un hombre que se secó el agua del pelo con la mano; Michael supuso que se trataba del chef. No iban a poder comer hasta pasado un buen rato y le parecía imposible quedarse allí sentado charlando cuando había llegado a creer que tal vez iban a volver juntos. Si bien había intentado reprimir la sensación, era lo que había creído, que ella iba a decir algo como «Probemos suerte otra vez, pensemos en lo que hemos pasado, hagamos lo que podamos y charlemos, con sinceridad, para volver a encontrar lo que teníamos». Incluso había pensado que podría quedarse a pasar la noche. ¿Por qué si no había reservado una habitación doble y había comprado aquella botella de champán ridícula? Al ver que no era así, le entró el mal humor y la insolencia.

—Me habría gustado que me avisaras antes de venir.

—Creía que era mejor contártelo en persona.

—Pero podrías habérmelo dicho esta mañana.

—Entonces no habría sido en persona, ¿no crees?

Michael abrió la boca y la volvió a cerrar sin decir nada. Por su parte, Natasha fue a paso más acelerado y se puso a hablar de la venta de la casa que habían compartido.

—Puede que tengamos que acelerar el proceso un poco.

—Claro.

—Podríamos registrarla en más de una inmobiliaria.

—Vale, ya lo haré.

—¿Qué tal está la casa? ¿Qué sensación transmite?

—¿Dices… que si está ordenada?

—Seguro que lo está.

—¿Que si sigo fregando el baño y haciendo la cama?

—Me refiero a si es… atractiva.

—¿A si huele a pan recién horneado?

Natasha se llevó las palmas de las manos a los ojos.

—Sí, Michael, a eso mismo me refiero.

—Tristeza es lo que transmite. Es una casa triste. Se me cae encima, de hecho. No soporto estar allí.

—Ya me imagino.

—Por eso me pongo a caminar por el campo todo el puto día como un desquiciado, porque no soporto estar en nuestra casa.

—Entonces quizá deberías mudarte, alquilar algún piso. En algún momento tendrás que hacerlo.

—No me lo puedo permitir.

—Pues deberíamos acelerar el proceso, como te decía.

También se acordaba de aquello, de la cadencia de sus discusiones, de los arrebatos infantiles de él, de los intentos de razonar forzados de ella, de la teatralidad de la paciencia y los silencios repentinos. Se llevó una mano a la boca y se sorprendió al notar la piel sin barba, desagradable y húmeda.

—Ya buscaré algo. Ya buscaré. Aún no me he puesto.

Natasha no dijo nada, sino que se limitó a apoyarse las manos en la frente, y Michael se dio cuenta de que estaba llorando.

—Oye, no quería ponerte así.

—No eres tú, es como estoy.

—Me alegro por ti, de que por fin lo hayas conseguido. De verdad. En algún momento me podré alegrar.

—Gracias.

—Es que no es lo que esperaba ni lo que quería. No es lo que creía que iba a ser nuestro matrimonio.

—Ya.

—Y pensaba mucho en tener hijos.

—Lo sé, yo también.

—Es absurdo imaginar que se va a poder, pero di por sentado que íbamos a ser padres, mamá y papá, que se nos iba a dar bien.

—Se nos habría dado bien, sí.

—Y sé que lo más fácil sería que… que pudiera darte mi bendición, ya sabes, decir que me alegro por los dos, que es una etapa nueva, que él es buena gente, pero… Estoy triste y ya está. Casi todo el día, joder.

—¿Y qué puedo hacer para ayudarte con eso?

—No sé. Mantenerte al margen, quizá.

Natasha alzó la mirada con la boca abierta.

—No quiero hacer eso. —Le dio la mano desde el otro lado de la mesa y se la sostuvo—. Quiero que seas feliz.

A Michael se le escapó la risa.

—Mierda, yo también.

Los dos se habían echado a llorar y vieron que el camarero se les acercaba.

—Ay, justo ahora tenía que ser —dijo Natasha, secándose los ojos con la servilleta, aunque también se habían echado a reír y escondían la cara tras el menú mientras se les sacudían los hombros.

—¿Están listos para pedir?

—De hecho —dijo él sin alzar la mirada—, nos ha surgido un imprevisto.

Miró de reojo a Natasha, quien asintió discretamente, y tal vez el camarero también se quedó aliviado, porque en cuestión de unos pocos minutos pagaron la cuenta y volvieron a la calle. La lluvia había dejado de caer y les fue más sencillo no tener que mirarse mientras caminaban despacio hasta el coche de ella, metidos en una conversación menos complicada: la vida en el pueblo, cómo estaban los padres de ella (recuerdos de su parte), cómo iba el instituto nuevo y cómo eran los alumnos. Aquella zona rural era salvaje pero encantadora, con muchos sitios para caminar.

Y entonces llegaron al coche y pareció que todo ocurría demasiado deprisa, como una conversación a través de la ventana de un tren que ya había arrancado. Si bien no había ningún motivo por el que no pudieran seguir hablando, ella tenía que volver.

—Son las siete menos cuarto.

—Qué noche más loca —dijo él, y pensó en lo extraño que era que Natasha fuera a volver a un hogar que él no había visto ni iba a ver nunca. «¿Cómo ha ido? ¿Cómo se lo ha tomado?», le preguntaría Frank desde el sofá.

—Espero que disfrutes del resto de la caminata.

—Seguro que sí —dijo él, nada seguro.

—Buena suerte. Ten cuidado por los Páramos. Ya te veré con Cleo y con Sam. Dale recuerdos a Anthony.

Michael le prometió que eso haría, aunque ella debió de haber presionado el botón que llevaba en el bolsillo de la chaqueta porque la puerta del coche se abrió sin previo aviso y se dieron un abrazo, ella con el cuerpo arqueado un poco lejos de él, de modo que solo se rozaran con los hombros. Luego estiró una mano para sujetarlo de la cara y le colocó la mejilla contra la de él.

Y entonces, igual de deprisa, se dio media vuelta, sujetándose el abrigo de forma protectora contra el vientre y subió al coche. Michael dio un paso atrás y le vio la cara otra vez, logró sonreír con los ojos vidriosos. Natasha alzó una mano a modo de despedida, giró el volante y se marchó.

Ya en el hotel, preguntó si sería posible devolver el champán, aunque era complicado porque formaba parte del especial dominguero romántico. Tal vez se lo podía llevar consigo. Aquello también le iba a ser complicado, por lo que, en su lugar, pidió un bocadillo y se fue a la habitación.

En sus intentos por esconder el cubo de hielo, lo había dejado demasiado cerca del radiador, de modo que la botella acabó calentándose y, cuando la abrió, con espuma y un sabor desagradable, se tuvo que obligar a beber. Aun así, tuvo la precaución de no bebérsela entera y se dejó un par de dedos para la mañana siguiente.

DÍA NUEVE, PARTE UNO:

DE HERNE HILL A BATTERSEA

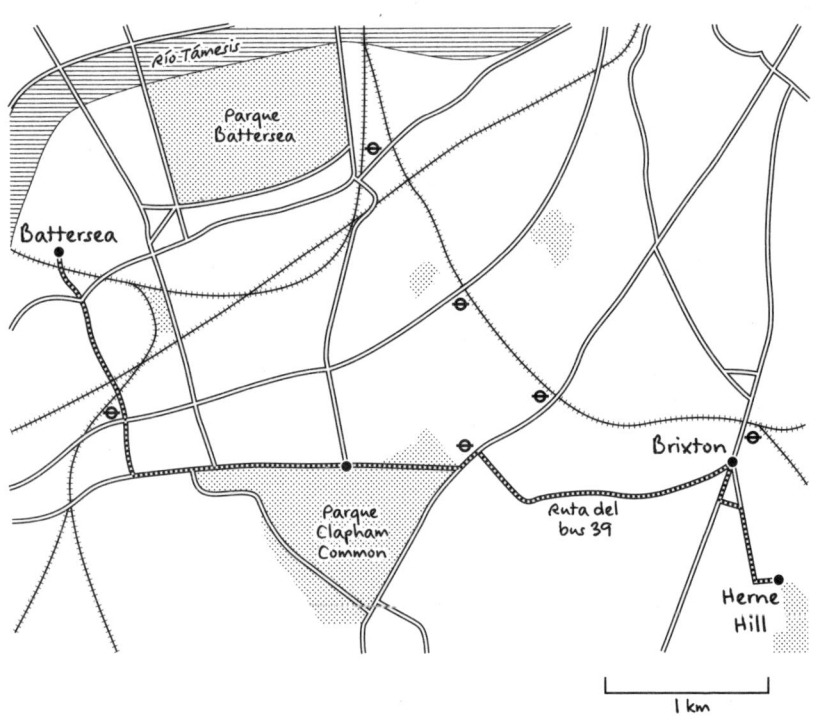

CEREBROS Y CORAZONES

—¿Qué tal todo por la botica? O sea, por la farmacia.

—¡Bien! —contestó Conrad—. Muy agotador todo.

—¿Trabajas seis días o…?

—Cinco. Tengo un subgerente, y eso.

—¿Eres farmacéutico a altas horas de la noche también?

—Solo en mi vida privada —dijo él arqueando una ceja, aunque eran las seis y media de la tarde de un domingo.

—*Flaná* —respondió ella.

Su idioma privado volvía a asomarse tras cuarenta y ocho horas sin haber hablado en voz alta con nadie. Qué rápido había vuelto a su vida de siempre, trabajando todo el día, con la esperanza de que alguien cancelara los planes. En vista de que no ocurría, se puso su uniforme urbano de siempre, la falda negra y el abrigo, y sus ampollas pasaron a rozar la parte interior de unas medias negras opacas y unas sandalias negras y planas. Se sentaron en unos taburetes altos de la barra de zinc de un bar de tapas español cerca del puente de Battersea, con Conrad vestido con una chaqueta de cuero, una camisa abierta y vaqueros azules, como un jugador de la Premier League cuando salía de fiesta. No había ninguna discoteca en el mundo que fuera a impedirle el paso. A Michael, por otro lado…

Su acompañante comenzó la velada con las pullitas clásicas sobre tener que haber ido al sur del Támesis, sobre lo raro que era y lo tranquilo que estaba todo, aunque ella lo achacó a los nervios y se resistió a la tentación de poner a parir el barrio de él. En su lugar, se puso a hojear el menú, que venía en una carpeta de vinilo pegajosa y era tan largo como un relato corto.

—Ah, las tapas —dijo ella—. Los aperitivos originales.

Dicho aquello, reflexionó sobre lo cerca que estaba el contrafuerte y pensó si le sería fácil salir corriendo de allí, saltar la valla y zambullirse de cabeza en el río que pasaba deprisa.

Pidieron una botella de «vino Tinto rojo», aunque Marnie se percatara de que era una redundancia con mayúsculas arbitrarias, y se pusieron a debatir qué pedir para comer, la proporción de carne, pescado y verduras, el número de platos, el protocolo sobre compartir, mientras Conrad anotaba los candidatos en una servilleta roja («¿Boquerones?»). Fue un proceso tan complejo y político que bien podría haberles llevado la noche entera.

—Siempre podemos pedir más luego, pero no menos —dijo Marnie, y a Conrad le gustó tanto aquella filosofía que la repitió, y más de una vez, mientras daban sorbitos a su vino tinto, tan pegajoso como los menús, que sabía a la jaqueca que le iba a provocar.

Se hizo el silencio. Y entonces:

—¡Un brindis! —dijo Conrad—. ¡Por las ciudades!

—¡Por los zapatos normales!

—Y por el terreno llano. Por estar calentitos y secos.

—Por los zorros y las palomas.

—Por los zorros y las palomas—. Y bebieron—. No me puedo creer que hayas durado tanto.

—Anda —soltó Marnie—. ¿Y eso?

—Es que... ¡siete días! ¿De qué hablasteis tanto tiempo?

—Lo típico: el amor, la vida, la muerte —contestó, y Conrad se echó a reír, aunque era cierto—. Caminar hace que una se ponga a parlotear. Es como meterse un suero de la verdad o algo. Y fue precioso, mira.

Por mucho que se hubiera decidido a no hacerlo, acabó sacando el móvil. Le mostró una foto de un paisaje que daba a Grasmere, donde los habían rodeado todos aquellos perros; de Angle Tarn, donde casi se habían dado un chapuzón; de Kidsty Pike, el punto más alto de la ruta, y el siniestro Nine Standards Rigg, con la divisoria de aguas, tras lo cual habían encontrado... No, mejor no hablarle de aquello. En aquel dichoso día de Año Nuevo, se había prometido que iba a cambiar sus fotos y sí, lo había hecho, pero, incluso con el brillo al máximo, las imágenes no contenían ni un atisbo de lo sublime. Tal vez los paisajes fueran como fotos de la luna llena, siempre decepcionantes.

—Parecen poca cosa, ya.

—A ver —le pidió él, y fue a la foto que ella se había saltado—. ¡Ahí está!

Era la foto que se habían tomado junto a la presa, para nada favorecedora, con la sonrisa tonta de ella y el brazo de Michael pesado y poco natural rodeándole los hombros, la única cara nueva que había logrado añadir a su galería.

—¿Qué tal os llevasteis?

—Bueno, bien.

Poco después de aquella foto, Marnie le había pedido el número de teléfono y él le había pedido que se quedara.

—¿Intentó ligar contigo? A las tantas en el bar del hotel, con las botas embarradas...

—No digas tonterías.

—Pues yo creo que estaba coladito por ti.

—Anda. —Marnie se echó a reír—. ¿Por qué lo dices?

—Lo sorprendí un par de veces aquella noche, en el bar, echándote miraditas e inclinándose hacia ti. ¿Por dónde andará ahora?

Ella también se lo preguntaba. Tenía la necesidad de contarle el secreto a alguien, de hablarle de lo sucedido en la Suite Lavanda, de lo emocionante que había sido volver a besar a alguien, desearlo y que él la deseara a ella. El tópico era decir que se había sentido como una adolescente, pero tenía derecho a experimentar aquella sensación, el mareo y la emoción de todo.

Sin embargo, nada de aquello parecía un tema apropiado para una cita, y se dio cuenta de que la única persona con la que podía hablar de su confusión era la misma que la había provocado. Por el momento, debería centrarse en Conrad, que estaba tan guapo como hacía una semana, igual de lleno de confianza y carente de astucia y poros y humor. Les llevaron la cena deprisa y él se puso a hablar del trabajo, de la famosa experiencia universitaria, de países en los que le gustaría vivir, y a ella le pareció más amable, menos torpe, y, a pesar de que no había nada de romanticismo cociéndose, estaba haciendo lo que se había decidido a hacer: salir y escuchar.

Aun así, ya no le parecía tan importante llenar el marco de la foto sin más. La pregunta que debía hacerse era si aquella persona era alguien a quien recurriría en caso de crisis, alguien cuyo recuerdo o imagen podría evocar cuando no estuviera presente. Alguien a quien necesitara. *Si viniera a verme a mi lecho de muerte, ¿me alegraría? O en cambio pensaría: ¿Este qué hace aquí?* Era un criterio un poco macabro que aplicar a una cita cualquiera, pero aquel hombre perfectamente decente no cumplía el requisito, igual que ella tampoco pasaría la prueba del lecho de muerte en su caso. Una o dos personas, eso era lo único que necesitaba de verdad, una o dos personas a las que darle su amor.

Se acabaron la primera botella deprisa, pidieron otra, y él se puso a hablarle de su exprometida y le contó la historia que le había dado demasiada vergüenza compartir hacía una semana, mientras ella sorbía el cerebro dulce y con un toque a ajo de la cabeza de las gambas, perdiendo la benevolencia con cada segundo que pasaba. Había leído en alguna parte que las gambas tenían el corazón en la cabeza, lo cual le parecía una metáfora para algo, aunque quizá no fuera una «cabeza» como tal, sino más como un tórax. Mientras tanto, Conrad le contaba que todo había sido muy rápido, el prometerse, y que tal vez él había entrado en pánico y ella tenía razón, que ya no eran tan jóvenes, que no podían perder el tiempo y bla, bla, bla. Se valía de la tristeza. Los hombres, según lo veía ella, sobrestimaban el atractivo de la tristeza. Marnie se metió una cabeza de gamba en la punta del dedo índice y la convirtió en marioneta, olisqueando el aire y asintiendo, «sí, sí, háblame más de eso». Y tan agradable le pareció el efecto que se puso tres cabezas más.

—Mira —dijo—, qué cosas me hacen cuando voy a por una manicura…

—¿Cómo dices?

—Nada, nada. Parece que sigues enamorado de ella —soltó de pronto.

Se produjo una pausa.

—Sí —acabó diciendo él—. Creo que tienes razón.

Lo que la llevó a preguntarse si era así como estaba condenada a pasar las noches, escuchando a hombres aburridos y cargados con el amor hacia otra persona. Tal vez había soltado algún comentario desatinado, porque Conrad se quedó callado, con la mirada triste y perdida en su copa de vino grasienta, y, por respeto, Marnie se quitó las cabezas de gambas.

—¿Por qué no lo hablas con ella?

—¿Crees que debería?

—Sería lo suyo, sí.

—Vale. A lo mejor lo hago. —Se enderezó en su asiento, muy decidido—. ¿Quieres pedir postre o…?

—No, no hace falta. Vámonos.

Le echaron un vistazo a la mesa, llena de espinas, cáscaras y charquitos de aceite rojo.

—Pues al final no hemos pedido de más.

—No —dijo Marnie—, qué bien contamos.

Caminaron junto al Támesis en dirección al puente de Battersea, entre círculos de luz naranja.

—Tendría que habértelo dicho antes, pero me siento un poco mal por cómo nos fue todo cuando estábamos de vacaciones.

—¡Si todo fue bien! No pasó nada.

—Me puse a hablar y hablar de Fórmula Uno. No te interesan nada las carreras.

—Yo fui igual de horrible. ¿Es boticario o farmacéutico?

—Y luego me largué.

—Ya, eso fue más raro.

—¿Verdad? No quería que pensaras que era porque no me gustabas. Es que había mucha gente mirando y, ya sabes, la presión.

—Lo entiendo.

—Y espero que no te moleste el comentario, pero me gustabas, de verdad, es que no era el lugar adecuado. O sea, odio el campo.

Marnie se echó a reír.

—Entonces sí que no era el lugar adecuado, no.

—Aun así, me habría gustado que pasaras la noche en mi habitación. —Habían llegado al puente, con los buses en dirección norte por encima de ellos, y se detuvieron para mirarse—. Estaba pensando que me gustaría besarte, pero seguramente sea una mala idea.

—Casi seguro que sí. —Se señaló la boca—. Cerebros de gamba.

—No me molesta.

Cuando era pequeña, una vez había intentado besar al elenco de *Friends* en la tele, uno a uno, para ver cómo era, y tal vez aquel beso iba a ser igual.

—Bueno, vale —aceptó—. Por una vez. —Se besaron un rato. Y sí que fue igual que con la tele—. Muchas gracias

—dijo, como si le acabaran de dar un descuento para comprar libros.

—Pero... ¿solo por una vez?

—Creo que sí. Me he alegrado de verte, solo que no sé si tenemos química. Bueno, tú eres el experto, qué te voy a contar.

Conrad tardó unos segundos en sonreír y luego se quedó mirando el puente.

—Creo que mejor me...

—Sí, antes de que cierren la frontera. Puedes tomar el diecinueve, el cuarenta y nueve, el tres cuatro cinco...

—Sí que conoces bien los buses, Marnie —dijo, y ella asintió con modestia—. ¿Qué harás ahora?

Hacía un poco de frío, pero no mucho, era temprano y se sentía con la necesidad de despejar la mente. Y las ampollas no le estaban dando mucha guerra.

—Pues ¿sabes qué? Creo que voy a ir andando.

DÍA NUEVE, PARTE DOS:

DE OSMOTHERLEY A BLAKEY RIDGE

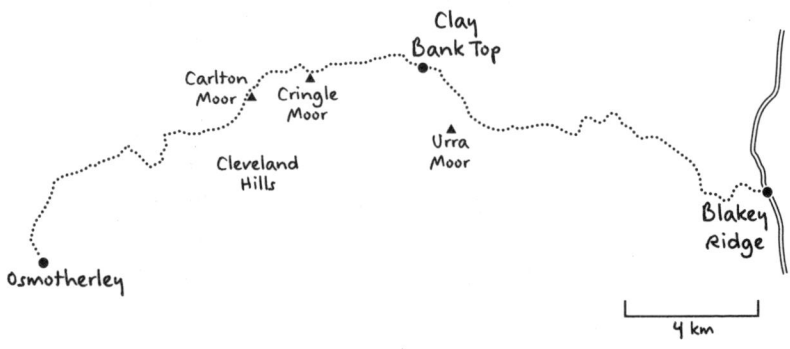

PASÁNDOSELO BIEN
EN UN PÁRAMO

El domingo, Michael se desmoronó y después, sin darse cuenta, empezó a recomponerse él solo.

Un cien por cien de probabilidades de lluvia, según la app del tiempo, pero la lluvia podía ser una ligera niebla o un monzón y tal vez no iba a ser para tanto: las cimas y los valles de la vía Cleveland por la mañana y luego un tramo llano por los Páramos. Pensaba tratarlo como un desafío físico, un maratón o una carrera de obstáculos. Si bien nadie lo acompañaba para animarlo, todavía se lo podía pasar bien con aquel juego, en los Páramos, a solas, en una carrera de obstáculos pasada por agua.

Sin embargo, ya estaba exhausto antes de la primera subida. La noche anterior se había acostado temprano, solo que era noche de concurso en la posada y aquel suelo viejo de madera había implicado que podía participar desde la cama. Se le habían dado bien las preguntas sobre películas y ríos del mundo y cada vez se había frustrado más con las rondas de dibujar. Se preguntó si debía darse por vencido con la idea de dormir e ir a ofrecer sus servicios a los cuatro concursantes o si lo mejor era quedarse allí tumbado, con los ojos entornados hacia el televisor diminuto de la habitación, demasiado lejos, encima de la cajonera. Solo funcionaban dos canales y en ambos había concursos, por lo que pasó la noche metido en un interrogatorio intenso en el que unas voces lejanas le exigían que respondiera quién había llegado al número uno de éxitos con la canción *Smalltown Boy*.

Todavía cansado, subió por un bosque que parecía haber salido de una peli de miedo, con una niebla densa como el humo del tabaco, por lo que le daba la sensación de estar caminando en una celda gris portátil, abierta solo ante la lluvia. Y los pensamientos los tenía igual de confinados. Iba a tener que contarles a sus padres lo de Natasha. Sus compañeros de trabajo, amigos mutuos, también iban a tener que saberlo o tal vez lo sabrían ya. Iba a tener que ponerse en serio con lo de alquilar un piso. Alquilar a su edad..., por Dios. ¿Iba a tener que compartir piso? Era demasiado mayor para lidiar con compañeros de apartamento. El sendero se ensanchó por delante y se estrechó por detrás y la lluvia ya se le colaba por la espalda y en las botas, donde ya notaba que se le formaban ampollas. Solo una idea le proporcionaba cierto alivio ante todo aquello y ya era demasiado tarde para ponerla en práctica.

Por fin salió del bosque y llegó a lo alto de la extensión escarpada del noreste que se desplegaba ante él, unos campos verdes y amarillos moteados con torres de alta tensión y molinos eólicos y, apenas visibles a través de la niebla grisácea, Middlesbrough, Stockton y Redcar. Era un paisaje que en otros momentos habría admirado, pero que entonces solo miró de pasada, como si fuera una postal dedicada a otra persona. A partir de allí tenía que dirigirse al suroeste, aunque primero tenía que subir una montaña y luego otra y otra más, cinco en total. El empeño le llevó toda la mañana, lúgubre y húmeda, con un paso por las cimas demasiado breve, de modo que el descenso repentino y el siguiente ascenso escarpado parecían algo rencoroso que lo sacaba de quicio. Empezó a dudar de lo sabio que había sido el proyecto en sí, porque el paisaje ya no le servía de nada. Caminar no lo estaba curando y era imposible dejar el pasado enterrado, porque siempre se las arreglaba para desenterrarse y ponerse por medio otra vez. Por Round Hill y Carlton Moor, por Cringle Moor y Clay Bank Top, caminó arriba y abajo, con la lluvia helada y constante que se le colaba por todas las costuras, se le metía en la ropa, en la piel y en las articulaciones, tanto que le daba la sensación de que se estaba oxidando. Si Marnie hubiera estado allí, tal vez se habrían reído de la situación. ¿Podría volver atrás, disculparse o explicarse mediante un mensaje o una llamada? No tenía el don de la elocuencia emocional, como Marnie bien sabía para entonces, pero tal vez si era sincero y directo…

Sin embargo, era un mito que caminar mejoraba las cosas. Tenía que limitarse a seguir adelante y quitárselo de encima. Tras una última escalada, llegó a Urra Moor, una montaña expuesta y sin nada y de aspecto infinito, y recordó que Marnie le había descrito cómo había sido ver el atlas del mundo cuando era pequeña, aquel miedo nervioso de las grandes distancias y el espacio vacío. Nunca se había sentido tan solo y acabó imaginándose escenarios horribles, como que se caía por la borda y veía que el barco lo dejaba atrás (*Por Dios, no pienses en eso*) o la pesadilla de cuando era pequeño, en la que navegaba a la deriva por un espacio infinito o lo enterraban vivo. Eran unas fantasías de soledad aterradora cada vez más graves, unas ideas tan incesantes que tuvo que apoyarse las manos en las rodillas porque le costaba respirar. ¡Qué bien se lo estaba pasando en los Páramos! No le extrañaba que la gente se volviera loca allí. Había belleza en lo severo que era el lugar, sí, pero ¿no podría encontrar la belleza en un lugar más iluminado, más vivo y lleno de ruido, algún lugar poblado aunque fuera por una persona?

Demasiado tarde ya. Tenía que seguir adelante. Transcurrieron varias horas y se sumió en un estado disociativo derivado del agotamiento conforme se iba poniendo el sol antes de llegar a ver señales de vida humana: un pequeño conjunto de casas modernas en el camino solitario que separaba el páramo, un lugar tan remoto que seguro que las habían construido allí por error. La lluvia cayó con más fuerza y lo alentó a dirigirse a una casa gris y enguijarrada con cuatro ventanas y una puerta, como el dibujo de un niño pequeño, con un radiotaxi manchado de barro en la gravilla del jardín delantero. ¿De verdad aceptaban invitados allí?

—Por Dios, qué pintas me traes. Pasa, pasa.

Su anfitrión era un hombre de cabello canoso y cincuenta y muchos años, bajo, rechoncho y un poco bruto, como un entrenador de fútbol de la vieja escuela. Le hizo un gesto para que pasara al pasillo y lo ayudó con su ropa empapada.

—¿Vienes solo?

—Sí, hoy sí.

—¿Has recorrido toda la ruta a solas?

—Iba con una amiga, pero tuvo que irse.

Siguió al hombre por las escaleras estrechas. Su hijo, según le contó, acababa de alistarse en la Marina Real Británica, por lo que, en vez de dejar que la habitación se quedara allí muerta de risa, estaban intentando ofrecérsela a los huéspedes. Estaban «empezando, así que ten paciencia». A su mujer, por lo que dijo, le estaba costando hacerse a la idea y había ido a pasar un tiempo con su hermana en Scarborough.

—No le gusta que haya desconocidos en su habitación.

—¿Y eso no lo hará un poco complicado? Para montar un hostal, digo.

—Sí, bueno, es lo que te decía. Estamos empezando.

Y era cierto, porque la diminuta habitación todavía contenía la presencia del hijo: una barra de dominadas encima de la puerta y unas pesas en un rincón, marquitas de chinchetas en la pared donde habían colgado pósteres, pegatinas de fútbol en el espejo y, en la cajonera, un montón de trofeos de plástico negro y dorado. La colcha estaba bordada con leones rojos y blancos, los colores del equipo de fútbol de Middlesbrough, y el posadero, Graham, le dijo que esperara que no le molestara.

—¡Espero que no seas hincha de los Magpies!

Y Michael le aseguró que no.

—¿Tú tienes hijos? —le preguntó Graham.

—Pues no, no tengo.

—Se les echa de menos cuando se van.

—Ya me imagino.

Hubo una pausa, como si Graham quisiera decirle algo más. En su lugar, le contó que iban a cenar los dos juntos, si le parecía bien, o que podía llevarlo al bar si lo prefería.

—Bueno, te dejo a lo tuyo —dijo el posadero, y lanzó una última miradita triste a la habitación, como si quisiera comprobar de una vez por todas que su hijo ya no estaba.

Y Michael se quedó solo una vez más, sentado en el borde de aquella cama individual estrecha. Le parecía inconcebible pasar la noche allí, tan inconcebible como marcharse, porque ¿a dónde podía ir? Con un solo dedo, apartó la cortina y miró al este. Ya se había hecho de noche y el viento llevaba gotitas de agua a la ventana. Aquello sí que era borrascoso. Era un paisaje tan desolado que no tuvo otra opción que echarse a reír. Con el móvil plano contra el cristal, hizo una foto a modo de broma: unas cintas oscuras y gruesas, como ver a través de una venda.

¿Qué podía hacer con la foto? ¿Para qué servían las fotos? Oyó unos pasos en la escalera, que llamaban a la puerta con delicadeza, y por allí volvió Graham con emoción en la mirada.

—Solo venía a decirte que estoy a punto de meter un pollo en el microondas.

—Muchas gracias, Graham —dijo él—. Suena increíble.

Oyó la voz de Marnie en sus adentros: «¿Conque increíble, eh?», y bajó para ayudar.

MARK ROTHKO

Volvió a casa y se encontró con que la mochila le había tendido una emboscada junto a la puerta, justo donde la había dejado ella, pero no tenía fuerzas para remediarlo. Ni tampoco podía dormir. En la mesa de la cocina, les echó un vistazo a las últimas páginas de su revisión para cerciorarse de que no se hubiera dado demasiada prisa y se puso a escribir el correo con el que se lo iba a entregar al editor. Sí, fue bastante subidito de tono, como le había comentado, y le había gustado y esperaba que sus revisiones fueran de ayuda. ¿Podía encargarse de algo más? Estaba disponible. Adjuntaba la factura.

Pensaba enviarlo a la mañana siguiente; por el momento, tenía un correo sin leer cuyo asunto rezaba «De Neil». Contuvo la respiración y lo abrió. De principio a fin, decía:

Es lo justo. Siento haber tardado tanto. ¿Te parece bien esto?

… y debajo había una captura de pantalla de un pago domiciliado de quinientas libras al mes durante los siguientes dos años y medio. Era la primera vez que un mensaje de su exmarido le proporcionaba cierta satisfacción; respondió con un simple «gracias» y cerró el portátil justo cuando oyó el sonido de un mensaje entrante.

Lo abrió otra vez.

Era de parte de Michael, el primer mensaje que recibía de él, una imagen vertical abstracta, unas cintas horizontales de color gris y negro industrial. Clicó en ella para verla en pantalla completa y se quedó mirando aquel monolito a la espera de que le explicara qué era. Pasó un rato. Y no le decía nada. Debería irse a la cama.

Siguió esperando.

LA COLCHA DE ADOLESCENTE

Tendría que haber enviado el mensaje antes de la foto, porque no sabía qué escribir. Las teclas le parecían demasiado pequeñas, y los pulgares, demasiado grandes, y tendría que haber escrito un borrador antes, porque era como si hubiera llamado a su casa antes de salir corriendo.

¿Qué quería decir? No había espacio para tanto en un mensaje, pero en algún momento quería hablarle de la noche que había pasado, cenando delante de la tele de Graham, con los platos en bandejas a juego con fondos acolchados, con patatas sancochadas, guisantes marrowfat que parecían piedras biliares y un pollo que fue toda una lección de anatomía, una impresión exacerbada por la luz intensa del techo. El paso por el microondas, según parecía, provocaba la muerte gastronómica del pollo, era el proceso mediante el cual un alimento de verdad se volvía de goma, con la piel pálida e hinchada, la carne gris y goteando una especie de savia blanca.

—Mi mujer es la que suele cocinar, como te habrás imaginado —le había dicho Graham.

Y Michael se había esforzado, de verdad, con el estómago librando una batalla entre el hambre y las náuseas. En un sofá bajo de cuero marrón, habían bebido cerveza de lata en unas jarras del equipo de fútbol de Middlesbrough y habían visto un programa de búsqueda de antigüedades mientras Graham valoraba cada objeto y lo calificaba como un trasto inservible o algo que podía valer una buena pasta. Y, si bien se veía buena gente y le proporcionaba una compañía agradable, fue una cena que perseguiría a Michael en pesadillas hasta el fin de los tiempos. De postre, se comieron un yogur de fresa directamente del envase y luego fueron al fregadero de la cocina, junto a la ventana. Graham lavaba y Michael secaba, con la mirada perdida en la oscuridad mientras el posadero le hacía preguntas sobre su vida personal. La clave estaba en responder con sinceridad, pero ofrecer la menor cantidad de detalles posible.

—¿Estás casado?

—Nos estamos divorciando.

—¿No tenéis hijos?

—No.

—Bueno, así es más sencillo.

—Eso dicen.

—Hay que pasar página, ¿no? ¿Cortejas a alguien? —preguntó Graham, dándole un golpecito con el codo, y Michael sonrió—. ¿Qué pasa?

—Hacía tiempo que no oía esa palabra. Y sí, creo que eso hice, en cierto modo.

—Pues si no lo sabes tú...

Michael se echó a reír.

—Dirías que yo mismo tendría que saberlo, ¿no?

—¿Y dónde está ahora?

—Ah, ha vuelto a Londres.

—Pues tendrías que pasarte por allí y ponerte a ello. Un hombre apuesto como tú...

Michael frunció el ceño y cambió de tema: hablaron de la familia de él, del negocio del taxi, de su mujer, de los viajes del hijo con la Marina y de que los echaba de menos a los dos cuando no estaban, con la mirada clavada en la ventana durante toda la conversación, como si esperara verlos salir de la lluvia. ¿Sus padres también habrían notado tanto su ausencia cuando se había independizado? Nunca se le había pasado por la cabeza, y se decidió a ir a verlos en cuanto volviera del viaje para decírselo en persona y hablar con sinceridad. Se negó a un café con leche antes de dormir y a ver el programa de fútbol *Match of the Day*, fue a la planta de arriba y se tumbó en la cama con el móvil. Acabó escribiendo:

> Son las vistas que tengo desde la ventana en los Páramos. ¡Está lloviendo! Espero que hayas llegado bien a casa. No hace falta decir que me siento muy mal por cómo nos despedimos. No sé por qué no te dije que había quedado con Nat. Fue de mala educación y quiero pedirte perdón. Ella está bien, pero voy a intentar pasar página. Me quedan dos días más y el martes por la noche vuelvo a casa. Sí que ha sido toda una «experiencia», desde luego, pero las mejores partes han sido contigo. Me sabe mal que te hayas ido, aunque lo entiendo. Soy Imbécil. Espero que estés bien y que podamos volver a vernos algún día, dentro o fuera.

Respiró hondo, le dio a «enviar» y al mismo tiempo se percató del error. Se le había ido el dedo y había puesto «Imbécil» con mayúscula y todo, como si fuera la personificación de la imbecilidad. Ella también lo iba a ver, porque se dedicaba a aquello, pero iba a creer que tenía razón. Aun así, el mensaje le parecía inacabado, como si se hubiera quedado en la puerta sin hacer nada. Tenía que decir lo que quería. Escribió:

> Ahora te echo de menos.

Se lo pensó y añadió:

> PD: Nunca hagas un pollo en el microondas.

Se lavó la cara y los dientes y le echó un vistazo al móvil. Se metió en la cama, bajo el edredón del Middlesbrough, limpio pero todavía con cierto tufo a joven; se imaginaba que aquello no desaparecería del todo nunca. En el exterior, la lluvia traqueteaba contra la ventana como si estuviera hecha de piedrecitas. Dos largos días más. Debería dormir, solo que el móvil lo mantuvo despierto más allá de las doce, de la una y de las dos, a pesar de no hacer ningún ruido. O tal vez por no hacerlo.

EL ÚLTIMO DÍA

VACIANDO LA MOCHILA

Si bien Marnie no tenía ningún motivo para salir de la cama a la mañana siguiente, tampoco podía pasarse el día allí. Todavía en pijama, se sentó a la mesa de la cocina, abrió el portátil y mandó la revisión para que el editor se la encontrara cuando llegara a la oficina.

También tenía el mensaje de Michael de la noche anterior, que volvió a leer. «Imbécil», con mayúscula, era bastante pertinente, pero ¿de qué iba el «Ahora te echo de menos»? ¿Significaba «Ahora te echo de menos porque ha pasado algo» o «Te echo de menos en este preciso instante»? ¿Y qué significaba «Intentar pasar página»? A pesar de que no venía a cuento, se preguntó desde dónde lo habría escrito. Con una sensación furtiva, arrastró la imagen que le había enviado al escritorio. Pulsó Comando-I para abrir lo que creía que se llamaban «metadatos» y sí, allí estaban las coordenadas. Al pegarlas al mapa, llegó al lugar exacto, un grupo de cuatro edificios en un sitio tan remoto que se preocupó por él. Mediante Street View, echó un vistazo a aquella casa moderna y normalucha desde la carretera, con unos charcos en el jardín, cubierta de guijarros y con el color rojiblanco de una bandera de fútbol. En aquel mismo instante estaba detrás de alguna de aquellas ventanas, ya fuera durmiendo o desayunando sin cubiertos. Clicó para acercarse más. ¿Era una forma humana lo que veía? Si bien la imagen era de hacía varios meses, tal vez incluso años, por un momento se sintió como si fuera a mandarle al equipo especial de la policía para sacarlo del edredón, registrar los calcetines del radiador y atarlo con cables. O tal vez lo estaba espiando a secas. Fuera como fuere, no era educado ni útil. Aún en Street View, giró la cámara y le echó un vistazo al paisaje que iba a cruzar él. Tenía una belleza un poco lúgubre. Lúgubre sí que era, desde luego.

La mochila seguía en el recibidor, donde la había dejado hacía más de dos días, y cargó con ella hasta la habitación, la desabrochó y la abrió con la nariz fruncida, como si se la hubiera encontrado en la calle. La brújula, la cantimplora, la guía de Wainwright, las barritas de proteínas aplastadas. ¿Quién era aquella desconocida? Desterró todos aquellos objetos de senderismo al cajón en el que guardaba las pilas gastadas. La ropa de aquella desconocida apestaba a turba y sudor viejo y la lanzó a la lavadora, desperdigando hierba y barro seco por el camino. Allí estaban sus tres vestidos que le gustaban, sus optimistas prendas para la noche. Olisqueó su segundo vestido favorito: desodorante y el olor de su sudor, así como la peste a alcohol del bar. Recordó el borde al subírsele a la cintura. Iba a tener que llevarlo a la lavandería. Lo metió en el armario y, cuando por fin terminó de vaciar la mochila, se la llevó al baño, la sujetó de la base y la sacudió con fuerza sobre la bañera para echar los restos que quedaban.

Oyó unos golpecitos secos cuando algo cayó en la bañera y rodó por la base, como una canica. Se trataba de una piedra roja y pálida, del tamaño, color y forma de una frambuesa de supermercado. La piedra de arenisca roja de la playa de St. Bees, que sí se había secado y la decepcionó de una forma que no había previsto, pero, por el momento, la dejó en el estante de cristal, junto al cepillo de dientes. Enjuagó la tierra de la bañera y metió la mochila en el fondo del armario.

También encontró la postal, la de «¡Saludos desde los viaductos!» y «No se permiten invitados pasadas las 10, gracias». La rompió en cuatro cachitos y la tiró a la papelera.

EL CAMINO

Nada más despertarse, Michael buscó la respuesta de Marnie y, al no encontrar nada, terminó de guardar sus pertenencias. No consiguió iluminar más la estancia al abrir las cortinas y, a través del velo de la lluvia, los Páramos parecían húmedos y saturados. No se iba a perder, estaba seguro de ello, pero iba a ser una larga caminata pasada por agua hasta el Egton Bridge, vestido con prendas todavía húmedas del día anterior, sin nada más que ver que el interior de la capucha.

—Puedo acercarte a Scarborough si te apetece —le ofreció Graham durante el desayuno.

Pasar el beicon por el microondas tampoco fue un éxito y Michael se fue a lavar los dientes para quitarse el sabor, dejó el dinero del hospedaje en la cajonera, además de veinte libras de propina, y bajó para despedirse. La estadía había sido de lujo e iba a darle cinco estrellas. Abrió la puerta principal y se quedó plantado en el umbral, como si fuera un salto con paracaídas. Graham se echó a reír.

—Salgo para Scarborough en una hora.

—No, no, es lo que toca.

—Espera que te doy mi tarjeta por si cambias de parecer. —Michael se la metió en el bolsillo—. Tú busca la carretera más cercana y ya te encontraré.

»¿Puedo preguntarte algo? —añadió Graham.

—Claro.

—¿Por qué diantres haces todo esto?

Nadie iba a enterarse si se daba por vencido entonces. A nadie le iba a importar si metía los pies en el mar del Norte o si tiraba la piedra en la orilla. No se le iba a quitar ningún peso de encima. No iba a ayudarlo a pasar página ni a darle ninguna sensación de liberación o cambio. La única motivación que tenía, por ínfima que fuera, era el hecho de acabar, la habilidad de decir que lo había conseguido, aunque, además de Cleo, no sabía a quién más se lo podía contar. En el paso de Honister, el primer día que había estado a solas con Marnie, se había negado a subirse al bus porque habría sido como engañarse a sí mismo. Recordó la cara de ella en la ventana de atrás, escribiendo en el vapor mientras el vehículo lo abandonaba.

—Porque no quiero volver a casa —repuso Michael.

—Todos tenemos que volver en algún momento.

Michael esbozó una sonrisa, alzó una mano para despedirse y se adentró en la lluvia.

—Tú mismo —dijo Graham.

Y, delante de la puerta, Michael se detuvo, se dio media vuelta y volvió a entrar. A Graham no le había dado tiempo ni a cerrar.

—¿Sabes qué? —dijo—. Creo que sí que prefiero que me acerques, si no te molesta.

PARTE CINCO

OTOÑO

―――――

El verano llegaba a su conclusión y el atardecer le brindaba el perfume de la podredumbre, que resultaba patético al ser un recuerdo de la primavera.

E. M. FORSTER, *Una habitación con vistas.*

LA ERA POSROMÁNTICA

Las estaciones llegaron y se fueron con su paso aletargado y Marnie anotó los sucesos en el almanaque de la madre naturaleza: la noche de los gritos de los zorros, quitar el edredón, los roedores que se mudaron al exterior, el inicio de la temporada de polillas. En mayo, sacó la ropa de invierno que había guardado en abril con demasiada premura y la dejó hasta junio, cuando la cambió por el armario de verano. O, mejor dicho, la bolsita de verano, porque era un fardo de camisetas antiquísimas que guardaba en un estante alto, junto a las decoraciones de Navidad. En el parque, los primeros tramos chamuscados provocados por las barbacoas de usar y tirar empezaban a brotar. Las granadas dieron paso a los mangos en las fruterías turcas y las fresas estaban de oferta. Se acercaba la temporada de arañas.

Mientras tanto, siguió trabajando en todo momento y aceptó cualquier encargo que le ofrecieran: thrillers, comedias románticas, aventuras napoleónicas, dramones juveniles, misterios de habitación bajo llave, un thriller innovador que tenía lugar durante veinte minutos y una saga de ciencia ficción que abarcaba más de veinte mil años, todo desde la mesa de su cocina. El amor era un tema recurrente, así como el sexo, pero intentaba no editorializar en lugar de revisar, porque «y yo me lo creo» no era un comentario útil. Cuando no leía por trabajo lo hacía por placer, y, durante una tarde vacía de junio, dejó el libro, cargó con sus horribles macetas de la ventana y vació aquella tierra que parecía lunar. En un puesto del mercado de Brixton, preguntó cuáles eran las plantas más difíciles de matar, y allí estaban, dos filas de geranios rojos invencibles que podía ver desde el sofá. El inicio de sus años de jardinería.

También hubo otros cambios. Una amiga de siempre se puso en contacto con ella y le dijo que «estaba más libre» porque sus hijos ya habían crecido, por lo que quedaron para tomar algo y reír un rato, lo cual la llevó a más reuniones con más amigos del pasado, unas cuantas fiestas con cena, nada demasiado salvaje. Cuando se ponían a hablar de zonas escolares o resultados de exámenes, se limitaba a distraerse, pensaba listas de la compra o tarareaba canciones para sus adentros hasta que cambiaban de tema. En algunas de aquellas cenas, la juntaban con hombres recién divorciados que le transmitían cierto *déjà vu* (con esos acentos que parecían un saludo con un sombrero antes de volver a ponérselo), y todo ello la condujo a una agradable cena a solas con un hombre mayor que ella muy majo que acabó en nada de nada. Intentó no preocuparse por aquello. Según lo veía, era como elegir un libro, leer un párrafo y saber con total convicción que no era para ella. La analogía no encajaba del todo, porque los libros no se ponen tristes cuando los dejas, pero en aquel caso los dos se marcharon sin sufrir, agradecidos por la indiferencia del otro.

Sin embargo, la vida le parecía más llena, más poblada que hacía un año. Fue a museos y al cine, en ocasiones sola, a veces con una amiga, y, cuando ahorró bastante dinero del que le pasaba Neil, que era suyo, fue de viaje ella sola a Italia, donde se hizo pasar por un personaje de una novela de E. M. Forster. En Florencia, se ponía a leer en cafeterías para que la vieran y se sentaba en el fresco de las iglesias exquisitas, en busca de alguna sensación espiritual. En Roma, visitó el cementerio protestante y buscó la tumba de Keats y la de Shelley y se emocionó y se avergonzó de haberse emocionado.

Pensaba en Michael a menudo, por mucho que no tuviera motivos para decir su nombre en voz alta. Cleo le había hablado de la nueva vida de Natasha y, si bien se alegraba por ella, le había sentado como si le hubiera contado que habían atropellado a un amigo. Se acordó de la cara que tenía en su habitación de hotel, recién afeitado, brillante y lleno de esperanza, y, aunque no se había olvidado de lo que había sufrido ella, también se entristecía por él, por su viejo amigo, y esperaba que estuviera consiguiendo pasar página. Más a menudo, cuando pensaba en su cara, normalmente por la noche y a veces nada más despertarse, era tal como lo había visto en la playa, con su estilo a la vieja usanza, apuesto sin saberlo, el rostro que había visto durante días mientras hablaban y caminaban.

Aun así, se resistía a hablar de él con los demás. Durante las vacaciones de verano, Anthony fue a pasar unos días con ella, pero era poco probable que él fuera a sacar el tema y ella se estaba centrando en tenerlo entretenido, por lo que lo llevó a lugares que le gustaban cuando era más pequeño, como los museos del sur de Kensington y Forbidden Planet, aunque parecían haber perdido el encanto. En su lugar, fueron a tiendas de ropa modernas (de las grandes, no de las de barrio) en el Soho, donde los clientes hacían cola como si fuera una discoteca. No había hecho cola para entrar en una tienda desde la pandemia, pero le encantaba ver lo emocionado que estaba él, y, después de entrar, buscaba una silla y se ponía a leer, meneando la cabeza al ritmo de la música, como una madrina, nunca como una abuela. Por la noche, pedían comida para llevar (para llevar, no a domicilio), se tumbaban en el sofá y veían pelis de acción de los años noventa. Y fue en una de aquellas veladas, entre explosión y explosión, que preguntó con el tono de voz más informal que tenía:

—¿Cómo está el profesor Bradshaw?

—Bien, bien.

No estaba claro qué más había esperado y, si quería un informe más completo, siempre se lo podía preguntar a Cleo. Sin embargo, sacar aquel tema habría desatado todo tipo de rumores, por lo que lo probó otra vez.

—¿Parece estar bien? En el insti, digo.

—Sí. Es un profe, no sé mucho de él.

En la pantalla, una mansión estalló y el protagonista puso una expresión desdeñosa.

—¿Ya se ha dejado la barba otra vez?

—No, a su novia no le gustaba.

—Ah. Ah. Que tiene novia.

—Antes —dijo Anthony—, ahora ya no.

Y Marnie experimentó dos emociones muy seguidas, como si hubiera pasado por un bache.

El verano concluyó y la cabalgata de la madre naturaleza continuó. El día de las hormigas voladoras llegó y se fue, los mangos dieron paso al maíz. Llegó la vuelta al cole y los buses se llenaron de gente, los roedores volvieron a mudarse a las viviendas y, de repente, volvió a ser temporada de arañas, por lo que las telarañas se le enganchaban en la cara cuando sacaba la basura y tenía que aporrearse como una posesa para quitárselas.

CAMPAMENTO MILITAR

Cleo se había quedado boquiabierta.

—Es que me parece absurdo que llegaras tan lejos y te rindieras a punto de acabar.

—¿Por qué? —preguntó Michael—. Si a ti te parecía que la ruta era una ridiculez.

—¡Pero te morías de ganas!

—Hacía un tiempo de perros.

—¿No dicen que no existe el mal tiempo?

—Además, me pareció un poco... inútil.

—No me creo que seas tú el que digas eso. ¿Por qué no me has mentido y ya está?

—¿Y si me hubieras pedido una foto?

—No te iba a pedir una foto, no digas tonterías. Dime que lo has hecho y ya está. ¡Miente!

—Pero entonces me estaría engañando a mí mismo.

—Prefiero eso a que me dejes colgada así. Que iba a hablar de eso en la reunión con los alumnos. ¿Qué lección les va a dar eso ahora? «Os presento al profesor Bradshaw, que tiene una maravillosa historia que contaros sobre acobardarse».

Michael se echó a reír.

—¡No me acobardé!

—Claro que sí. Ahora tienes que volver y terminar la ruta.

—Olvidémonos del tema, ¿quieres?

Sin embargo, volvieron a acordarse del tema en mayo, en una fiesta en la que le presentó a Tessa, o «la famosa

Tessa», según la llamó Cleo. El retrato que se había imaginado no era lo bastante favorecedor.

—Siento no haber podido ir a la caminata —se disculpó ella.

—La caminata en la que se acobardó —dijo Cleo antes de irse.

—Bueno, me alegro de conocerte ahora —la saludó él, antes de recurrir a las jugadas que había pensado en primavera—. Me han dicho que eres triatleta.

Fue la primera vez que se permitió salir acompañado desde que había vuelto del viaje y todavía se sentía nervioso y tímido, solo capaz de mantener las conversaciones más básicas, en las que hacía preguntas a intervalos regulares, como una máquina de esas que lanzan pelotas de tenis. No obstante, según se iba de la fiesta, oyó unos pasos en el camino por detrás de él y allí estaba Tessa, para pedirle el número de teléfono. Esbozó una sonrisa (quizá más amplia de lo que debía) y, cuando ella le preguntó por qué, dijo que era porque era la primera vez que se lo pedían, aunque no era cierto.

—Y este es mi fijo —dijo con otra sonrisa.

Su relación con Tessa comenzó una semana después, continuó durante dos meses y terminó sin rencores ni enfados. Fue, mientras duró, un vínculo muy exterior, porque salían en kayak, a nadar por el mar y en largas rutas de bici, aunque a ella le gustaba menos caminar y prefería correr. Cleo se refería a aquellas citas como «campamento militar», y de vez en cuando sí que le daba la sensación de que se estaba entrenando para no sabía muy bien qué, para la vida en general, tal vez. Si le hubieran pedido que resumiera la relación en una sola palabra, habría contestado que «rigurosa»; aun así, sí que se sentía mejor, más feliz y, desde luego, en mejor forma. En gran parte se debía al sexo, que también era riguroso, con una buena mezcla de cardio y fuerza.

Cuando no estaban sin aliento, charlaban. Empezó a sentirse un poco más elocuente, como si las conversaciones fueran otra habilidad que estaba entrenando, aunque a veces acababa contando una historia o soltando una broma que reconocía de su semana con Marnie y se sentía culpable. De todos modos, sus historias y bromas no solían surtir el efecto que quería. No se hacían reír mucho, pero tal vez se le diera demasiada importancia a aquello.

O tal vez no. La verdad era que pensaba en Marnie a menudo, normalmente por la noche y a veces nada más despertarse, y la echaba mucho de menos. Echaba de menos sus bromas, claro, y las conversaciones que mantenía con ella, cuando aprovechaba un comentario para jugar con él, examinarlo y alzarlo a la luz. Echaba de menos verle la cara, por lo que recurría a la única foto horrible que tenía y la movía con los pulgares para apartar el careto de idiota que tenía él y dejarla solo a ella en el centro de la imagen. Por mucho que le sorprendiera, también echaba de menos su sensación, aquellos momentos más físicos, cuando se rozaban con los brazos, la vez que le puso la mano en la baja espalda o bajo la curva del pecho, todos ellos tan potentes como las sensaciones que se tienen en un sueño y acompañadas de la misma decepción, por haberse despertado demasiado pronto. Era algo muy juvenil a decir verdad, cosas más apropiadas para sus pupilos que acababan sucediéndole a él, unos pensamientos y sentimientos tan persistentes y sorprendentes que se vio obligado a formularse la pregunta: no «¿Estoy enamorado de ella?», sino «¿Podría enamorarme de ella?». La respuesta a la segunda pregunta, según decidió, era un «sí» rotundo, y lo sabía con semejante convicción que se convirtió en la respuesta a la primera también.

Era evidente que iba a tener que dejar de salir con Tessa, en lo que fue un caso muy poco común de alguien que pone fin a una relación por no ver a otra persona. La idea de aquella conversación lo hacía morirse de vergüenza, era como decirle a alguien que le encantaba el regalo que le había dado y luego pedir el ticket de cambio. Mientras pensaba cómo decírselo, siguieron yendo a cenar, a ver alguna peli e incluso hablaron de hacer una escapadita en agosto, pero no cambió ni evolucionó nada, de modo que se podría barajar el orden de sus citas y no se notaría ninguna diferencia. Fue menos una relación y más un discurso motivacional extendido, y, si bien lo agradecía, era intolerable pasar un rato con alguien mientras deseaba que fuera otra persona. Al final de un fin de semana agotador y lleno de barro, vio la oportunidad, pero Tessa, más deportista que él, la vio antes.

—Michael —le dijo—, me caes muy bien, pero no sé si esta relación tiene futuro.

Expulsado del equipo, se rindió y se despidió para poder volver a casa y ducharse.

A casa. Una familia joven y agradable fue a verla y aceptó comprarla, por lo que Michael se vio obligado a intentar conjurar una vida sin la influencia de Natasha. Una casa dividida en dos no llega a ser ni la mitad de un hogar e iba a tener que pensar en muebles y platos nuevos, qué cuadros colgar en la pared y qué vacaciones y costumbres establecer. Iba a necesitar un reloj de pulsera nuevo, aunque pensaba guardar el anterior con cariño. Por el momento, debatió los asuntos prácticos con Natasha, primero por mensaje y luego, en septiembre, por teléfono, y se dio cuenta de que podía hacerlo a la perfección, sin enfadarse ni recriminarle nada.

—¿Cómo estás?

—*A punto de reventar* —dijo Natasha—. *Hinchada, con náuseas. Pero bien. ¿Y tú?*

Él también iba a estar bien. En otros tiempos, aquella respuesta habría sido otra forma de pedirle que lo dejara en paz, aunque se sorprendió al comprobar que era cierto. Y, si bien todavía recordaba el dolor que había experimentado al final de su relación, era una emoción que pertenecía a otra persona. De momento, no estaba feliz pero tampoco triste, y se conformaba con todo lo que tenía salvo por un aspecto. Aun así, no quería estar presente cuando Natasha fuera a recoger sus pertenencias. Por suerte, encontraron una ocasión que coincidía con la excursión de geografía de otoño, la cual aquel año, después de que Michael lo sugiriera (e insistiera), iba a ser un poco distinta.

RUTA CIRCULAR POR EL PARQUE HYDE

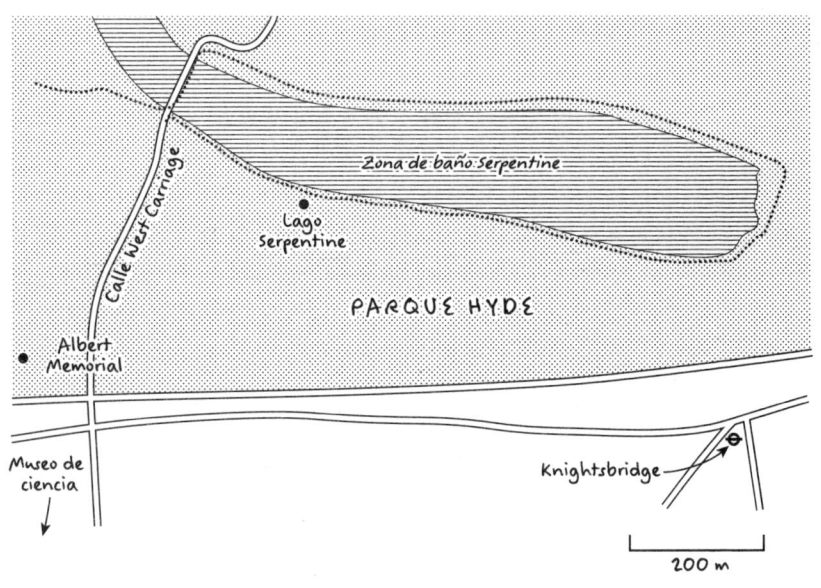

EL LAGO SERPENTINE

—Un supervolcán se define como un volcán que produce una tremenda cantidad de lo que denominamos «eyección». ¿Qué te hace tanta gracia, Ryan? ¿Se lo quieres explicar a los demás? Vale, ¿por dónde iba? El magma se genera bajo la corteza y la presión va aumentando hasta que se produce una supererupción con una eyección de a veces más de mil kilómetros cúbicos... Que alguien le dé una palmada en la espalda, por favor, antes de que se nos ahogue. Ryan, ¿quieres esperar fuera hasta que te hayas calmado? ¿No? Vale, me rindo, ya no os cuento nada. Ya lo averiguaréis en la exposición.

»Vale, con eso tardaréis una hora y luego tendréis tiempo libre para hacer lo que sea que hagáis. Por favor, os suplico que no os vayáis de tiendas y ya está. El parque Hyde está al norte de aquí, así que salid del museo y girad a la izquierda y luego a la izquierda otra vez. Ya sabéis qué hacer, que sabéis usar un mapa. Iremos al Albert Memorial, ¿queda claro? ¿Quién sabe quién fue Albert...? Sí, exacto, muchas gracias, Amit. Quedamos en el Albert Memorial a las cuatro de la tarde, ni un minuto después. Cuidado cuando crucéis las carreteras. Ryan, ¿ya puedes respirar? Así me gusta. La señora Fraser y yo os veremos a las cuatro.

Se desperdigaron. Cleo y Michael los vieron marcharse y recorrieron los pasillos, leyendo las etiquetas por encima y presionando botones, pensando en otra cosa. El viaje a

Londres había sido iniciativa de Michael, con una pasión sorprendente por aquel cambio a la geografía urbana. Iban a ver la Barrera del Támesis, a explorar los ríos ocultos de la ciudad, a hablar de la política de transporte y a pasar dos noches en un hotel barato de estilo soviético cerca de la rotonda Hanger Lane.

—¿Echas de menos la montaña, señora Fraser?

—Me gustan las montañas —dijo Cleo—, pero me gustan más las tiendas. Hablando de eso, adiós.

—¡Pero te vas a perder la exposición!

—Tropecientos millones de metros cúbicos y sesenta billones de años, ¿no se resume en eso?

—No sé para qué has venido si ibas a ponerte tan cínica.

—Si soy cínica por algo es por el motivo por el que has venido.

—La geografía no solo va de lagos y montañas, sino de ciudades también.

—Y de personas. —Había un modelo de la Tierra con un corte transversal y un magma naranja animado que se movía bajo el manto, hirviendo con furia—. De los movimientos de la gente. —Al pulsar los botones, la lava salía del núcleo del planeta hacia las zonas peligrosas—. Me gusta esto —dijo Cleo, dándoles a los botoncitos—. El poder de un dios.

—¿Seguro que no quieres venir a saludar?

—No, no. —Cleo se echó a reír—. Esto es cosa tuya. Anda, dile adiós a Yellowstone. ¿No deberías ir yéndote ya?

—Aún me queda un rato, hemos quedado a las dos.

—Vete ya, por si te pierdes. Estás muy guapo. Es noche de disfraces y Michael ha venido vestido de otoño.

—Suena deprimente.

—Para nada. —Echó un vistazo rápido para ver que ningún crío los estuviera viendo y le dio un abrazo—. No la cagues, Michael. Nos vemos a las cuatro.

Michael se marchó y se detuvo en el baño de caballeros para ver con qué pintas iba a presentarse. Una chaqueta, de pana pero ceñida, y hasta una corbata, aunque era de punto y gruesa, de modo que casi era una bufanda. Se había afeitado aquella misma mañana en el diminuto cubículo del baño, se había lavado los dientes, cortado las uñas, pasado el hilo dental y lavado los dientes otra vez. ¿Aquello se podía considerar arreglarse? No era como Marnie lo conocía, pero tal vez eso fuera algo positivo. Un nuevo comienzo, borrón y cuenta nueva; frases que había practicado. Se pasó los dedos por la marca que tenía en la mandíbula («cicatriz» era un término muy dramático) y se dirigió a la calle Exhibition.

Michael se había puesto en contacto con ella a principios de septiembre, con un mensaje.

> Querida Marnie: sé que ha pasado mucho tiempo, y estás en todo tu derecho de no hacerme caso, pero resulta que tengo que ir a Londres con el insti a principios de octubre. ¿Quieres que salgamos a dar una vuelta? No pasa nada si no es así, pero me encantaría verte. Michael

Se trataba de un mensaje funcional que parecía haber pasado por muchos borradores y tenía un aire un tanto formal (ninguna abreviación, toda la puntuación en su sitio, aquel «Querida»), de modo que parecía un mensaje para pedir una novela de Edith Wharton. ¿Por qué no «un abrazo»? Ni tampoco «besos», y el «encantaría» solo estaba allí para expresar entusiasmo, como un «me encantaría comerme una galleta». Aún dolida y cauta, Marnie pasó un rato redactando una respuesta lo bastante desenfadada, algo que pudiera echar por encima del hombro mientras se alejaba, indiferente. Tras meditarlo mucho, acabó dando con la palabra perfecta...

Vale.

Fue su obra maestra. Intercambiaron más mensajes en código, a veces con días o semanas de separación, cada uno tan contenido y meditado como un haiku.

Quedemos a las dos

En el lado sur del puente

Allí nos vemos

Había pasado por la peluquería una semana antes, para que el peinado se le asentara un poco, y también había meditado mucho sobre su atuendo: un abrigo negro largo, una falda negra y larga a cuadros, medias negras, un jersey negro de cachemira barata. Era el look de «mujer despechada en producción de Chéjov con atuendos modernos». Lo mejor habría sido no tener que completar el atuendo con una mochila, pero tenía un paquete que darle a Michael o que volver a llevarse, según como fuera la cosa.

Por suerte, la madre naturaleza decidió seguirles la corriente y fue el día de otoño más precioso de todos, fresco y teñido del color de la miel, una última floritura antes de que se hiciera de noche más pronto. Tal vez podrían hablar de aquello un rato, sobre qué se traían entre manos las hojas y toda la pesca. Tenían dos horas y no estaba segura de si iba a ser demasiado tiempo o no suficiente.

Lo vio acercarse desde cierta distancia, andando a grandes zancadas junto a los demás peatones de la calle West Carriage, con una mano alzada. Si bien tampoco habría preferido que la tomara por sorpresa, aquellos acercamientos lentos siempre eran incómodos (estaba como a casi medio kilómetro) y ¿tenía que quedarse mirándolo o desviar la vista a los árboles? ¿Y si iba a por un café y volvía? Había esbozado una sonrisa irónica, pero, a menos que él hubiera llevado sus prismáticos consigo, la ironía iba a pasar desapercibida, por lo que se quedó mirando el móvil, subiendo y bajando la vista, hasta que llegó.

—Hola.

—Hola, hola.

Michael le puso las manos en los brazos y se rozaron con la mejilla. *¿Por qué viene de luto?*, se preguntó él. La cosa no pintaba bien.

—Se me hace raro verte sin la…

—¿Sin la barba?

—Sin la mochila.

—Gracias. —*No digas «gracias», que no es un cumplido*—. Tú también. —*No digas «tú también»*.

—¿La barba o la mochila?

—No, no, quería decir que estás muy guapa.

—Y tú estás muy diferente.

—Ah, vaya. Gracias. —*Una vez más, no es un cumplido*.

—¿Qué te parece Londres?

—Tenías razón, ¡es enorme!

—Pero ¿has encontrado el sitio bien?

—Bueno, aquí estoy.

—Aquí estás, sí. —No estaba yendo bien, y ambos pensaron que era culpa suya—. ¿Quieres que salgamos de las calles principales? Podemos ir a ver el lago —propuso Marnie, como si en el lago estuvieran las respuestas—. Podemos rodearlo y no tardaremos nueve días. ¿Has quedado a las…?

—A las cuatro, junto al Albert Memorial.

—Pues te llevaré a tiempo.

Y ella pasó a ser la guía conforme cruzaban la calle y seguían el borde sur («orilla» no era el término adecuado), junto a los turistas y a los que salían a correr.

—Podríamos ir a darnos un chapuzón.

Marnie sabía lo que pretendía él. Se estaba poniendo nostálgico, solo que era demasiado pronto para aquello.

—Aquí sí que se puede nadar, de hecho. Por ahí delante está la zona de baño. Lo digo como si alguna vez me hubiera metido en el Serpentine, pero no. Siempre he querido, aunque sé que no es lo mismo.

En un momento dado, cuando creía que estaba enamorada de él, se lo había imaginado en aquel lugar, caminando del brazo, intercambiando miradas cariñosas y carcajadas como si fuera una escena en retrospectiva, con todo cómodo y entendido. En tiempo presente, era mucho más complicado.

Por su parte, Michael se avergonzaba de lo antinatural que era su comportamiento, caminando con torpeza y con la lengua trabada, como un adolescente, solo que sin la coartada de la juventud. Se obcecaron con pasar por las preguntas y respuestas insulsas (¿Dónde te alojas? ¿Tu piso queda muy lejos? ¿Qué tal el hotel? ¿Los niños se desmadran mucho? ¿Qué novela estás revisando?) y todo estaba muy bien y contenía el suficiente cariño, pero les daba la sensación de que estaban despejando la sala de muebles para hacer espacio, ya fuera para bailar o pelearse, y transcurrió media hora hasta que él encontró la oportunidad de decirle:

—Por descontado, quería disculparme.

—¿Por qué «por descontado»?

—¿Cómo dices?

—¿Por qué dices «por descontado»? ¿Qué es lo que crees que hiciste mal?

—¿Que qué hice…? Bueno, está claro que debería haberte dicho que había quedado con Nat.

—Es tu mujer, no tienes que contármelo todo.

—Y fui un poco abrupto al despedirme.

—Tenías mucho lío encima, estabas nervioso…

—Y tal vez no fui muy abierto ni claro contigo sobre lo que estaba pensando.

—La noche anterior me dijiste que seguramente ella era el amor de tu vida. De hecho, fuiste un poco demasiado claro.

—Entonces, ¿no estás enfadada?

Marnie se encogió de hombros.

—Es que no sé si es para tanto.

Caminaron un poco más y, tras un rato, él dijo:

—Eso dices, Marnie, pero desde que he llegado me transmites una furia tremenda.

Y allí Marnie se echó a reír.

—¡Es que creía que había algo entre nosotros!

—¡Yo también!

—¡Creía que estaba pasando algo!

—¡Y yo!

—Sí, pero algo distinto. Tú creías que íbamos a tener, no sé, un amorío de vacaciones o qué sé yo…

—Eso no es lo que…

— … y yo creía que me estaba enamorando de ti.

—¿De verdad?

—¡Un amorío de vacaciones! Si ni siquiera eran vacaciones de verdad.

—Pero ¿eso era lo que creías? Que te estabas…

—¡Sí! Sí, y es algo fuera de lo común y muy nuevo para mí y, la verdad, me asustaba un poco, porque nunca me ha ido bien. Y lo peor es que tú ya sabías todo eso, porque te lo dije, me pasé horas y horas contándote por qué iba con cuidado, y fue… Bueno, fue humillante, la verdad.

—Entonces, sí que crees que debería disculparme.

—Pues sí, yo diría que sí.

—¡Si por eso mismo he venido!

—No, has venido por... los supervolcanes o lo que sea.

—Eso solo ha sido una tapadera.

—Ah, una tapadera, un ardid ingenioso...

—He venido a verte. Quería verte porque me sentía igual.

—Perdona, pero yo creo que no.

—Pero estaba en ello. Pensaba lo mismo y me hacía las mismas preguntas. Es solo que... me daba miedo, supongo.

—¡Que te daba miedo! Eso decís los hombres siempre, como si fuera una razón de verdad, pero no usáis la palabra como corresponde. ¿Qué te da tanto miedo? ¡Eres un hombre hecho y derecho! O sea, si yo fuera caníbal o algo, a lo mejor sí que te daría miedo, pero aun así...

—Tú misma lo has dicho, es algo importante a nuestra edad...

—¡Oye! Que me sacas cuatro años...

— ... incluso a tu edad, el enamorarte de alguien...

— ... y más si estás enamorado de otra.

—No estoy enamorado de nadie más que de ti, Marnie.

Ella fue a decir algo, dudó y contuvo la respiración hasta suspirar.

—¿Por qué no me crees? —preguntó Michael.

—¿Por qué te iba a creer? Uno no deja de querer a alguien solo porque no puede estar con ella. La gente escribe libros sobre el tema.

—Sí que la quería. Mucho, hace unos años, y no salió bien y no se me va a olvidar. Aun así, creo que puedo... Creo que estoy listo para empezar algo nuevo. Y sí que me siento más feliz contigo, más de lo que he estado desde hace mucho tiempo, años incluso, más de lo que creía que iba a poder ser. Hasta discutiendo contigo ahora soy más feliz.

Puedo hablar, puedo decir cosas que antes no, y al venir aquí hoy estaba tan... animado. Eres como... no sé... Como un paisaje. Quiero mirar y mirar. Lo que digo no tiene sentido, pero a lo que voy es a que quiero estar contigo, Marnie, más a menudo y como algo más que amigos. No sé cómo nos lo vamos a montar, pero quiero estar contigo tanto como pueda a partir de ahora.

Guardaron silencio durante un rato. Sí que se había emocionado por lo que le había dicho, la verdad, de modo que pasó unos segundos sin saber qué decir.

—Creo... Creo que necesitamos darnos un tiempo.

Michael alzó un dedo.

—Y, con eso en mente...

Se llevó una mano al bolsillo, luego a otro y a un tercero hasta que por fin sacó un objeto que se puso en la mano estirada, como si fuera la caja de un anillo, en lugar de una piedra gris y aburrida con una raya blanca.

—Por Dios —dijo Marnie—. Lo tuyo es una obsesión.

—¿Te acuerdas?

—Sé que la he visto en alguna parte.

—La idea era llevarla a la otra costa, solo que no llegué. ¿Te lo contó Cleo?

—Sí, me dijo que te acobardaste. Nos echamos unas buenas risas.

—Ya me imaginaba. Pero he tenido la idea de volver en las vacaciones de otoño y caminar los últimos dos días, y he pensado que podrías venir conmigo.

—Creo que ya he caminado más que de sobra, Michael.

—No, pero mira, puedes venir el viernes temprano, yo voy hasta Scarborough en taxi, vamos a los Páramos, donde me quedé, y caminamos los dos días que quedan hasta la Bahía de Robin Hood. Es todo cuesta abajo, bueno, no todo, pero casi todo, tiene que serlo porque es al nivel del mar. Es la última parte de los Páramos, luego las cimas preciosas en otoño, y nos quedaremos en un buen hotel, pasaremos el día en la playa y luego de vuelta a York. —Ya había empezado a pensar que lo de la piedra era absurdo, aunque la idea era que resultara encantador. ¿Y si la tiraba al lago?—. Me sentiría mal si lo acabara sin ti. O sea, no hiciste toda la ruta, claro, será más como el setenta por ciento. —Marnie le dedicó una mirada asesina—. ¡Si fuiste en bus!

—¡Menos de un kilómetro!

—Pero el principio de...

—Doscientos metros. ¡Y era una emergencia!

—Vale, diremos que lo has hecho entero. —Michael le sonrió—. Y no es mucho tramo.

—Eso dices siempre...

—De verdad, no es mucho y será divertido. Podemos hablar de todo, de lo que queremos ahora, de lo que esperamos del futuro...

—¿Y los hoteles...?

—Dime.

—¿Iremos a la misma habitación?

—Es lo que quiero, sí. De verdad, si tú también quieres. ¿Quieres?

Marnie hizo una pausa para pensárselo.

—Bueno, sería más barato.

—Claro, no hay que ir despilfarrando por la vida.

Y ahí Marnie se echó a reír y lo besó, en la esquina sureste del lago Serpentine, y solo se detuvieron para hacerse a un lado con educación para que pasaran los turistas, y siguieron hasta que ella se apartó de golpe, como si se hubiera acordado de algo.

—Continúa —le pidió.

—¿Que continúe con qué?

—¿Y luego qué? ¿Qué pasa después de la ruta?

—Bueno, nos lo tomamos paso a paso, supongo.

—Suena un poco difuso.

—¿Verdad? —Michael abrió mucho los ojos y se volvieron a besar—. ¿Vendrás, entonces?

—Me lo pensaré, ¿vale? Le daré unas vueltas.

Si bien había esperado algo más firme, vio que le bastaba por el momento, de modo que se pusieron a charlar de otros temas y caminaron hasta el lado norte del lago Serpentine, el cual, según comentó Michael, de serpentino no tenía nada porque no era ni un poquito sinuoso. Marnie sonrió.

—¿Qué pasa? —preguntó él.

—Nada, que estaba esperando a ver cuándo salía el profesor.

Se sentaron a observar y puntuar a los que pasaban por allí con patines, en la calle Serpentine, antes de dirigirse al oeste, hacia los jardines Kensington, con cuidado de no acercarse demasiado al Memorial para no encontrarse con la clase. Y, en un lugar tranquilo bajo los árboles, se abrazaron y se embriagaron de la sensación para acordarse de ella antes de despedirse.

—Ah, por cierto —dijo Marnie, metiendo una mano en la mochila—, esto es para ti. No lo abras hasta que me vaya.

Era un paquete envuelto en papel marrón, atado con su cordel de jardinería verde, del tamaño de un libro de tapa dura, solo que suave.

—Muchas gracias. Debería haberte traído algo de la tienda de regalos del museo…

—Un dinosaurio de plástico habría estado bien. Pero no, no hace falta. El Memorial está por allí, es el cohete espacial victoriano ese.

Tras un último beso, Marnie volvió a recorrer el parque y se enfrentó al problema de la distancia una vez más. Sabía que él la iba a estar mirando, por lo que hundió las manos en los bolsillos, haciendo ondear el abrigo un poquito, como si la impulsara, y buscó montañitas de hojas secas para mejorar el efecto visual.

Michael la observó un rato hasta que fue a sentarse en un banco con el paquete en el regazo y tiró del cordel. No había ninguna nota, sino tan solo una camisa nueva, blanca, con cuello y puños de estilo francés, hecha de algún material pesado, suave y caro. Era, según le pareció, la prenda más bonita que había visto en la vida.

Volvió a meterla en el paquete con cuidado, lo ató con el cordel, esperó hasta recobrar la compostura y fue a buscar a los críos.

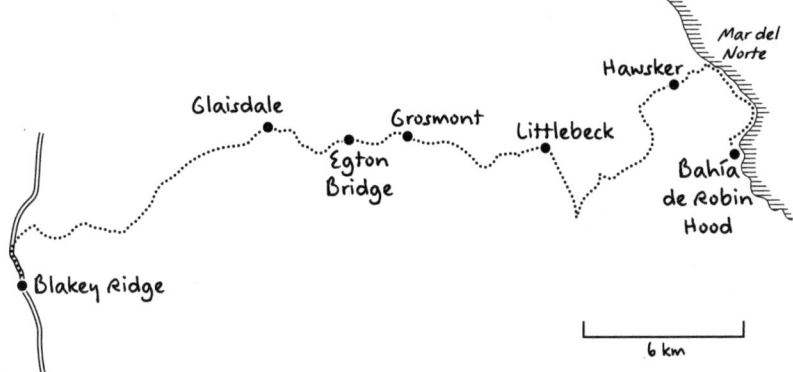

Glaisdale

Egton
Bridge

Grosmont

Littlebeck

Hawsker

Mar del
Norte

Bahía
de Robin
Hood

Blakey Ridge

6 km

NOTA SOBRE EL VIAJE

Si bien he intentado describir el paisaje con tanta precisión como he podido, las posadas, hoteles y restaurantes del camino son ficticios. Angle Tarn y Urra Moor son lugares reales, pero el Perro Negro y la Posada Soleada no, y cualquiera que recorra la ruta podría buscar en vano una posada en la orilla del lago Ennerdale. También me he tomado ciertas libertades con la ruta en sí; por ejemplo, el camino que rodea Nine Standards Rigg está muy erosionado y es mejor evitarlo en invierno o después de que haya llovido, por lo que incluso Michael habría ido por el sendero de abajo.

Cuando investigaba, me ayudó mucho *The Coast to Coast Walk* de Terry Marsh (editorial Cicerone) y, por descontado, la excelente *Pictorial Guide* de Alfred Wainwright, en su edición para senderistas revisada por Chris Jesty (editorial Frances Lincoln). Ambas guías fueron de una ayuda inestimable.

AGRADECIMIENTOS

Les debo mucho a mis primeros lectores, Damian Barr, Hannah MacDonald y Michael McCoy, por sus comentarios y sugerencias, así como a Jonny Geller (mi agente desde hace veinte años) y a todo el equipo de Curtis Brown, en especial a Viola Hayden y Ciara Finan, Kate Cooper, Nadia Farah Mokdad, Emma Jamison, Sam Loader y Atlanta Hatch.

De Hodder y Sceptre, muchísimas gracias a Holly Knox, Emma Knight, Vicky Palmer, Saffron Stocker, Catherine Worsley, Alice Morley, Melissa Grierson, Eleanor Wood, Katy Aries, Sarah Clay, Richard Peters, Kerri Logan y a todos sus equipos, así como a Katie Espiner, Oli Malcolm, Charlotte Webb y Hazel Orme, quienes revisaron la novela con la atención y el cuidado propios de Marnie. Siempre he querido escribir un libro con mapas, así que les estoy muy agradecido a los cartógrafos de Barking Dog Art y a Dolly Alderton por nuestras conversaciones y sus consejos. Para una frase del capítulo «La habitación Shelley», me inspiró la canción *I Do This All The Time* de Rebecca Lucy Taylor.

Me gustaría dedicarle un agradecimiento especial a Nick Sayers, mi genial editor desde hace muchos años, por toda su sabiduría, ánimos y entusiasmo. Y muchas gracias también a Federico Andornino, mi editor en esta ocasión, por sus inestimables sugerencias y por conseguir que no me saliera del camino.

Por último, muchísimas gracias a Romy, Max y a mi querida Hannah por su infinita paciencia y apoyo.

¿TE HA GUSTADO
ESTA HISTORIA?

Escríbenos a...

plata@uranoworld.com

Y cuéntanos tu opinión.

Conoce más sobre nuestros libros en...

plataeditores

PlataEditores